中华传世小品

美意诗情

历代诗话小品

谭邦和 主编

长江出版传媒 崇文书局

图书在版编目（CIP）数据

美意诗情：历代诗话小品 / 谭邦和主编 .

—武汉：崇文书局，2017.2

（中华传世小品）

ISBN 978-7-5403-3953-1

Ⅰ．①美…

Ⅱ．①谭…

Ⅲ．①小品文－作品集－中国

Ⅳ．① I26

中国版本图书馆 CIP 数据核字（2017）第 053762 号

美意诗情：历代诗话小品

责任编辑　程　欣　刘　丹

出版发行　长江出版传媒　崇文书局

地　　址　武汉市雄楚大街 268 号 C 座 11 层

电　　话　（027）87293001　邮政编码　430070

印　　刷　湖北鄂东印务有限公司

开　　本　680mm×960mm　　1/16

印　　张　16.25

字　　数　190 千字

版　　次　2017 年 2 月第 1 版

印　　次　2017 年 2 月第 1 次印刷

定　　价　31.50 元

（如发现印装质量问题，影响阅读，请与承印厂调换）

总　序

　　1993 年,湖北辞书出版社出版了"小品精华系列",一共
十册:《历代尺牍小品》《历代幽默小品》《历代妙语小品》《历
代寓言小品》《历代山水小品》《历代诗话小品》《历代笔记小
品》《历代禅语小品》《明清清言小品》《明清性灵小品》。这
套"小品精华",风格亲切幽默,平易近人,深受欢迎。二十
多年过去了,许多想得到这套书的读者,早已无处可购。考
虑到读者的需要,崇文书局拟在"小品精华系列"的基础上,
精益求精,隆重推出"中华传世小品",第一辑为十册。主
持这套书的朋友嘱我写几句话,我也乐于应命,有些关于小
品的想法,正好借这个机会跟读者交流交流。

　　"中国历史上写作小品文的作家,多半是所谓名士。"现
代作家伯韩的这一说法,流传颇广。那么,什么是名士呢?
伯韩以为,也就是一种绅士罢了,不过与普通绅士有所不同
而已。他们"多读了几句书,晓得布置一间美妙的书斋,邀
集三朋四友,吟风弄月,或者卖弄聪明,说几句俏皮话,或者
还搭上什么姑娘们,弄出种种的风流韵事来。这都算是他
们的风雅"。

　　这样来看中国历史上的小品,如果不是误解的话,真要

算得上不怀好意了。

据《论语·先进》记载：一天，孔子和子路（仲由）、曾晳（曾点）、冉有（冉求）、公西华（公西赤）在一起，他要几个弟子谈谈自己的志愿。子路第一个发言说："一千辆兵车的国家，处在几个大国之间，外有军队侵犯，内有连年灾荒。让我去治理，只消三年光景，便可使人人勇敢，而且懂得同列强抗争的办法。"孔子听了，淡淡一笑。冉有的志愿是："一个纵横六七十里，或者五六十里的小国，让我去治理，三年时间，可使人人丰衣足食。至于修明礼乐，那就有待于贤人君子了。"第三个回答孔子的是公西华，他说："不是我自以为有什么了不得的才能，只是说我愿意来学习一番。国家有了祭祀的典礼，或者随着国君去办外交，我愿穿着礼服，戴着礼帽，做个好傧相！"公西华说话时，曾点正在弹瑟，听孔子问他："点，你怎么样？"曾点放下手中的瑟，站起来道："我的志愿跟他们三位都不相同。暮春三月，穿一身轻暖的衣服，陪着年长的、年轻的同学，到沂水沙滩上去洗洗澡，到舞雩台上去吹吹风，一路唱着歌回来！"孔子感叹道："我赞同曾点的想法！"孔子以为，子路等三人拘于礼、仁，气象不够开阔、爽朗。只有精神发展到能够怡情于山水自然的境地，人格才算完善。

孔子这种陶醉于山水之美的情怀，由魏晋时代的名士做了淋漓尽致的发挥。有一部书，专记当时名士的言行，名叫《世说新语》。其中有个人物谢鲲，他本人引以自豪的即是对山水之美别有会心。晋明帝问谢鲲："你自己以为和庾亮相比怎么样?"谢鲲回答说："身穿礼服,庄严地站在朝廷之上,作百官表率,我不如庾亮;但是,一丘一壑(指在山水间自得其乐),臣自以为超过他。"以"一丘一壑"与朝廷政务并提,可见其自豪感。因此,当著名画家顾恺之为谢鲲画像时,便别出心裁地将他画在岩石中。问顾为什么这样,顾答道:"谢自己说过:'一丘一壑,臣自以为超过他。'所以应该把这位先生安置在丘壑中。"足见魏晋名士的趣味相当一致。

也许是由于魏晋以降的儒生多拘束迂腐,也许是由于全身心陶醉于山水之美的魏晋名士对老庄更偏爱些,后世人往往将名士风流与儒家截然分为二事,似乎它们水火不容。晚明袁宏道在《寿存斋张公七十序》中批评这种误解说:

> 山有色,岚是也。水有文,波是也。学道有致,韵是也。山无岚则枯,水无波则腐,学道无韵,则老学究而已。昔夫子之贤回也以乐,而其与曾点也以童冠咏歌,固学道人之波澜色泽也。江左之士,喜为任达,而至今谈名理者必宗之。俗儒不知,叱为放诞,而一一绳之以理,于是高明玄旷清虚澹远者,一切皆归之二氏。而所谓腐滥纤啬卑滞局局者,尽取为吾儒之受用,吾不知诸儒何所师承,而冒焉以为孔氏之学脉也。

袁宏道的结论是:"颜之乐,点之歌,圣门之所谓真儒也。"这话是有几分道理的。

上面说了那么多,其实是要说明一点:孔子是中国古代第一位小品文作家,《论语》是中国古代第一部小品文著作。以小品的眼光来读《论语》,不难发现一个亲切而又伟大的孔子。

比如,从《论语》中不仅能看出孔子陶醉于山水之美的情怀,还能感受到他那无坚不摧的幽默感。孔子曾领着一群学生周游列国,再三受到冷遇,途经陈、蔡时,被两国大夫率众围困,"不得行",粮食没有了,随行的人也病了,而孔子依然"讲诵弦歌不衰"。他开玩笑地问:"'我们不是野兽,怎么会来到旷野上?'莫非我的学说错了吗?"颜渊回答说:"夫子的学说极其宏大,所以天下不能容纳。不能容纳有什么不好呢? 这才见出你是真正的君子。"孔子听了,油然而笑,说:"你要是有很多财产的话,我愿给你当管家。"置身于天下不容的困境中,孔子师徒仍其乐陶陶,在于他们互为知己,确信所追求的目标是伟大的。北宋的苏轼由此归纳出一个命题:"师友以道相乐,乃人间之至乐也。"

在人们的感觉中,身居显位的周公是快乐的、幸福的。其实未必然。召公负一代盛名,管叔、蔡叔是周公的弟弟,连他们都怀疑周公有篡夺君位的野心,何况别人呢? 这样看来,周公虽坐拥富贵,却无亲朋与之共乐。苏轼由此体会到:周公之富贵,不如孔子之贫贱:富贵不值得看重。他的

《上梅直讲书》说的就是这个意思。

据《论语》记载，孔子还曾有过一件韵事。跟孔子同时，有个名叫南子的美女，身为卫灵公夫人，却极度风流淫荡。一次，她特地召见孔子。孔子拜见了她，还坐着她的马车，在城内兜了一圈。性情爽直的子路很不高兴，对孔子提出非议，孔子急得发誓说："假如我孔某有什么邪念的话，老天爷打雷劈死我！"

对孔子的这件浪漫故事，历史上有两种不同的解释。一种说法认为：孔子是迷恋南子的漂亮。另一种意见则较为规矩，其代表人物是南宋的罗大经。罗大经在《鹤林玉露》中说：南子虽然淫荡，却极有识见，"有后世老师宿儒之所不能道者"。孔子之所以去见南子，即因看重她的识见，希望她改掉淫行，成为卫灵公的好内助。"子路不悦，是未知夫子之心也。"

前一种说法似乎亵渎了孔子，但未必没有可取之处。孔子讲过："吾未见好德如好色者也。"在他看来，好色是人的不可抗拒的天性，任何人都没有资格假定自己从不好色。所以，当孔子向子路发誓，说他行端影直的时候，我们真羡慕子路，有这样一位可以跟学生赌咒发誓的老师。孔子让我们相信：圣人确有不同凡俗的自制力，但并不认为他人的猜疑是对他的不敬。相反，他理解这种猜疑，甚至觉得这种猜疑是理所当然的。

孔子是一个伟大而又亲切的小品作家，《论语》是一部伟大而又亲切的小品文著作。亲切而又伟大，这就是小品的魅力。关于中国历代小品的定位，理应以《论语》作为坐标。我想与读者交流的，主要的也就是这个看法。

回到"中华传世小品"，这里要强调的是，这套书所秉承的正是《论语》的传统。它们的作者，不是伯韩所说的那种"名士"，而是孔子、颜渊、曾点这类既活出了情怀、又活出了情调的哲人。不需要故作庄严，也绝无油滑浅薄，那份温暖，那份睿智，那份幽默，那份倜傥，那份自在，那份超然，足以把生活提升到一个令人陶然的境界。读这样的书，才当得起"开卷有益"的说法。

愿读者诸君与"中华传世小品"成为朋友！

武汉大学文学院教授、博士生导师　陈文新

前　　言

　　所谓诗话,指的是一种以中国古典诗歌为对象的品评式随笔。诗话的萌芽很早,《西京杂记》中司马相如论作赋、扬雄评司马相如赋;《世说新语》的《文学》《排调》篇中谢安摘评《诗经》佳句,曹丕令曹植赋诗,阮孚赞郭璞诗,袁羊调刘恢诗;《南齐书·文学传论》中对于王粲、曹植、鲍照等一系列作家作品的评论;《颜氏家训》的《勉学》《文章》篇中关于时人诗句的评论和考释,都可以看作是诗话的雏形。钟嵘的《诗品》,有人看作是最早的一部"诗话"著作,唐人大量的论诗诗,如杜甫的《戏为六绝句》《偶题》,李白、韩愈、白居易等的论诗等,则是以诗论诗的一种形式。唐代出现的《诗式》《诗格》一类著作等,更进一步接近了后世所说的诗话。诗话作为正式名称的出现,始于北宋中叶欧阳修的《六一诗话》。

　　我国古代诗话著作相当丰富,流传至今的就有数百种之多。学术界的传统看法认为,诗话的主要价值在于理论方面。事实上多数诗话并没有真正从狭义的诗学批评角度去探讨诗歌理论,所以它的价值其实是有限的,也很难系统地指导诗歌创作。自元代起,人们便有"诗话兴而诗亡"的说法,所谓唐人不言诗而诗盛,宋人言诗而诗衰。今人在把诗话当作诗论著作研究时,也不得不指出诗话写得太杂乱太随意而缺乏系统完整的理论意义。实际上这都是源于上述那样一个似乎不算太小的误会。

　　作为以中国古典诗歌为对象的品评式随笔,绝大多数诗话即使从写作的动机看，也不是、或主要不是履行着理论研究的任务，恰恰相反，它是以诗歌阅读为基础的，它通过对诗人及其作品的品评议论而至少在事实上达到了指导阅读的目的。故诗话的兴盛势必顺理成章地滞后于诗歌本身的兴盛。也正是因为这一点，诗话在缺乏系统的理论价值的同时，却从另一方面形成了它的指导阅读的价值。这是诗歌阅读走向自觉的开端，它使诗话在历时千百年后，仍有可能被广大读者所接受，所喜爱。换句话说，诗话以其指导阅读的特点，使今日读者能够轻易跨越时空的界限，而与古代的诗话作者站在了大致相同的视点上。

以指导阅读为特色的众多诗话，具有显而易见的可读性，这首先体现在，诗话在抒写阅读感受的过程中穿插了大量点悟式的人生体验。从人生易逝天地长留的喟叹，到感世伤时的慷慨、官场应酬的醒悟、生命历程的抚触、文人精神的向往，其间无不反映了作者咀嚼人生之所得。试举《随园诗话》中几例：

余尝语人云："才欲其大，志欲其小。才大，则任事有余；志小，则愿无不足。孔北海志大才疏，终于被难。邴曼容为官不肯过六百石，没齿晏然。"童二树诗云："所欲不求大，得欢常有余。"真见道之言。

人谋事久而不得，则意思转淡。何士颙秀才《感怀》云："身非无用贫偏暇，事到难图念转平。"真悟后语也。

今人论诗，动言贵厚而贱薄，此亦耳食之言。不知宜厚宜薄，惟以妙为主。以两物论：狐貉贵厚，鲛绡贵薄。以一物论：

刀背贵厚，刀锋贵薄。安见厚者定贵，薄者定贱耶？古人之诗，少陵似厚，太白似薄；义山似厚，飞卿似薄：俱为名家。犹之论交，谓深人难交，不知浅人亦正难交。

第一例中，作者通过"所欲不求大，得欢常有余"引申出"才欲其大，志欲其小"的"真见道之言"；第二例由"事到难图念转平"，表达了一种人生的喟叹与无奈；第三例旁征博引，纵横捭阖，从物说到诗，最后归结到人际交往，其见识或老干世故，或感慨系之，或奇警突兀，让人读得兴味盎然且颇有所得。

由于中国古典诗歌善于在有限的文字中包含无限的意境和韵味，故诗话能帮助今天的读者在阅读中领略极为丰富美妙的诗的情趣。仍以《随园诗话》为例：

周幔亭："山光含月淡，僧影入松无。"鲁星村："酒中万愁散，诗外一言无。"方子云："香篆舞来檐际断，水痕圆到岸边无。"陈古渔："花阴拂地香方觉，桥形横波动即无。"四押"无"字，俱妙。前人《咏始皇》云："怜君未到沙丘日，知道人间有死无？"尤妙。

诗有极平浅，而意味深长者。桐城张徵士若驹《五月九日舟中偶成》云："水窗晴掩日光高，河上风寒正涨潮。忽忽梦回忆家事，女儿生日是今朝。"此诗真是天籁。然把"女"字换一"男"字，便不成诗。此中消息，口不能言。

第二例的欣赏大约是在证明弗洛伊德的理论，古人不知，只可意会，故"此中消息，口不能言"，但到底能给读者以启发。第一例中，"山光含月淡，僧影入松无"，细品有隐士意；"酒中万愁散,诗外一言无",细品有颓唐意;"怜君未到沙丘日,知道人间有死无?"细品有讽古意。然而作者只将几个"无"字排列起来,点明"俱妙",再让读者自己去感受,能不妙乎?

诗话的可读性还体现在它的字里行间散发着非常浓郁的文人气息。这不仅因为不少诗话作品记载了古代文人的雅闻韵事,更为重要的是,中国古典诗歌特有的意境、氛围同中国古代文人士大夫的生活情调、文化精神与审美眼光在诗话中十分和谐地融汇在一起。而且大部分诗话都不是正襟危坐和皓首穷经的产物,其中相当一部分内容表现的是文人的兴会、名士的随意和智者的顿悟,它是偶然闪过、旁逸横出和顺手拈来的。与此相联系,诗话在形式格局上属于随笔小品式,分段漫录,百十字一则,前后内容不需连贯,排列顺序不必讲究。笔调活泼,文字轻松,态度平易,风格近人,这一切,都能让读者在接触诗话时毫不费力而又充满阅读的快感。

关于诗话异乎其他图书的可读性,现代文人丰子恺先生有过很生动的描述,他说:诗话是"一种轻松的,短小的,能引入到别一世界的读物","它那体裁,短短的,……随手翻开,随便看哪一节,它总是提起了精神告诉你一首诗,一种欣赏,一番批评,一件韵事,或者一段艺术论。若是自己所同感的,真像得一知己,可死而无憾。若是自己所不以为然的,也可从他的话里窥察作者的心境,想象昔人的生活,得到一种兴味。"所以丰子恺先生把诗话看作是"床中旅中的好伴侣"。

编选此书对于读者的意义,前面已经说过,我们对此也有几分自信,这里不再赘述。希望读者能从本书中得到美的享受和诗意感悟。

目　　录

诗思感悟

诗思感悟

诗有喜怒哀乐 白居易（托名）①（唐）

　　喜而得之其辞丽："有时三点两点雨，到处十枝九枝花。"怒而得之其辞愤："颠狂柳絮随风舞，轻薄桃花逐水流。"哀而得之其辞伤："泪流襟上血，发变镜中丝。"乐而得之其辞逸："谁家绿酒饮连夜，何处红妆睡到明？"

　　失之大喜其辞放："春风得意马蹄疾，一日看尽长安花。"失之大怒其辞躁："解通银汉终须曲，才出昆仑便不清。"失之大哀其辞伤："主客夜呻吟，痛入妻子心。"失之大乐其辞荡："骤然始散东城外，倏忽还逢南陌头。"

——《金针诗格》

【注释】

　　①《金针诗格》旧署白居易，而以书中引宋人梅尧臣语为明证，知为伪托，作者无考。原书有小标题。

【译文】

　　喜悦时得到的诗，文辞就显得光彩焕发，例如"有时三点两点雨，到处十枝九枝花。"愤怒时写出的诗，文辞就显得愤懑不平，例如"颠狂柳絮随风舞，轻薄桃花逐水流。"悲哀时作的诗，文辞就显得感伤，例如"泪流襟上血，发变镜中丝。"快乐时作的诗，文辞就显得安逸，例如"谁家绿酒饮连夜，何处红妆睡到明？"

　　过于喜悦而不能自制，文辞就显得奔放，比如"春风得意马蹄疾，一日看尽长安花。"过于愤怒而不能自制，文辞就显得躁进，比如"解通银汉终须曲，才出昆仑便不清。"过于悲哀而不能自制，文辞就显得丧气，比如"主客夜呻吟，痛入妻子心。"过于欢乐不能自制，文辞就显得放浪，比如"骤然始散东城外，倏忽还逢南陌头。"

【品读】

儒学讲究中庸之道,论及文学,就强调中和之美。诗歌可以表现喜怒哀乐各种情感并形成不同的情感色彩,但各种风格都应防止产生太过之弊,"过犹不及","度"不可失。

"向"字之妙 吴 可①(宋)

《木兰诗》云:"磨刀霍霍向猪羊。""向"字能回护屠杀之意,而又轻清。

——《藏海诗话》

【注释】

①吴可:宋诗人,评论家。字思道,号藏海居士。其诗古体积朴,律体严谨。诗风清新,多有警句。

【译文】

《木兰诗》说:"磨刀霍霍向猪羊。""向"字能避免直接说到屠杀的意思,而语言又显得轻松清灵一些。

【品读】

今人讲《木兰诗》会注意这个"向"字的回护效果吗? 人类最是残酷,杀猪宰羊是喜庆,对猪羊却是血淋淋的屠杀,一个"向"字巧妙地躲开了血腥,显得文明一点。诗人写及此等情境不可不学此避的诀窍。

彭城观月 苏 轼(宋)

予十八年前中秋,与子由观月彭城①,作一诗,以《阳关》歌之。今复遇此夜,宿于赣上,方南北岭表②,独歌此曲,聊复书之,以识一时之事。虽未觉有今夕之悲,但悬知为他日之喜也。"行歌野哭两堪悲,远火低星渐向微。病眼不眠非守岁,乡音无伴苦思归。重衾脚冷知霜重,新沐头轻感发稀。多谢残灯不嫌客,孤舟一夜许相依。"

——《玉局文》③

【注释】

①子由:指苏辙,苏轼之弟。彭城,今江苏徐州。

②岭表:指岭南。

③《玉局文》:明抄本为《东坡玉局文》。

【译文】

十八年前的中秋节,我和苏辙在彭城观赏月色,写了一首诗,用《阳关》的曲调来吟唱。今天又遇上中秋节,我在江西过夜,正地处南北相交的岭表之上。我独自一人歌唱这首曲,百无聊赖之余又挥毫书写出来,以记一时之事。虽然没有感觉到今晚的悲凉,却悬想着这可能是他日的乐事。这首诗是:"行歌野哭两堪悲,远火低星渐向微。病眼不眠非守岁,乡音无伴苦思归。重衾脚冷知霜重,新沐头轻感发稀。多谢残灯不嫌客,孤舟一夜许相依。"

【品读】

苏东坡与其弟苏辙曾于十八年前在彭城一起赏月,十八年后,又一个中秋之夜兄弟俩却岭南岭北各处一方,一轮明月,两地相思,孤舟寒夜,独对残灯,诗人在抒发对亲密兄弟的怀念时,也表达了对于时光流逝的感叹。

苏轼并无诗话著作,今传《东坡诗话》《东坡诗话补遗》等,系后人从其著作中辑录而成。

月诗怀故人 苏 轼(宋)

仆在徐州,王子立、子敏皆馆于官舍,而蜀人张师厚来过①。二王方年少,吹洞箫,饮酒杏花下。明年,予谪黄州,对月独饮,尝有诗云:"去年花落在徐州,对月酣歌美清夜。今年黄州见花发,小院闭门风露下。"盖忆与二王饮时也。张师厚久已死,今年子立复为古人,哀哉!

——《百斛明珠》

【注释】

①过:拜访。

【译文】

　　我在徐州,王子立、王子敏都住在官舍,四川人张师厚来拜访过。二王正当青春年少,吹着洞箫,在杏花树下饮酒。第二年,我被贬到黄州做官,对月独饮时,曾写了一首诗:"去年花落在徐州,对月酣歌美清夜。今年黄州见花发,小院闭门风露下。"是回忆和二王一起饮酒时的情景。张师厚已经死去很久了,今年王子立又成了古人,这真令人悲哀。

【品读】

　　这段文字读来凄凉感伤。三段时光,形成强烈对比,在徐州那时,与二王和张师厚欢聚,杏花树下饮酒,二王正当青春年少,吹箫作乐,好不快哉! 而次年东坡被贬黄州,就只有对月独饮了,小院风露,已觉孤独,只能作诗回忆了。然今年更苦,张师厚早已作古,当年青春年少的王子立也告别人世,岂不哀哉! 生命短暂,人生无常,月亮看见了多少人间悲欢离合。

酒　红　王直方①(宋)

　　白乐天有诗云:"醉貌如霜叶,虽红不是春。"东坡有诗云:"儿童误喜朱颜在,一笑哪知是酒红。"郑谷②有诗云:"衰鬓霜供白,愁颜酒借红。"老杜有诗云:"发少何劳白,颜衰肯更红?"无己③诗云:"发短愁催白,颜衰酒借红。"皆相类也。然无己初出此一联,大为诸公所称赏。

——《王直方诗话》

【注释】

①王直方(1069—1109)：字立之，自号归叟，河南开封人，承奉郎。少嗜读，昼夜不疲。曾监怀州酒税，寻易冀州籴官。仅数月，投劾归。凡十五年处城隅自家园池，苏轼、黄庭坚、陈师道等名流常集会于此，因此闻名。能诗，黄庭坚赞其以韵胜。有《归叟集》《王直方诗话》(亦名《归叟诗话》)。《王直方诗话》原书已佚，今有郭绍虞《宋诗话辑佚》所辑最多，有306条。

②郑谷：字守愚，唐代宜春人，曾为都官郎中，故人称郑都官，又曾赋《鹧鸪诗》，流传人口，又称"郑鹧鸪"。

③无己：陈无己，即陈师道。

【译文】

白居易有诗写道："醉貌如霜叶，虽红不是春。"苏东坡有诗写道："儿童误喜朱颜在，一笑哪知是酒红。"郑谷有诗写道："衰鬓霜供白，愁颜酒借红。"杜甫有诗写道："发少何劳白，颜衰肯更红？"陈师道则有："发短愁催白，颜衰酒借红。"诗句意境都很相似。但陈无己刚写出这一联诗句时，大受各位先生称赏。

【品读】

这是一组很俏皮的诗，描写的是这些著名诗人都有的人生经验，人到老年，发白毛衰，本作喜事，却被诗人们拿来开玩笑，雅趣横生。能把这种感觉写好不容易，所以陈师道写出"发短愁催白，颜衰酒借红"，大家都叫好，不知杜甫、白居易、郑谷他们早已写过类似的诗句，这叫诗人所见略同，还是陈师道追求的"无一字无事处"呢。

被谪作诗 惠　洪①（宋）

少游谪雷②，悽怆有诗曰："南土四时都热，愁人日夜俱长。安得此身如石，一时忘了家乡。"

鲁直谪宜③，殊坦夷④作诗云："老色日上面，欢情日去心。今既不如昔，后当不如今。轻纱一幅巾，短簟⑤六尺床。无客白日静,有风终夕凉。"少游钟情,故其诗酸楚;鲁直学道休歇,故其诗闲暇。至于东坡《南中诗》曰:"平生万事足,所欠惟一死!"则英特迈往之气,不受梦幻折困,可畏而仰哉!

——《冷斋夜话》

【注释】

①惠洪(1071—1128):字觉范,僧人,俗姓彭,宣牛(今属江西)人。少孤而慧,工诗善文。张天觉闻其名,请住峡州天宁寺,不久,受官司牵连贬为民,及天觉当国为相,复度为僧,易名德洪,常迎入府中。及天觉去位,他被追究言论,流放海南岛,后死于北归途中。著有《筠溪集》10卷,《石门文字禅》30卷,《物外集》3卷,及《林间录》《僧宝传》《临济宗旨》等书,《冷斋夜话》是他的诗话著作,所录所论多及人生世情,或间涉禅悟,颇能启人心智,又语言诙谐机趣,故可读性也很强。

②少游:宋代词人秦少游。谪雷:贬往雷州(今属湛江)。

③鲁直谪宣:鲁直,黄庭坚之字。宣,指宣州。

④坦夷:坦然。夷通"怡"。

⑤簟:竹席。

【译文】

秦少游被贬天涯海角的雷州半岛,心境凄凉悲怆,有诗写道:"南土四时都热,愁人日夜俱长。安得此身如石,一时忘了家乡。"

黄庭坚被贬宣州,却坦然作诗说:"老色日上面,欢情日去心。今既不如昔,后当不如今。轻纱一幅巾,短簟六尺床。无客白日静,有风终夕凉。"

秦少游是个钟情男子,所以他的诗写得酸楚动情;黄庭坚因为学道而淡薄世情,所以他的诗写得闲淡安适。至于苏东坡在《南中诗》中写道:"平生万事足,所欠惟一死!"则一腔英烈豪爽雄迈之气,不受那些梦幻般的欲望所困扰,真是可敬可畏,令人仰望!

【品读】

同是遭贬受屈,因为性情修养、思想境界不同,应对的态度会很不一样。我们同情秦少游的"酸楚",欣赏黄鲁直的坦然,而敬仰苏东坡的豪迈潇洒。

梦中梦,身外身 吴 开①(宋)

山谷尝自赞其真曰②:"似僧有发,似俗无尘。作梦中梦,见身外身。"盖亦取诗僧淡白《写真诗》耳。淡白云:"似觉梦中梦,还同身外身。堪叹余兼尔,俱为未了人。"

——《优古堂诗话》

【注释】

①吴开(qiān):字正仲,滁州(今属安徽)人,宋哲宗绍圣四年(1097)中宏词科,靖康中官翰林承旨,力主割地之议,使金被留,金人欲立张邦昌,令吴开传道意旨,往返数四,京师人谓之"捷疾鬼",建炎后贬永州,移韶州,卒于贬所。所著《优古堂诗话》多及北宋,作小品,时有可读。

②山谷:宋代江西诗派代表诗人黄庭坚,字鲁直,号山谷道人。自赞其真:给自己的画像题诗。真,画像。

【译文】

黄庭坚曾经自己给自己的画像题诗道:"似僧有发,似俗无尘。作梦中梦,见身外身。"这不过是借鉴了一位会写诗的和尚叫淡白的一首《写真诗》而已。淡白和尚的诗是这样的:"似觉梦中梦,还同身外身。堪叹余兼尔,俱为未了人。"

【品读】

诗人、哲人、僧人面对自己的画像,可能很容易产生一种幻觉:我是谁? 这就是我吗? 黄庭坚的诗试图给自己的人生坐标定位,给自己的人格形象定性,但他感觉到了困难。这几句诗,有禅意,有哲思,传达出几分高贵人格在尘俗中挣扎的悲哀。

此心安处是吾乡 吴 开(宋)

东坡作《定风波》序云:"王定国歌儿曰柔奴①,姓宇文氏。

定国南迁归,予问柔:广南风土,应是不好。柔对曰:此心安处便是吾乡。因用其语缀词云②:试问岭南应不好,却道此心安处是吾乡。"

予尝以此语本出于白乐天,东坡偶忘之耶? 乐天《吾土诗》云:"身心安处为吾土,岂限长安与洛阳?"又《出城留别诗》云:"我生本无乡,心安是归处。"又重题诗云:"心泰身宁是归处,故乡可独在长安?"又《种桃杏诗》云:"无论海角与天涯,大抵心安即是家。"

——《优古堂诗话》

【注释】

①王定国:王巩,字定国,懿敏公王素之子。苏轼下御史狱,王定国受连累而贬往宾州监酒税。歌儿:歌童。柔奴,侍儿之名。

②缀词:联缀成一首词。

【译文】

苏东坡为他的一首词《定风波》作序说:"王定国的歌童名叫柔奴,复姓宇文。定国受贬去南方后回来,我问柔奴:广东岭南一带的风物水土,恐怕是很糟糕的吧? 柔奴回答说:我这颗心能放得安稳的地方就是我的家乡。我于是用他的语言联缀成一首词:试问岭南应不好,却道此心安处是吾乡。"

我曾说这个话本来是出于白居易,苏东坡难道偶然忘记了吗? 白居易的《吾土诗》说:"身心安处为吾土,岂限长安与洛阳?"又在《出城留别诗》中写道:"我生本无乡,心安是归处。"又有一首也叫《出城留别诗》中说:"心泰身宁是归处,故乡可独在长安?"还有一首《种桃杏诗》写道:"无论海角与天涯,大抵心安即是家。"

【品读】

白居易反复咏叹"心安即是家"的心情,可见异乡漂泊,随遇而安之感是多么强烈。苏东坡也借柔奴的答话,写成一首词来咏叹"此心安处是吾乡"的人生体悟。不过这则诗话的作者未免有掉书袋之嫌,人人都可能有的人生遭遇和情感以及由此而萌发的诗句,何必硬要找个出处,而且说后者一定是摹仿前者呢?

系 日 吴 开(宋)

白乐天"既无长绳系白日^①,又无大药驻朱颜",盖本陈沈炯^②《幽庭赋》:"哪得长绳系白日,年年月月俱如春。"然江总^③《岁暮还宅诗》亦云:"长绳岂系日,浊酒倾一杯。"

——《优古堂诗话》

【注释】

①白日:明亮的太阳。

②陈:指陈朝。沈炯:字礼明,生于梁武帝天监元年(502),卒于陈文帝天嘉元年(560),少有文才。陈武帝时加通直散骑常侍,参与国政,文帝时加明威将军,以疾卒,谥恭子。

③江总:字总持,梁隋间人,七岁而孤,依外氏长大成人,笃学有才,梁武陵王时官至太子中书舍人,后入陈,陈后主时擢仆射尚书令,以艳诗陪侍后主宴游后庭,号为狎客,陈灭,入隋,复拜上开府。有文集30卷。

【译文】

白居易曾有诗句写道:"既无长绳系白日,又无大药驻朱颜。"所依据的是梁陈间诗人沈炯的《幽庭赋》诗:"哪得长绳系白日,年年月月俱如春。"然而跟沈炯时代相同而稍晚的诗人江总也曾在《岁暮还宅诗》中写道:"长绳岂系日,浊酒倾一杯。"

【品读】

人生来就有必死的悲哀,人们很早就有长生的梦想。时间就是生命,而时间飞逝的最明显的标志,就是太阳的东升西落,倘若太阳停在天空,时间停止前进,生命岂不是永恒静止地长存了?难怪那么多诗人梦想一根系日的长绳。

谁能忧乐两忘 蔡居厚①（宋）

子厚之贬，其忧悲憔悴之叹发于诗者，特为酸楚。悯己伤志，固君子所不免，然亦何至是，卒以愤死，未为达理也。乐天既退闲，放浪物外，若真能脱屣轩冕者②，然荣辱得失之际，铢铢校量③，而自矜其达，每诗未尝不着此意，是岂真能忘之者哉！亦力胜之耳。惟渊明则不然，观其《贫士》《责子》与其他所作，当忧则忧，遇喜则喜，忽然忧乐两忘，则随所遇而皆适，未尝有择于其者。所谓超世遗物者，要当如是而后可也。观三人之诗，以意逆志，人岂难见？以是论贤不肖之实，亦何可欺也！

——《蔡宽夫诗话》

【注释】

①蔡居厚：字宽夫，北宋人。《蔡宽夫诗话》有旧钞本，三卷，似是从《苕溪渔隐丛话》中辑得。

②轩冕：指车子和帽子，借指官位。

③铢铢校量：犹言斤斤计较。

【译文】

柳宗元被贬，他的忧愁悲愤憔悴的感叹抒发在诗中，特别辛酸和痛楚。因怜悯自己而伤害志气，这固然是君子不能避免的，可是为什么会到这种程度，最后竟因此悲愤而死，这就不能说是通达天理了。白居易赋闲的时候，放浪形骸，超然物外，好像真的是能够放弃官位的人，可是等到关系到自己荣辱得失的时候，便十分计较而且自己夸大自己的达观，每首诗没有不写这种意思的，这难道是真的忘记了吗！也只是尽力想战胜自己而已。只有陶渊明才不是这样，看他的《贫士》《责子》和其他诗作，应当忧愁就忧愁，遇到高兴的事就高兴，有时候突然忧愁和欢乐都忘记了，随遇而安，一切皆适，未曾有所选择。人们所说的超然世俗忘记人间的人，应当像这样才可以。看他们三人所写的诗，随着他们的诗意去探究他们的情志，他们各自是什么样性情境界的人难道还看不清楚？以此来讨论他们贤明与否的实际情况，又怎么可能骗得了人呢？

【品读】

"不以物喜，不以己悲"，范仲淹有此名言。然而好说难做，古往今来有几人能真正达到这种人格境界？柳宗元、白居易皆一代才杰，然而一个"悯己伤志""卒以愤死"，一个虽反复言其通达，但是事到临头，仍忍不住"铢铢校量"。陶渊明其实也挣扎过，为"五斗米"折过腰，只不过他终于一横心战胜了自己，在山水田园的隐居生活中达到了忧乐两忘的思想境界。读者诸公感同身受，其酸甜苦辣想来自知。

处士之节与宰相之量 李　颀①（宋）

孙少述②《栽竹诗》曰："更起粉墙高千尺，莫令墙外俗人看。"晏临淄③曰："何用粉墙高千尺，任教墙外俗人看。"处士④之节，宰相之量，各言其志。

——《古今诗话》

【注释】

①李颀：生平无考，约北宋哲宗、徽宗间人。《宋史·艺文志》集类文史类有《古今诗话录》70卷，作李颀撰。今仅存《百家类说》残本，全书已佚，郭绍虞的《宋诗话辑佚》从各书辑佚，得444条，所多采旧说，广涉书史，亦有自撰，读之能广见识，亦不乏趣味。

②孙少述：孙侔，字少述，北宋名士，与王安石、曾巩友善，名倾时。早孤，故曾因孝母而屡应进士举，后母亡，乃终身不仕，屡荐不出。

③晏临淄：当指晏殊，北宋名臣，官至宰相。工诗词，有情致。为人性刚而重才，一时贤士如范仲淹、欧阳修等，皆出其门。

④处士：古时称所谓有德才而隐居不愿做官的人，后来泛指没有做过官的读书人。

【译文】

孙少述在《栽竹诗》中如此吟唱："更起粉墙高千尺，莫令墙外俗人看。"晏临淄却不禁咏叹："何用粉墙高千尺，任教墙外俗人看。"一个是处士，故有处士的气节，一个是宰相，故有宰相的度量，他们各言其志，迥然不同。

【品读】

处士避世养节，故高墙隔俗，有独善之心；宰相志在天下，故不避雅俗，有兼善之志。两寸钦敬，难以优劣。

梅圣俞啄木诗 　李　颀（宋）

范文正公①言劲节，知无不言，仁庙朝数出外补②。梅圣俞③作《啄木诗》以见意，曰："啄尽林中蠹④，未肯出林飞。不识黄金弹，双翎堕落晖。"

——《古今诗话》

【注释】

①范文正公：即北宋著名政治家、文学家范仲淹，卒谥文正，故后世称范文正公。此处把"公"字断开，读作"公言劲节"亦可通。

②"仁庙"句：范仲淹在北宋仁宗朝做官，因直言遭忌，数次受排挤贬谪而离京赴外地任职。

⑧梅圣俞：梅尧臣，字圣俞，北宋著名诗文作家，与范仲淹同时而年辈稍晚。

④蠹：蛀虫。

【译文】

范仲淹先生出言刚劲，气节正直，知道的想到的，没有不说出来的，宋仁宗时代，他因此而多次被排挤贬谪去边疆做官。梅尧臣作了一首《啄木诗》来隐喻范仲淹的性格和遭遇，诗写道："啄尽林中蠹，未肯出林飞。不识黄金弹,双翎堕落晖。"

【品读】

　　凭"先天下之忧而忧,后天下之乐而乐"的名言,范仲淹享名千古。但是在君主专制社会里,那些满怀忧患意识、为民为国操劳、敢于直言、一身正气的官员,往往被嫉妒,遭暗算,就像啄木鸟一样,为森林除虫灭害之时,却正有猎枪暗箭对准着它。双翅在夕阳的余晖中因遭弹而堕落,有一种悲壮的美感。

故乡举目无相识　龙　衮①（宋）

　　韩熙载,高密人,显仕江南②,晚年奉贡入梁③,都绝知旧。乃题于馆壁云:"未到故乡时,将谓故乡好。及至亲得归,争如身不到! 目前相识无一人,出入空伤我怀抱。风雨萧萧旅馆秋,归来窗下和衣倒。梦中忽到江南路,寻得花边旧居处。桃花蛾眉笑出门,争向前头拥将去。"又云:"仆本江北人,今作江南客。再去江北游,举目无相识。金风吹我寒,秋月为谁白? 不如归去来,江南有人忆。"

——《江南野录》

【注释】

　　①龙衮:生平未详。此则诗话转引自《诗话总龟》,注明引自龙衮《江南野录》。

　　②韩熙载:南唐时期著名书画家,山东高密人,投奔南唐,李煜时官至中书侍郎、光政殿学士承旨。

　　③梁:南朝国号之一,建都南京,曾向北扩张,山东、河北多其属地。

【译文】

　　韩熙载,梁国高密人,投奔到江南南唐王朝去做了大官,晚年送贡品入梁国,回到故乡,却一个知友旧交都没有了。于是在客馆墙壁上题诗一首:"未到故乡时,将谓故乡好。及至亲得归,争如身不到! 目前相识无一人，出入空伤我怀抱。风雨萧萧旅馆秋，归来窗下和衣倒。梦中忽到江南路，寻得花边旧居处。桃花蛾眉笑出门，争向前头拥将去。"又题一首云："仆本江北人，今作江南客。再去江北游，举目无相识。金风吹我寒，秋月为谁白？不如归去来，江南有人忆。"

【品读】

"近乡情更怯，不敢问来人。""儿童相见不相识，笑问客从何处来。"久离故土，谋生异地，第二故乡有更多至交亲友。少出老归，本望乡情热烈，然而山川依旧，却故人纷谢，满目陌生，风清月冷，悲凉之感可知。此时反倒急欲回归第二故乡，那里倒有人在思念。熙载的诗，倾诉了大千世界很多人都可能有过的一种心灵境遇。如今异乡、异国生活者更多了，读此诗句，能不共鸣？

善　讽　阮　阅①（宋）

于濆②为诗，颇干教化，《对花》诗云："花开蝶满枝，花落蝶还稀。惟有旧巢燕，主人贫亦归。"又有唐备③者，与濆同声，咸多比讽。有诗曰："天若无雪霜，青松不如草；地若无山川，何人重平道！"《题道傍木》云："狂风拔倒树，树倒根已露。上有数枝藤，青青犹未悟。"又曰："一日天无风，四溟波尽息。人心风不吹，波浪高百尺。"又《别家》曰："蝉鸣槐穗落。"又有《离家》诗曰："兄弟惜分离，拣日皆言恶。"皆协骚雅。

——《诗话总龟》

【注释】

①阮阅：原名美成，字闳休，所编《诗话总龟》，为宋代第一本综合性质的诗话汇编。

②于濆：字子漪，唐懿宗咸通二年（861）进士，官至泗州刺官。曾作《古风》三十篇以矫诗坛束于声律而入轻浮之弊。

③唐备：唐昭宗龙纪元年（889）进士，工于古诗，善以诗讽刺世风人

情。前述《对花》诗或云亦唐备所作。

【译文】

    唐朝诗人于渍,写诗总是有关风俗人情的教育训导,有一首《对花》诗写道:"花开蝶满枝,花落蝶还稀。惟有旧巢燕,主人贫亦归。"同时代又一个诗人唐备,与于渍志同道合,写诗极爱比喻讽刺。有诗写道:"天若无雪霜,青松不如草;地若无山川,何人重平道!"《题道傍木》云:"狂风拔倒树,树倒根已露。上有数枝藤,青青犹未悟。"又一首诗云:"一日天无风,四溟波尽息。人心风不吹,波浪高百尺。"还有一首《别家》诗说:"蝉鸣槐穗落。"又有《离家诗》云:"兄弟惜分离,拣日皆言恶。"都符合骚赋诗雅的精神。

【品读】

    所举数诗,大都有警人猛醒的艺术力量。中国古典诗学,向有美(赞颂)刺(讽喻)二端,唐备、于渍可谓善刺。

诗有三种语   叶梦得[①](宋)

    禅宗论云间有三种语:其一为随波逐浪句,谓随物应机,不主故常;其二为截断众流句,谓起出言外,非情识所到;其三为涵盖乾坤句[②],谓泯然皆契[③],无间可伺;其深浅以是为序。余尝戏谓学子言,老杜诗亦有此三种语,但先后不同。"波漂菰米沉云黑,露冷莲房坠粉红"[④]为涵盖乾坤句;以"落花游丝白日静,鸣鸠乳燕青春深"[⑤]为随波逐浪句;以"百年地僻柴门迥,五月江深草阁寒"[⑥]为截断众流句。若有解此,当与渠同参[⑦]。

——《石林诗话》

【注释】

    ①叶梦得(1077—1148):字少蕴,号石林居士,祖籍苏州,晚年迁居浙江湖州卞山石林谷,故号石林居士。宋哲宗绍圣四年(1097)进士,初

任丹徒尉，党争中屡被罢官，几次退居吴中。建炎二年（1128）宋高宗时，召为翰林学士兼侍读，力主抗金，官至两浙东路马步军副总管、崇信军节度使，后辞官退养。著述甚丰，有《石林总集》100卷，现存《石林家训》《石林燕语》《避暑录话》《玉涧杂书》《石林词》《建康集》及《石林诗话》等。其诗词作品，风格沉雄苍劲，亦微露伤感。其《石林诗话》论诗宗旨与严羽相近，亦可作小品诗话欣赏。

②涵盖：包容，囊括。

③泯然皆契：泯，尽。意谓宇宙间万物都已融会贯通，成为一体。

④"波漂"句：见杜甫《秋兴》之七，写昆明池之雄浑景象，确有"涵盖乾坤"之气。菰（gū），水中植物名，即茭白，颖果如米，故称菰米。

⑤"落花"句：见杜甫《题省中壁》，写雪化春来，季节推移，物象随之变化，故可作"随波逐浪句"。

⑥"百年"句：见杜甫《严公仲夏枉驾草堂兼携酒馔得寒字》，写严将军殷勤造访，亲自登门，而自己柴门冷僻，草阁清寒，并无什么可以招待。以冷对热，故可作"截断众流句"。

⑦渠：他。不作水渠解。

【译文】

禅宗谈论云间有三个层次的语言：其一是随波逐浪的语句，意思是说对不同的事物采取不同的方法，不谨守常规；其二是截断众流的语句，意思是说语言之含义出于言外，不是常情常识可以达到的；其三是包容天地的语句，意思是说宇宙万物都已融会贯通，没有空子可钻；这些语言的深浅层次就以此为顺序。我曾经跟学生开玩笑说道：老杜诗也有这三种语句，但先后次序与此不同。"波漂菰米沉云黑，露冷莲房坠粉红"，这是包容天地句；而以"落花游丝白日静，鸣鸠乳燕青春深"，作为随波逐浪句；以"百年地僻柴门迥，五月江深草阁寒"，作为截断众流句。倘若有人理解其中奥妙，我一定同他一道研究诗歌问题。

【品读】

禅世界的思想境界和语言境界，在诗世界里也都可以找到，所以诗与禅相生相发，难分难解，也算一大文化景观，耐人寻味。

老杜何所似　黄　彻①（宋）

《孟子》七篇论君与民者居半，其欲得君，盖以安民也。观杜陵："穷年忧黎元，叹息肠内热。""胡为将暮年，忧世心力弱。"《宿花石戍》云："谁能扣君门，下令减征赋。"《寄柏学士》云："几时高议排君门，各使苍生有环堵。"宁令"吾庐独破受冻死亦足"，而志在"大庇天下寒士"，其仁心广大，异夫求穴之蝼蚁辈②，正是孟子所存矣。东坡问老杜何如人，或言似司马迁③，但能名其诗耳；愚谓老杜似孟子，盖原其心也。

——《碧溪诗话》

【注释】

①黄彻：字常明，莆田（今属福建）人，北宋宣和甲辰（1124）登第，南宋初曾做知县。其《碧溪诗话》作于隐居兴化（今莆田）碧溪之时，推崇杜诗是其主要宗旨，作小品读，多有情采趣味。

②"求穴"句：杜甫《自京赴奉先县咏怀五百字》云："顾惟蝼蚁辈，但有求其穴。"

③"东坡问"句：《东坡志林》卷十一："昨日见毕仲游，问：'杜甫似何人？'仲游曰：'似司马迁。'仆喜而不答，盖与曩言会也。"

【译文】

《孟子》七篇中讨论君与民的占一半多，他希望国家有好君主，目的是为了老百姓安居乐业。看杜甫杜少陵的诗："穷年忧黎元，叹息肠内热。""胡为将暮年，忧世心力弱。"《宿花石戍》说："谁能扣君门，下令减征赋。"《寄柏学士》说："几时高议排君门，各使苍生有环堵。"宁令"吾庐独破受冻死亦足"，而志在"大庇天下寒士"，其仁心广大，与只顾自求其穴的蝼蚁之辈大不相同，正是得到孟子的精神所在。苏东坡曾问老杜像谁，有人说像司马迁，这只能说他的诗歌创作；而我说老杜像孟子，因为这才是杜甫的心志所在。

【品读】

其实老杜既像司马迁,也像孟夫子。像孟夫子仁者爱人,格君悯民;像司马迁一腔忧患,发愤作诗。

丈夫不怕贫　黄　彻(宋)

林和靖赠人诗云:"马从同事借,妻怕罢官贫。"颇能状寒廉态,抑又有意。所谓怕贫者,妇人女子耳,大丈夫之不移①,何陨获之有②?子美"长贫任妇愁",亦以男子未尝愁也。"让粟不谋妻③",以明谋及妇人,则不得辞也。又云:"浮生有定分,饥饱岂可逃?叹息谓妻子,我何随汝曹④?"乐天云:"妻孥不悦生怪问,而我醉卧方陶然。"退之曰:"莫为儿女态,戚嗟忧贱贫。"

——《碧溪诗话》

【注释】

①不移:孟子有"贫贱不能移"语。
②陨获:困顿失志之态。
③"让粟"句:黄庭坚《留几复饮》诗中之句。
④"浮生"四句:杜甫《飞仙阁诗》。

【译文】

林和靖在一首赠人诗中曰:"马从同事借,妻怕罢官贫。"很能形容寒酸而又清廉的情状,其中还有一层意思。害怕贫贱的,不过妇人女子而已,男子汉大丈夫,应该有"贫贱不能移"的志气,怎么会因为贫贱而垂头丧气呢?杜甫诗云:"长贫任妇愁",也是说男子汉并没愁过。黄庭坚诗云:"让粟不谋妻",也说如果明白地与妻子商量,则不会获得同意的。杜诗又云:"浮生有定分,饥饱岂可逃?叹息谓妻子,我何随汝曹?"白居易云:"妻孥不悦生怪问,而我醉卧方陶然。"韩愈云:"莫为儿女态,戚嗟忧贱贫。"而此处的"妇愁",主要是指家庭主妇的柴米之难。

【品读】

说妇人女子就必定不能安贫守志,不敢苟同,因为古代高洁女性不乏其人。而说男子汉大丈夫不要怕贱忧贫,更不要穷极失志,而应该守志不移,穷且益坚,则是正理。

趣不可告人 黄 彻(宋)

尝恨王子猷作"此君"语①,轻以难名者告人,遂使庸大俗子,妄意其间,酤坊茗肆,适以污累之。谪仙②云:"但得酒中趣,勿为醒者传。"此理信然。和靖③《招灵皎》云:"百千幽胜无人见,说向吾师是泄机。"东坡云:"此味只忧儿辈觉,逢人休道北窗凉。""人生此乐须天赋,莫遣儿童取次知。"使子猷知此,必钳其喙也。

——《碧溪诗话》

【注释】

①"王子猷"句:晋人王徽之,字子猷,王羲之之子。曾寄居空宅,即令种竹,人问其故,答曰:"何可一日无此君邪!"后人或以"此君"代"竹"。

②谪仙:指李白。其《蜀道难》诗,贺知章一见,惊为谪仙。

③和靖:林逋,字君复,后人称和靖先生,北宋初年著名隐逸诗人。

【译文】

我曾恼恨王徽之在宅院里种竹时,为什么要对人说"何可一日无此君"的话呢?轻易地把那种难以名状的高情雅趣告诉人,致使那些庸夫俗子,胡乱领会其中的意思,在酒店茶馆周围,到处种上竹子,适足让这位高洁君子的声名遭受污染。谪仙人李白诗曰:"但得酒中趣,勿为醒者传。"这道理说得很对。林和靖《招灵皎》诗云:"百千幽胜无人见,说向吾师是泄机。"苏东坡云:"此味只忧儿辈觉,逢人休道北窗凉。"又说:"人生此乐须天赋,莫遣儿童取次知。"假使子猷先生知道他们所讲的这个妙理，一定会钳紧嘴巴不轻易说话了。

【品读】

高人雅士的情趣节操，以及他们对某种情感的独到领悟，非庸夫俗子所能解，然而庸夫俗子却惯会凭着一知半解，不懂装懂，附庸风雅，做出高雅状来，让人恶心欲吐，糟蹋了那份珍贵的情趣。所以不要对牛弹琴，也不要对市井浊物说"竹"。

公道世间唯白发　黄　彻（宋）

牧之有"公道世间唯白发，贵人头上不曾饶"。尝爱其语奇怪，似不蹈袭。后读子美"若遭白发不相放"，为之抚掌。

——《碧溪诗话》

【译文】

杜牧诗句有"公道世间唯白发，贵人头上不曾饶"。我曾很欣赏这两句诗新奇怪绝，似不蹈袭前人。后来读到杜甫诗中有"若遭白发不相放"，突然找到了出处，不禁为之鼓掌叫绝。

【品读】

世间几多高官巨富，志得意满，耀武扬威，不可一世。然而他们的生命也只有一次，岁月同样把他们的青丝变成白发，在时间老人面前，他们是不是也只好无能地叹息，不得不丢下万贯财富和齐天权势撒手人寰？而普通人，正直的人，清白的人，是不是终于在这里讨回了人间的公道？

此别不销魂　黄　彻（宋）

梦得《送僧君素》云："去来皆是道，此别不销魂。"坡云："古今正自同，岁月何必书。"此等语皆通无碍，释氏所谓具眼也。

——《碧溪诗话》

【译文】

刘梦得《送僧君素》诗云:"去来皆是道,此别不销魂。"苏东坡也有诗云:"古今正自同,岁月何必书。"这些诗句都通脱透彻,不受尘世一点障碍,这就是佛教所谓有眼力了。

【品读】

能看透去来无别,古今相同,就可以不为离别伤感,不为历史忧患了,感情消失了,心灵之火寂灭了,这就是那种虚无永恒的佛境吗?

险 中 人 黄 彻(宋)

范文正《淮上遇风》云:"一棹危于叶,旁观亦损神。他年在平地,无忽险中人。"虽弄翰①戏语,卒然而作,兼济加泽之心,可见未尝忘也。

——《碧溪诗话》

【注释】

①弄翰:玩弄笔墨。

【译文】

范文正公《淮上遇风》诗云:"一棹危于叶,旁观亦损神。他年在平地,无忽险中人。"虽然是舞文弄墨的游戏文字,突然间有感而作,但兼济天下、泽及万民之心,可见从没忘记过。

【品读】

"先天下之忧而忧"的范仲淹,写自己一叶小舟挣扎在波峰浪谷,而想象旁观之人也会惊惧伤神,再推想自己他年在平地,一定能更好地体会险中人的心境,确实显示出兼济之心。这种对象化的自我观照,启迪人思考人生。

书引睡魔人人同　黄　彻（宋）

白云："趁凉行绕竹，引睡卧观书。"坡："引睡文书信手翻。"书引睡魔，诚人人所同也。

——《碧溪诗话》

【译文】

白居易诗云："趁凉行绕竹，引睡卧观书。"苏东坡诗云："引睡文书信手翻。"读书容易引来睡魔，确实人人都有同样的经验。

【品读】

要不怎么叫"寒窗苦读"呢？要不怎么会有"悬梁刺股"那样一些动人的读书人故事呢？读书以增学问智识，诚非易事，千古而然。

垂死病中惊起坐　黄　彻（宋）

乐天谪浔阳，積寄左降①诗云："残灯无焰影幢幢，此夕闻君谪九江。垂死病中惊起坐，暗风吹雨入寒窗。"白谓："此句他人尚不可闻，况仆心哉！至今每吟，犹恻恻耳。"复贻三韵云："忆昔封书与君夜，金銮殿后欲明天。今夜封书在何处？庐山庵里晓灯前。"去来乃士之常，二公不应如此之戚戚也。子瞻《送文与可》云："夺官遣去不自觉，晓梳脱发谁能收！"推之前诗，厥论高矣。然居易答元书以"三泰②"为报，且云可以乐之终身者。悲叹之语，恐特伤离索耳。白公罢郡，亦尝有云："睡到午时欢到夜，回看官职是泥沙。"

——《碧溪诗话》

【注释】

①稹:元稹,唐代诗人,与白居易齐名,并称"元白"。左降:即贬谪之意。

②三泰:白居易《与微之书》中以合家平安为一泰,不愁衣食为二泰,有好山水可游为三泰。泰,安好。

【译文】

白居易被贬浔阳,元稹听说他遭到降谪,就寄诗以表慰念,诗云:"残灯无焰影幢幢,此夕闻君谪九江。垂死病中惊起坐,暗风吹雨入寒窗。"白居易说:"这样深情而悲凉的诗句其他人都不敢读,何况我这颗苦寂的心呢!直到现在我每一吟诵,心里还隐隐发疼。"他回赠元稹三首诗中说:"忆昔封书与君夜,金銮殿后欲明天。今夜封书在何处?庐山庵里晓灯前。"去去来来是读书士子寻常的事,两位先生不应该如此伤心。苏东坡《送文与可》诗云:"夺官遭斥不自觉,晓梳脱发谁能收!"把这与前面两位先生的诗一比较,东坡之论,就显出高一境界。然而白居易回答元稹的书信又以"三泰"报平安,而且说可以在那里乐度终身,则悲叹的诗句,恐怕只是特别伤感离群索居的孤独罢了。白老先生罢官的时候,也曾作《喜罢郡》诗云:"睡到午时欢到夜,回看官职是泥沙。"

【品读】

"垂死病中惊起坐,暗风吹雨入寒窗",怀友之情,真挚深痛,读之真能下泪。而作为一个具有亮节高风的文化人,对生活中的不平遭遇要能随遇而安,处之泰然,人生恐怕是得有点超脱感。

世人不知渊明志 黄 彻(宋)

世人论渊明,皆以其专用肥遁①,初无康济②之念,能知其心者寡也。尝求其集,若云:"岁月掷人去,有志不获骋。"又有云:"猛志逸四海,骞翮③思远翥④。荏苒岁月颓,此心稍已去。"其自乐出亩,乃卷怀⑤不得已耳。士之出处⑥,未易为世俗言也。

——《碧溪诗话》

【注释】

①肥遁:《易·遁》:"上九,肥遁,无不利。"孔颖达疏云:"子夏传曰:肥,饶裕也。……上九最在外极,无应于内,心无疑顾,是遁之最优,故曰肥遁。"后因称高隐为"肥遁"。

②康济:安民济众。

③骞翮(xiān hé):鸟展翅飞翔的样子。

④翥(zhù):鸟向高空飞。

⑤卷怀:藏身、引退。《论语·卫灵公》:"邦无道,则可卷而怀之。"

⑥出处:进退,即出仕做官或隐退在野。

【译文】

世上一般人议论陶渊明,都以为他只是一心高节退隐,从一开始就没有安民济众的思想。看来能够了解他的真心的人少啊。我曾经研读过他的诗集,有说:"岁月掷人去,有志不获骋。"又说:"猛志逸四海,骞翮思远翥。荏苒岁月颓,此心稍已去。"原来他之所以喜欢田园生活,只是一种不得已的藏身隐退。贤士的进退,是不容易跟世俗之人说清楚的。

【品读】

陶渊明千古只以"独善"而传美名,其实当初亦有"兼善"之志,退隐以后也未必忘得干干净净,上述诗句以及"刑天舞干戚,猛志固常在"等可证。只是制度黑暗腐朽,才杰往往未遂"兼善"之志,而已折了象征人格的"腰",只好闭眼不看,远离尘俗肮脏,总还可以保持清白之身不受污染。岂不悲哉!

文人艰危不忘赋诗　葛立方①(宋)

自古文人虽在艰危困踬之中②,亦不忘于制述,盖性之所嗜,虽鼎镬在前不恤也③。况下于此者乎?李后主在围城中,可谓危矣。犹作长短句,所谓:"樱桃落尽春归去,蝶翻金粉双飞。子规啼月小楼西。"文未就而城破。蔡约之尝亲见其遗稿。东坡在狱中作诗赠子由云："是处青山可埋骨,他年夜雨独伤神。"犹有所托而作。李白在狱中作诗《上崔相》云："贤相燮元气④,再欣海县康。就念覆盆下,雪泣拜天光。"犹有所诉而作,是皆出于不得已者。刘长卿在狱中,非有所托诉也,而作诗云："斗间谁与看冤气,盆下无由见太阳。"一诗云："壮志已怜成白发,余生犹待发青春。"一诗云："冶长空得罪,夷甫不言钱。"又有《狱中见画佛》诗,岂性之所嗜,则缧绁之苦不能易雕章绘句之乐欤⑤?

——《韵语阳秋》

【注释】

①葛立方(? —1164):字常之,丹阳人,南宋绍兴八年(1138)进士,官至史部侍郎。所著有《归愚集》《西畴笔耕》《韵语阳秋》。《韵语阳秋》被《四库全书总目提要》誉为宋人诗话之善本,清人何文焕收入《历代诗话》。常之家学深厚,博学多识,美质文采,故其诗话读作小品,增智识而兼富文趣。

②踣:破、灭。

③鼎镬(huò):两者都是煮东西的工具,这里借指古代的一种刑罚,是用鼎镬蒸煮犯人。

④燮(xiè):协调。

⑤缧绁(léi xiè):拘捕用的绳子,借指牛狱;雕章绘句:精心修饰文字。

【译文】

自古以来读书人即使处于艰苦危急困难之中,也没有忘记著述写作,这是天性的爱好,即使面对鼎镬之刑也不顾。何况还有比不上这种情况的呢?李煜被围在城中的时候,可以说是很危急了,他还写了这样一首长短句:"樱桃落尽春归去,蝶翻金粉双飞。子规啼月小楼西。"文章还未写完城墙就给攻破了。蔡绦曾经亲眼见到他的遗稿。苏东坡在狱中写了一首诗送给苏辙:"是处青山可埋骨,他年夜雨独伤神。"还有个发感慨的对象;李白在狱中写了《上崔相》的诗:"贤相燮元气,再欣海县康。就念覆盆下,雪泣拜天光。"这也是有所倾诉,这都是没有办法的事。而刘长卿在狱中并不是要向什么人寄托倾诉,却写了"斗间谁与看冤气,盆下无由见太阳。"又有"壮志已怜成白发,余生犹待发青春。"还有"冶长空得罪,夷甫不言钱。"还有《狱中见画佛》诗,这难道不是性情的喜好,即使是牢狱的苦痛也不能改变精心雕琢文章的兴趣吗?

【品读】

诗可以怨。诗有对象可寄,兼能慰己托人;诗无对象可寄,则唯自慰而已。记起厨川白村的著名美学观点来,文学是苦闷的象征,诗当然最是。又,诗穷而后工,处艰危往往有好诗。

诗写不祥之兆 葛立方(宋)

李长吉云:"我当二十不得意,一心愁谢如枯兰。"至二十七而卒。陈无己《除夜诗》云:"七十已强半,所余能几何! 遥知暮夜促,更觉后生多。"至四十九而卒。语意不祥如此,岂神明者先授之耶?

——《韵语阳秋》

【译文】

李贺诗云:"我当二十不得意,一心愁谢如枯兰。"后来二十七岁就死了。陈师道《除夜诗》说:"七十已强半,所余能几何! 遥知暮夜促,更觉后生多。"也到四十九岁就去世了。诗句说出这样不吉祥的预兆,难道是神灵提前告诉他们的吗?

【品读】

英雄命短,美女夭折,诗人早死,这是人间最最悲惨的事。可是"天妒英才",又能怎么样呢? 诗人敏感,感伤之中不觉透露了其间信息,可不悲哉!

七哀诗起曹子建 葛立方(宋)

《七哀诗》起曹子建,其次则王仲宣、张孟阳也。释诗者谓病而哀、义而哀、感而哀、悲而哀、耳目闻见而哀、口叹而哀、鼻酸而哀，谓一事而七者具也。子建之《七哀》，哀在于独栖之思妇；仲宣之《七哀》，哀在于弃子之妇人；张孟阳之《七哀》，哀在于已毁园寝。唐雍陶亦有《七哀》诗，所谓："君若无定云，妾作不动山。云行出山易，山逐云去难。"是皆以一哀而七者具也。老杜之《八哀》，则所哀者八人也。王思礼、李光弼之武功，苏源明、李邕之文翰，汝阳、郑虔之多能，张九龄、严武之政事：皆不复见矣。盖当时盗贼未息，叹旧怀贤而作者也。司马温公亦有《五哀诗》谓楚屈原，赵李牧，汉晁错、马援，齐斛律光，皆负才竭忠，卒困于谗而不能自脱。盖有激而云尔。

——《韵语阳秋》

【译文】

《七哀诗》起源于曹植，接着就有王粲、张孟阳。解释《七哀诗》的人说是疾病令人悲哀，义气令人悲哀，感情令人悲哀，悲伤令人悲哀，耳闻目见令人悲哀，口叹令人悲哀，鼻酸令人悲哀，说是一件事而这七种悲哀都有。曹植的《七哀诗》，是在为独自在家思念丈夫的妇女悲哀；王粲的《七哀诗》是在为抛弃儿子的妇女悲哀；张孟阳的《七哀诗》是在为自己的园林被毁而悲哀。唐朝的雍陶也有一首《七哀诗》，所说的是："君若无定云，妾作不动山。云行出山易，山逐云去难。"这些都是以一首哀诗而七种感情都具备了。杜甫的《八哀诗》则所悲哀的有八个人。王思礼、李光弼的武功，苏源明、李邕的文才，李班、郑虔的卓越才能，张九龄、严武的政绩：都再也看不到了。这是因为当时盗贼没有平息，诗人们感叹过去怀念贤才而写。司马光也有《五哀诗》，说楚国的屈原，赵国的李牧，汉朝的晁错、马援，南朝时齐朝的斛律光，都很有才华而又为国竭尽忠心，最后被谗言所困而不能得到解脱。这是因为有所感触而写的。

【品读】

《七哀诗》多是怨诗，为他人而哀，为自己而哀，最终是为了抒发自己怨郁的感情。人间可哀之事太多,竟使哀诗成为一体。

神游天地 胡 仔[①](宋)

《后湖集》云:"余每读苏州[②],'漠漠帆来重,冥冥鸟去迟'之语,未尝不茫然而思,喟然而叹!嗟乎,此余晚泊江西十年前梦耳。自余奔窜南北,山行水宿,所历佳处固多,欲求此梦了不可得,岂兼葭莽苍,无三湘七泽之壮,雪蓬烟艇,无风樯阵马之奇乎?抑吾且老矣,壮怀销落,尘土坌没[③],而无少日烟霞之想也?庆长笔端丘壑[④],固自不凡,当为余图苏州之句于壁,使余隐几静对,神游八极之表耳。"

——《苕溪渔隐丛话》

【注释】

①胡仔:字元任,徽州绩溪(今属安徽)人,曾官奉议郎,知常州晋陵县,后寓居湖州苕溪,渔钓著述自适,自号苕溪渔隐。南宋绍兴十八年(1148),写成《苕溪渔隐丛话前集》,二十年后,续成《后集》,为北宋诗话总集,采录诗话六十多种,本人所撰诗话有四百多条,推崇李(白)、杜(甫)、苏(东坡)、黄(庭坚),论诗艺兼论诗人,作小品亦良多可采。

②《后湖集》:苏庠(1065—1147),南宋诗人,字养直,自号后湖病民,著《后湖集》10卷,《后湖词》1卷;苏州:唐代诗人韦应物,曾任苏州刺史,人称"韦苏州"。

③坌没:一起落下。

④丘壑:山河。

【译文】

《后湖集》说:"我每次读韦应物'漠漠帆来重,冥冥鸟去迟'这句诗,总免不了思绪茫然,感慨万端!唉,这是我十年前一天傍晚船泊江西时所见到的梦似的景色啊。自从我南来北往,山行水宿以来,所见的名胜已经很多了,再想见到这个梦似的情景却得不到。难道芦苇原野没有三湘七泽的壮丽,雪莲烟草没有风樯阵马的奇异吗?莫不是我已经老了,壮志已经销落,像尘土一样落下,而没有少年时代对山水的感受力了?庆长笔下的山水确实非同寻常,应当请他为我把韦应物诗句的意境画出来挂在墙上,使我能依在桌边静静地对着它,神游天地。"

【品读】

已逝的东西往往会在记忆中留下美好然而又是不可复制的印象,这种人生体验许多人都有。这是一种遗憾,是一种不可在现实中弥补却能在艺术中弥补的遗憾。作者很懂这一点。

诗道亦在妙悟 严 羽[①]（宋）

大抵禅道惟在妙悟[②],诗道亦在妙悟。且孟襄阳学力下韩退之远甚[③],而其诗独出退之之上者,一味妙悟而已。惟妙悟乃为当行[④],乃为本色。然悟有深浅,有分限[⑤],有透彻之悟,有但得一知半解之悟。汉魏尚矣,不假悟也。谢灵运[⑥]至盛唐诸公,透彻之悟也;他虽有悟者,皆非第一义也。吾评之非僭也[⑦],辩之非妄也。天下有可废之人,无可废之言。诗道如是也。若以为不然,则是见诗之不广,参诗之不熟耳。

——《沧浪诗话》

【注释】

①严羽(1197?—1241前后),字仪卿,一字丹邱,号沧浪逋客,邵武(今属福建)人,宋末隐居不仕。工诗词,尚名节。《沧浪诗话》是他影响深远的一部诗话著作,其主旨乃在以"识"入门,通过"妙悟",达到"兴趣"的境界。他以禅学喻诗学,其"妙悟"说深入到了诗歌创作的特殊艺术规律之中。其诗话作小品文读,亦有趣味。

②妙悟:灵心善悟,指禅宗悟道之法。

③孟襄阳:即唐代诗人孟浩然,世称孟襄阳,隐居鹿门山。韩退之:指唐代散文大师韩愈,亦能诗。

④当行：内行；精通某一行业务，如出色当行。

⑤分限：区别与界限。

⑥谢灵运：东晋人，谢玄孙，袭封康乐公，刘裕称帝后降为侯，做过永嘉太守，以写山水诗著名，后被杀。

⑦僭：越分。

【译文】

一般来说佛家参禅悟道讲究妙悟禅理，而为诗之道也讲究妙悟诗理。孟浩然的学问造诣比韩愈差远了，但他写的诗却偏偏能够超过韩愈，就在于孟浩然一心妙悟诗理。只有妙悟，才是诗人专长，才是诗人本色。但是妙悟有深浅、有界限，有透彻的妙悟，有只得到一知半解的妙悟。汉魏诗人深谙此理，不求妙悟而悟在其中。从谢灵运到盛唐各位大诗人，都是透彻的妙悟。此外的诗人尽管也有懂得妙悟之理的，但都不是深刻的、透彻的妙悟了。我批评这些诗人不是要凌驾于他们之上，我讨论他们的诗也不是故作狂妄。天下有可以被打倒的人，但没有可以被推倒的至理名言。诗学也是这样。如果有谁觉得我这话不对，恐怕是由于他读诗太少，领会诗理不透彻的缘故吧。

【品读】

严羽以禅喻诗，标举妙悟为诗学正宗，在诗学史上产生了重大影响。"妙悟说"抓住了诗歌美学的本质精神，对诗歌创作和诗歌欣赏都极有启发意义，它能把人引进一种空灵清纯的艺术境界，有这种妙悟与没这种妙悟的诗读来兴味是大不一样的。

作凉冷诗易　李东阳①（明）

作凉冷诗易，作炎热诗难；作阴晦诗易，作晴霁诗难；作闲静诗易，作繁扰诗难。贫诗易，富诗难；贱诗易，贵诗难。非诗之难，诗之工者为难也。

——《怀麓堂诗话》

【注释】

①李东阳(1447—1516)：字宾之，号西涯，茶陵(今属湖南)人。明英宗天顺八年(1464)进士，为朝廷重臣，官至华盖殿大学士。刘瑾专权时依附周旋，为时所议。东阳以宰臣操持文柄，创茶陵诗派，诗文典雅工丽。《怀麓堂诗话》受严沧浪影响，认为诗别是一教，应有"别情""别趣"。

【译文】

作清冷风格的诗容易，作热烈风格的诗难；作晦涩风格的诗容易，作明朗风格的诗难；作恬淡风格的诗容易，作繁闹风格的诗难。作意义短促的诗容易，作意义丰厚的诗就难；作内容浅俗的诗容易，作内容高雅的诗就难。这些都不是说作诗难，而是说作高品味的诗难啊。

【品读】

这则诗话把凉与热、阴与晴、闲与忙、穷与富、贱与贵排比起来，下了一个前易后难的结论，虽然说的是作诗，而且其准确性也不宜细品，但却相当给人以启发。所谓"诗穷而后工""穷苦之言易好，欢愉之辞难工"，说的都是同一个道理。

诗如参禅 　安　磐①(明)

诗如参禅②，有彼岸，有苦海③，有外道，有上乘④。迷者不能登彼岸，沉者不能出苦海，魔者不能离外道，凡者不能超上乘。虽不离乎声律⑤，而实有出于声律之外。严沧浪所谓一味妙悟者⑥，盖为是也。

　　　　　　　　　　　——《颐山诗话》

【注释】

①安磐：字公石，号颐山，嘉定人，明宏治乙丑(1505)进士，官至兵科给串中，以争大礼被廷杖除名。工诗，深知其中甘苦，故论诗论人，颇多会心之言。

②参禅：佛教语，玄思冥想，探究佛理。

③彼岸、苦海：佛教把有生有死的境界，称为此岸；烦恼苦难，称为中流，亦称苦海；超脱生死，即涅槃的境界，称为彼岸。

④上乘：佛教喻修行法门为乘大车，称大乘为上乘，小乘为下乘。上乘是佛教修炼的较高境界。

⑤声律：诗赋的声韵格律。

⑥严沧浪：宋人严羽，自号沧浪逋客，所著《沧浪诗话》以禅喻诗，标举妙悟为诗法上乘。

【译文】

学诗如参禅，有彼岸，有苦海，有邪门外道，有上乘境界。迷失方向的人就不能到达彼岸，书呆子钻牛角尖就不能跳出苦海，卖弄小聪明玩文字游戏而失严肃的人就离不了邪门外道，平庸的人就不能攀登上乘境界。写诗尽管不能离开声韵格律，但实际上声韵格律之外还有更重要的东西。宋人严羽所说的一味追求妙悟，就是指这个道理。

【品读】

诗世界与禅世界相似，可能是跳进无边苦海，也可能登上彼岸乐园，还可能堕入邪门外道，就看你才质如何，修炼方法如何，甚至契机、气运、缘分如何了。

禅悟与诗悟　胡应麟①（明）

严氏以禅喻诗②，旨哉！禅则一悟之后，万法皆空③，棒喝怒呵④，无非至理。诗则一悟之后，万象冥会⑤呻吟咳唾，动触天真。然禅必深造而后能悟，诗虽悟后，仍须深造。自昔瑰奇之大⑥，往往有识窥上乘⑦、业阻半途者。

——《诗薮》

【注释】

①胡应麟（1551—1602）：字元瑞，更字明瑞，号石羊生，又号少室山

人，兰溪（今属浙江）人。万历四年（1576）举人，后屡试不第，筑室山中，聚书四万余卷，著书以终。有《诗薮》及《少室山房类稿》《少室山房笔丛》。

②严氏：宋人严羽，著《沧浪诗话》。

③法：佛教泛指宇宙的本原、道理、法术。

④棒喝怒呵：喝（hè），大声喊叫；呵（hē），呵斥，斥责。挥舞大棒，大声吼叫。

⑤万象冥会：万象，凡有形状的东西都叫象，象就是物，万象就是万物。冥会，默契，暗中相合。

⑥瑰奇：珍奇。戴复古《读放翁先生剑南诗草》："入妙文章本平淡，等闲言语变瑰奇。"

⑦窥：从小孔或缝隙中偷看。

【译文】

严先生用参禅来说明学诗的道理，说得好到位呀！禅宗是一经领悟之后，则一切法度都已空空如也，嬉笑怒骂，没有不是至理名言的。诗道则一经领悟之后，宇宙万物都融化于心，哪怕一次呻吟，一次咳唾，都可能触动天机灵感。然而，参禅一定要修行到家之后才能领悟，学诗则尽管领悟了，仍然还要深造。从来诗歌的美妙境界是大而无边的，往往有已经窥透妙理，攀登到了上乘境界，而后来又半途而废的人。

【品读】

说禅之一悟之后，到达另一境界，只要开口，句句都足真理，这可能有点玄乎，但禅宗本来就玄乎！据说诗之一悟之后，也能到达一种境界，一不小心，就可能写出传世杰作，哪个诗人不想如此？

法 与 悟 胡应麟（明）

汉、唐以后谈诗者，吾于宋严仪卿得一"悟"字①，于明李献吉得一"法"字②，皆千古词场大关键。第二者不可偏废③：法而不悟，如小乘缚律；悟而不法，外道野狐耳④。

——《诗薮》

【注释】

①严仪卿：严羽，字仪卿，所作著名诗话著作《沧浪诗话》以禅喻诗，推崇妙悟。

②李献吉：李梦阳，字天赐，又字献吉，自号空同子，明代文学复古派前七子代表。

③第：但是。

④外道野狐：佛家称外道异端为野狐禅。

【译文】

汉、唐以后的诗论家，我从宋人严羽那里学到一个"悟"字，从明人李梦阳那里学到一个"法"字，这都是千古诗坛的大关键。但是两者不可偏废：只懂得循规蹈矩而无妙悟，就像小乘被清规戒律所束缚；只有妙悟而不懂作诗的基本格律法度，则又可能是邪门外道了。

【品读】

由法境而入悟境，是诗家正途。首先必须懂得基本法度，熟悉格律，但停留在法境，如坐监牢，到得悟境，才知诗歌之妙。

诗有异才　胡震亨①（明）

诗才迟速，天分有限。贾岛三年十字，迟自可传；王璘半日万言，速更可取？必亦捷成为贵，杨师道之当筵立构，王子安之覆被起书②，李太白之颏面四绝③，温飞卿之叉手八韵④，敏与工兼，才斯称异尔。

——《唐音癸签》

【注释】

①胡震亨（1569—1645）：字君鬯，号赤城山人，晚年又号遁叟，浙江海盐人，官至兵部职方员外郎。所著《唐音癸签》（三十三卷），专辑唐诗资料，乃明代极有价值的诗话汇编。

②王子安：初唐诗人王勃字子安。

③颒（huì）面：洗面。

④温飞卿：唐代诗人温庭筠字。

【译文】

诗才禀赋的快慢之分，是受天分限制的。贾岛三年才能苦吟两句五言诗十个字，虽然写得慢，但所作的诗却可流传后世；而王璘下笔，半天万言，可谓迅速，然而写得快就可取吗？如果一定要以速成为贵，那么杨师道在酒筵上当场写出佳构，王子安一觉醒来，奋笔疾书，李太白在洗脸之间，即成四首绝句，温飞卿一叉手，就有了八行诗句，既敏捷又精彩，这样的才华才称得上有异禀。

【品读】

古老诗国，奇才辈出，或迟或速，流传着多少千古风流佳话！

学问见识如棋力酒量　徐　增①（清）

诗之等级不同，人到那一等地位，方看得那一等地位人诗出。学问见识如棋力酒量，不可勉强也。

今人好论唐诗，论得著者几个？譬如人立于山之中间，山顶上是一种境界，山脚下又是一种境界，此三种境界各各不同。中间境界人论上境界人之诗，或有影子；至若最下境界人而论最上境界人之诗，直未梦见也。

——《而庵诗话》

【注释】

①徐增：字子能，号而庵，清代康、雍间苏州人。

【译文】

诗有不同的档次，人对诗的修养到了那一档次之人，才看得懂那一档次的诗。人的学问、见识就像棋艺酒量一样，高下有别，是不能勉强的。

现在的人喜欢评论唐诗，可有几个人论得对呢？就好比人站在山腰,山顶上是一种境界,山脚下又是一种境界,这三种境界各不相同。论者的学问才识只达到了中间境界,却去谈论上等境界之人的诗,或许能够得到一点影子;至于处于最下境界的人去评论最上境界之人的诗,那种境界的妙处,简直是连做梦也梦见不到的。

【品读】

这则诗话的比喻颇有意思。

站在山巅上俯视山下,视野的开阔自不必说,站在山腰上仰视山上,若有所评,总还能差强人意,尽管它肯定不是精评。但若站在山下,而又要去评点山顶风光,却只能是胡评、妄评。何也?人的地位与眼界所限。正如文中所说:"学问见识如棋力酒量,不可勉强也。"

然而世间妄人何其多!

以乐景写哀以哀景写乐　王夫之[①]（清）

"昔我往矣,杨柳依依;今我来思,雨雪霏霏"[②]。以乐景写哀,以哀景写乐,一倍增其哀乐。知此,则"影静千官里,心苏七校前"[③],与"唯有终南山色在,晴明依旧满长安"[④],情之深浅宏隘见矣。况孟郊之乍笑而心迷,乍啼而魂丧者乎?

——《姜斋诗话》

【注释】

①王夫之(1619—1692):字而农,号姜斋,湖南衡阳人,明亡不仕,隐居衡阳之石船山著述讲学,人称船山先生。他是明清易代时期坚贞不屈的抗清志士和杰出的启蒙思想家,又是一位著名诗人和诗论家,著作有一百多种,后人辑为《船山遗书》。其诗话著作《诗译》《夕堂永日绪论》《南窗漫记》合为《姜斋诗话》,在诗话史上颇有影响。

②"昔我往矣"四句:见《诗经·小雅·采薇》。

③"影静千官里"两句:见杜甫诗《喜达行在所三首》之三。

④"唯有终南山色在"两句:见李拯诗《退朝望终南山》。

【译文】

《诗经·小雅·采薇》:"昔我往矣,杨柳依依;今我来思,雨雪霏霏。"前一句是用"杨柳依依"的快乐景象托哀情,后一句是用"雨雪霏霏"的凄凉景象描写乐事,这样欢乐与哀伤之情都成倍地增加了。明白了这个道理,那么像杜甫诗"影静千官里,心苏七校前",与李拯诗"唯有终南山色在,晴明依旧满长安",其中情感表达谁深厚谁肤浅、谁广博谁偏狭就显现出来了。更何况像孟郊那样的得意就忘形、失意就落魄的诗呢?

【品读】

以情化景,情哀则景哀,情乐则景乐,这是生活中的一般规律;而"以乐景写哀,以哀景写乐",以景反衬其情,可能收到"一倍增其哀乐"的效果,这就是艺术的辩证法了。

论　清　远　王士禛①（清）

汾阳孔文谷(天允)②云:"诗以达性,然须清远为尚。薛西原论诗,独取谢康乐、王摩诘、孟浩然、韦应物,言'白云抱幽石,绿筱媚清涟',清也;'表灵物莫赏,蕴真谁为传',远也;'何必丝与竹,山水有清音','景昃③鸣禽集,水木湛清华',清远兼之也。总其妙在神韵矣。""神韵"二字,予向论诗,首为学人拈出,不知先见于此。

——《带经堂诗话》

【注释】

①王士禛(1634—1711):字贻上,号阮亭,自号渔洋山人,官至刑部尚书,是钱谦益、吴伟业之后清代诗坛盟主,倡神韵之说。

②孔天允:字汝锡,号文谷,汾州人,明嘉靖间进士,诗人,官至浙江布政司参政。

③景昃(zè)：日光西斜。

【译文】

明代汾阳诗人孔天允说："诗是表达性情的，但必须以清俊、深远为贵。薛西原评品诗歌，独尊谢灵运、王维、孟浩然、韦应物这些诗人，说'白云抱幽石，绿筱媚清涟'是清俊；说'表灵物莫赏，蕴真谁为传'是深远；说'何必丝与竹，山水有清音'、'景昃鸣禽集，水木湛清华'是清俊和深远兼而有之。归纳起来，这些诗句的妙处正在于具有神韵了。""神韵"二字，是我论诗时一向倡导的，以为是自己在学术界的首倡，却不知道前人已有此创见。

【品读】

中国古典诗歌追求神韵，从先秦至明清，源远流长。对历史的考证有助于认识自己的位置，王士祯有感于此。

诗之感人也如是 宋长白（清）

刘越石①诗："何意百炼钢，化为绕指柔"李太白诗："屈体若无骨，壮心有所凭"。读前句，便有英雄失路、托足无门之悲；读后句，便有老当益壮、宁知白首之心②。诗之感人也如是。

——《柳亭诗话》

【注释】

①刘越石：刘琨，字越石，西晋魏昌人，并州刺史。

②老当益壮、宁知白首之心：语出唐代散文家、诗人王勃的《滕王阁序》，原文为："老当益壮，宁移白首之心；穷且益坚，不坠青云之志。"

【译文】

刘琨有"何意百炼钢，化为绕指柔"的诗句。李白有"屈体若无骨，壮心有所凭"的诗句。读前句诗，会产生英雄失路、托足无门的感慨；读后句诗，会产生老当益壮、宁知白首之心的抱负。诗歌对人的感染力，就有如此强烈。

【品读】

"何意百炼钢,化为绕指柔。"是刘琨《重赠卢谌》诗的结尾两句,喻指自己本是千锤百炼的英雄豪杰,如今却变成柔弱无能的阶下囚。化钢为柔,该用了多少摧残？被摧残者的心灵,该堆积了多少痛苦？"屈体若无骨,壮心有所凭",则是李白《赠新平少年》诗中之句,说的是韩信当年在淮阴受少年欺辱,屈体从人胯下爬过,好像没有骨头似的,但他的壮志雄心却能装在胸膛里。前诗说的是英雄失意,结局悲惨；后诗说的是英雄能忍一时之辱而蓄志,终成大业。这两种情形都有典型性和普遍性,故都发人情思,或生悲哀,或壮雄心。

诗学不是道学 吴雷发①（清）

诗本性情,固不可强,亦不必强。近见论诗者,或以悲愁过甚为非,且谓喜怒哀乐,俱宜中节。不知此乃讲道学,不是论诗。诗人万种苦心,不得已而寓之于诗。诗中所谓悲愁,尚不敌其胸中所有也。《三百篇》中岂无哀怨动人者？乃谓忠臣孝子、贞夫节妇之反过甚乎？金罍兕觥②,固是能节情处,然唯怀人③则然。若乃处悲愁之境,何尝不可一往情深？

——《说诗菅蒯》

【注释】

①吴雷发：字起蛟,清康熙、雍正间江苏人,诸生,生平不详。《苏州府志》称其"为诗文清矫拔俗,李重华谓如水镜空明,不染纤滓"。所著《说诗菅蒯》,菅、蒯皆草类,名有自谦之意,亦有以备诗论家采摘之意。

②金罍：古时一种盛酒的器具,形状像壶。兕觥：兕,雌的犀牛。觥,古代用兽角做的酒器。

③怀人：思人。

【译文】

诗歌本为性情的流露，当然不可勉强，也不必勉强。近来看见一些评论诗作的，有人认为悲愁伤感太甚不是好诗，并说什么喜怒哀乐，都应该节制适中。却不知这只能算是在讲道学，而不是论诗。诗人千般情怀、万种苦心，是不得已才借诗表达，诗中所述悲愁，还不抵他胸中悲愁之万一呀。《三百篇》中难道没有哀怨动人的篇章？反说忠臣孝子、贞夫节妇的感情太强烈了吗？借酒消愁、杯壶交错，固然是需要节制情感的，但那只是在怀念远方亲友时尚可这样，如果是自己置身于悲愁境况之中，又为什么不可以借诗一往情深呢？

【品读】

中国人太讲压抑和节制了，连作诗都不准过于激烈，这是违背诗歌美学，也是违背人性的。这则诗话把诗歌创作应该压抑和节制情感之论斥为"讲道学"，对正统诗论和正统文化观念都是一种反叛，具有进步意义。

诗之骨有重有轻　乔　亿①（清）

诗之骨有重有轻②。骨重者易沉厚③，其失也拙；骨轻者易飘逸④，其失也浮。然诗到圣处⑤，骨轻骨重，无乎不可。

——《剑溪说诗》

【注释】

①乔亿：字慕韩，清初康熙、雍正间江苏人，国子监生，生平不详。工近体诗，与沈德潜友善。

②骨：骨力，指作品内含的强劲的精神力量。

③骨重：指雄浑挺拔的艺术风格。

④骨轻：指纤细飘逸的艺术风格。

⑤圣处：超凡入圣的境界。

【译文】

诗的骨力有重轻之别。骨力强劲诗就沉雄厚重，这类诗有可能出现的问题是,如果过重,会显得笨拙;骨力纤弱诗就飘逸不羁,这类诗可能出现的问题是,如果太轻,就会显得虚浮。但诗若到了超凡入圣的境界,骨力或轻或重,就没有什么不可以的了。

【品读】

此段文字最妙处,在于作者说完"骨重者易沉厚,其失也拙;骨轻者易飘逸,其失也浮"之后,笔锋一转:"然诗到圣处,骨轻骨重,无乎不可。"

这是一种自由的境界。为人为文均如此。

古人好诗动今人 冒春荣（清）

人皆知诗为吟咏性情之具,而不知性情之何以达于诗。只读古人所作,述哀怨即真使人欲泣,叙愉快即真使人欲起舞,气激烈即使人欲击唾壶①,意飘扬即使人如出云表。此即古人之性情,足与后人相感发处。诗不到此,终非上乘。

——《葚原说诗》

【注释】

①击唾壶:唾壶,承接唾液之壶。《世说新语·豪爽》:"王处仲每酒后,辄咏'老骥伏枥,志在千里;烈士暮年,壮心不已。'以如意打唾壶,壶口尽缺。"后世遂以击碎唾壶形容对诗文作品的激情欣赏。

【译文】

人人都知道诗歌是歌咏吟唱心性感情的工具,但却并不知道用什么方法在诗中充分表达思想感情。只要一读古人作品,表述哀怨之情的诗便真的能使人哀怨欲哭,叙写欢愉之感的诗便真能令人翩翩起舞,气势激烈的诗使人想击碎唾壶,意气飘扬的诗令人如同乘风云端。这就是古人的心志情怀,足以与后世之人相互感应触发之处。诗作不到此种境界,非属上乘佳作。

【品读】

古人好诗动今人，今人不久又古人。今人作诗要感人，学学古代好诗人。

宋人诗有理趣者 吴文溥①（清）

宋人诗有理趣者，如朱晦翁"等闲识得东风面，万紫千红总是春"②，"问渠那得清如许，为有源头活水来"③，"好鸟枝头亦朋友，落花水面皆文章"④，邵康节先生"有水园亭活，无风草木闲"等句⑤，头头是道，何等胸次！

——《南野堂笔记》

【注释】

①吴文溥：字博如，号澹川，浙江嘉兴人，清代乾隆年间在世，生卒不详，贡生。工于诗，曾西入关中，南游台海，诗格因河山而增壮气。诗外亦善骈文。著有《南野堂笔记》12卷及《南野堂集》《师贞备览》《所见录》等。《南野堂笔记》中颇多论诗小品，有见解兼富情趣。

②朱晦翁：朱熹，字元晦，又字仲晦，号晦庵，自称云谷老人，亦曰晦翁。徽州（今江西）人，南宋著名理学家。"等闲"句：见朱熹《春日》。东风，春风。

③"问渠"句：见朱熹《观书有感》。渠，它，指示代词，不作水渠解。

④"好鸟"句：见宋代翁森《四时读书乐》。

⑤邵康节：邵雍，字尧夫，宋元祐中赐谥康节。

【译文】

宋人诗写得有理趣的，如朱熹的"等闲识得东风面，万紫千红总是春""问渠那得清如许，为有源头活水来""好鸟枝头亦朋友，落花水面皆文章"，邵雍的"有水园亭活，无风草木闲"等句，皆头头是道，这是多么了不得的诗人胸怀啊！

【品读】

唐诗重情，宋诗尚理，各有造诣。以理入诗，而能触景成趣，妙喻醒人,堪称诗人一绝。上举数联,已经世代流传,脍炙人口。

诗有烟火气则尘 林昌彝①(清)

诗有烟火气则尘②,有脂粉气则纤③,有蔬笋气则俭④。无是三者,而或矫同立异,或外强中干,则亦为馁而为败。故诗不可以无气,而气尤不可以袭而取,不可以伪为。其气逸而雄、清而壮者,汉魏以来,少陵一人而已。苏子瞻云:"天下几人学杜甫,谁得其皮与其骨?"皮且不可得,而况得其神髓乎哉?此无他,骨不灵而气以颓,心不侠而气以慑,虽日取杜诗而读之,而去杜益远矣。

——《射鹰楼诗话》

【注释】

①林昌彝:字惠常,福建侯官人,清道光十九年(1839)举人,与魏源为挚友,与林则徐为同乡至交,交游半天下。

②烟火气:市井世俗之气,缺少高韵。

③脂粉气:指描写过于妖艳、浓丽,显得纤细、柔弱。

④蔬笋气:说明僧诗特色的一个术语,因为和尚素食,又称酸馅气,指格律凡俗,无超然自得之气。

【译文】

诗有烟火气则显得尘俗,有脂粉气则显得纤细,有蔬笋气则显得寒酸。没有了这三种气,却又假作不同、标新立异,或者貌似强壮,实则脆弱,容易因为气力不足而成为败笔。所以,诗离不了"气","气"尤其不能抄袭他人,不可以伪装假冒。文章气势飘逸而宏大、澄澈而壮观,汉魏以来,只有杜甫一人做到了。苏子瞻说:"天下人学习杜甫的,又有几个学得了一点皮骨呢?"杜诗的皮毛都不能学到,又哪里谈得上得其精髓呢?这没有别的原因,骨力无灵意,气势就颓败;内心无侠气,气势就被震慑,即使每天都读杜甫的诗,离杜甫却日渐其远了。

【品读】

　　孟子说:"我知言,我善养吾浩然之气"(《孟子·公孙丑上》)。欲得文气,必先养人气。所以林昌彝提醒后学者养气要养"逸而雄、清而壮"之气,而力避"烟火气"、"脂粉气"、"蔬笋气"。

太守不伐古树　袁　枚[①](清)

　　江西某太守,将伐古树。有客题诗于树云:"遥知此去栋梁材,无复清阴覆绿苔。只恐月明秋夜冷,误他千岁鹤归来。"太守读之,怆然有感,乃停斧不伐。

——《随园诗话》

【注释】

　　①袁枚(1716－1797):字子才,号简斋,晚年自号仓山居士、随园主人、随园老人,钱塘(今浙江杭州)人。乾嘉时期著名诗人、散文家、诗歌评论家。

【译文】

　　江西有一位太守,将要砍倒一棵很古老的树木。有一位羁旅行客在这棵树上写了一首诗说:"遥知此去栋梁材,无复清阴覆绿苔。只恐月明秋夜冷,误他千岁鹤归来。"太守读了后,心里生出悲伤感叹之情,于是收起斧子不再砍伐这棵古树。

【品读】

　　现代人不难从环保的角度来解读这段文字。一首诗的雅谏,阻止了一位地方官员砍伐古树的鲁莽行动,真是千古雅事。试问 21世纪的当下能否重现这样的雅事?

诗无第一　袁　枚(清)

　　人或问余以本朝诗谁为第一,余转问其人:《三百篇》以何首为第一？其人不能答。余晓之曰：诗如天生花卉，春兰秋菊，各有一时之秀，不容人为轩轾①。音律风趣，能动人心目者，即为佳诗；无所为第一、第二也。有因其一时偶至而论者，如"不愁明月尽，自有夜珠来"一首，宋居沈上。"文章旧价留鸾掖，桃李新阴在鲤庭"一首，杨汝士压倒元、白是也。有总其全局而论者，如唐以李、杜、韩、白为大家，宋以欧、苏、陆、范为大家是也。若必专举一人，以覆盖一朝，则牡丹为花王，兰亦为王者之香。人于草木，不能评谁为第一，而况诗乎？

—— 《随园诗话》

【注释】

①轩轾：车前高后低为"轩"，车前低后高为"轾"，喻指高低轻重。

【译文】

有人曾问我清代当朝之人谁的诗歌排在第一位，我反过来问他说：《诗经》三百篇该以哪一首为第一呢？这个人没法回答我。我引导并使他明白说：诗歌就像大自然里生长的花草，春天的兰花和秋天的菊花，各自都是一个时节里的俊秀之物，是不允许人为区分排列的。诗歌也是这样，只要在音乐韵律和风雅意趣上，可以打动人心、愉悦耳目的，就是好的诗歌，并非一定要区分出谁是第一、第二来。如就一时兴起而写下的诗歌而言，像"不愁明月尽，自有夜珠来"一首，宋之问写的就比沈佺期高明。"文章旧价留鸾掖，桃李新阴在鲤庭"一首，杨汝士写的就盖过了元稹、白居易的风头。如果总论整个朝代来说，像唐代是以李白、杜甫、韩愈、白居易为大诗人，宋代则以欧阳修、苏轼、陆游、范仲淹为大诗人，就是这样的道理。如果一定要列举出来一个诗人，用来超越盖过一个朝代所有的诗人，那么牡丹是花中之王，兰花又是香气中的王者；人们对于草木，尚且不能评出谁是第一，何况诗歌呢？

【品读】

袁枚懂诗。泱泱诗国，万紫千红，各擅胜场，而诗歌鉴赏者又万万千千，见仁见智，人各有好，若欲选出一人为诗坛第一，必众说纷纭，莫衷一是。

诗在书外 袁 枚（清）

诗境最宽，有学士大夫读破万卷，穷老尽气，而不能得其阃奥^①者。有妇人女子、村氓浅学，偶有一二句，虽李、杜复生，必为低首者。此诗之所以为大也。作诗者必知此二义，而后能求诗于书中，得诗于书外。

——《随园诗话》

【注释】

①阃（kǔn）奥：阃，内室。此指诗歌创作的内在规律和诀窍。

【译文】

诗歌创作的境界是最宽广的，有的人学习古之士大夫，苦读诗书破万卷，穷尽人生用尽气力，却始终没有能够窥见诗歌创作的堂庑奥妙。有些妇人女子，村夫野农，学识虽浅，有时候吟出的一两句诗，即使李白、杜甫二人死而复生，也一定会为之赞叹并俯首称臣。这就是诗歌境界之所以如此博大的原因。写诗的人一定要知道这两层含义，才能到书本中去寻找诗歌，而在书本之外真正懂得诗歌。

【品读】

诗歌的形式规范，比如格律、音韵、对仗等方面的要求，是需要在书本中学习的，但学会作诗不等于就可以写出好诗了。诗是生活的产物，其情感、意境、趣味、妙悟，并不依赖学问，往往自然天成。所以，学诗者，书内求之，书外得之。

虞舜善言诗 袁 枚（清）

千古善言诗者，莫如虞舜。教夔典乐^①，曰："诗言志。"言诗之必本乎性情也。曰："歌永言。"言歌之不离乎本旨也。

曰:"声依永。"言声韵之贵悠长也。曰:"律和声。"言音之贵均调也。知是四者,于诗之道尽之矣。

——《随园诗话》

【注释】

①夔(kuí):神话传说中一条腿的怪兽。相传为舜的典乐官。"教夔典乐",是说舜指示夔掌管音乐。《尚书·舜典》:"帝曰:'夔!命汝典乐,教胄子,直而温,宽而栗,刚而无虐,简而无傲。诗言志,歌永言,声依永,律和声。八音克谐,无相夺伦,神人以和。'"

【译文】

千百年来善于解释诗歌的人,莫过于虞舜。他指命夔掌管音乐,说"诗言志",就是说诗必然发源于人的意志性情。说"歌永言",即吟唱时不能离开诗歌的本旨。说"声依永",则是说声音韵律贵在悠长绵远。说"律和声",就是指韵律与声音是均匀协调的。知道这四个方面,关于诗歌的道理差不多已经都明白了。

【品读】

"诗言志,歌永言,声依永,律和声。"这是中国诗歌理论史上关于诗歌与音乐的内涵及关系的经典论述,言简义丰,值得我们时时品味。

吹上还能吹下来 袁 枚(清)

二童子放风筝,一童得风,大喜;一童调之曰:"劝君莫讶东风好,吹上还能吹下来。"我深喜之。盖即孟子所谓"赵孟之所贵,赵孟能贱之"之意①。

——《随园诗话》

【注释】

①"赵孟之所贵,赵孟能贱之":语出《孟子·告子上》。晋国正卿赵盾,字孟,因而其子孙都称赵孟。这里代指权贵。

【译文】

有两个小孩去放风筝,一个小孩得到顺风放得很高,十分高兴;另一个小孩却调笑他说:"劝君莫讶东风好,吹上还能吹下来。"我深爱这样的诗句。这大概就是孟子所说"赵孟之所贵,赵孟能贱之"的意思吧。

【品读】

"吹上还能吹下来",说的是风筝,难道不也在说人生?

风流诗情

行客羞题真娘墓 范摅[①]（唐）

吴门女郎真娘，死葬虎丘山，时人比之苏小小[②]。行客题墓多矣。举子谭铢题云："虎丘山下冢累累，松柏萧条尽可悲。何事世人惟重色，真娘墓上独留诗！"后人无复题者。

——《云溪友议》

【注释】

①范摅：唐僖宗间人，生平不详，居云溪，故自号云溪先生。《云溪友议》多涉诗坛轶事，间及方术神仙。

②苏小小：六朝时南齐著名歌妓。才高貌美，家住钱塘。

【译文】

江苏有一个叫真娘的姑娘死后葬在虎丘山，当时的人把她比作苏小小。流客们在墓地题了很多的诗。有个叫谭铢的举子题了一首诗："虎丘山下冢累累，松柏萧条尽可悲。何事世人惟重色，真娘墓上独留诗！"后来就再也没有人在那里题诗了。

【品读】

男人好色，好到死去的美人坟前，也算是怜香惜玉之情吧。然一经点破，则谁都不敢再冒"重色"的骂名了，你看诗人们那针鼻眼大的小胆！

隔 世 情 袁郊[①]（唐）

唐李憕之子源，以父死王难，不仕，居洛阳惠林寺，与僧圆泽游。一日，相约游峨嵋山，源欲溯峡[②]，泽欲取斜谷[③]路。源不可，曰："吾已绝世事，岂可复道京师哉！"[④]舟次南浦[⑤]，见妇人锦裆⑥负瓮而汲者,泽望而泣曰:"吾不欲由此者,为是也。"源惊问之,泽曰:"妇人姓王氏,吾当为子,孕三岁矣,吾不来,故不得乳⑦。今既见,无可逃者。三日浴儿⑧时,愿公临我,以一笑为信。后十二年,杭州天竺寺外,当与公相见。"至暮泽亡。妇乳三日,源往视之,儿见源果笑。源后适吴⑨赴其约。闻葛洪川畔有牧童扣牛角而歌曰:"三生石上旧精魂,赏月吟风不要论。惭愧情人远相访,此身虽异性长存。"问:"泽公健否?"答曰:"李公真信士。"又歌曰:"身前身后事茫茫,欲话因缘恐断肠。吴越山川寻已遍,却回烟棹上瞿塘。"遂去,不知所之。东坡诗云:"欲向钱塘访圆泽,葛洪陂畔带秋深"。即此事也。

——《甘泽谣》

【注释】

①袁郊:字之乾(或作之仪),蔡州朗山人,唐昭宗朝为翰林学士,累至虢州刺史。曾与温庭筠唱和,所作《甘泽谣》皆记谲异之事。

②溯峡:沿三峡而上。

③斜谷:斜谷河,在陕西中部。

④"岂可"句:京师,即京城。取道陕西,则必经长安。长安,今名西安。是唐朝京城。

⑤南浦:水名,今武汉市南,又名新开港。

⑥裆:即柄裆,背心,因其一前一后,当背当心,故称两当。

⑦乳:孕妇生产。

⑧三日浴儿:民间有为婴儿洗三朝的风俗。

⑨适:前往。吴:杭州旧称吴县。

【译文】

唐朝李憕的儿子李源,因为父亲死于国难,所以不去应试做官,隐居在洛阳惠林寺,与和尚圆泽交游。

有一天,李源邀圆泽和尚去游峨嵋山。李源想从三峡沿江而上,圆泽却想取道陕西斜谷河。李源不同意,说:"我已断绝世间事,怎么能又经过京城呢?"于是两人取道长江。舟停南浦岸边时,看见一个穿着织锦背心、背着一个坛子打水的女人,圆泽望着她直掉眼泪,说:"我不想往这个方向来,就是因为她的缘故。"李源很吃惊,细问详情。圆泽说:"这女人姓王,我应当成为他的儿子。她已经怀孕三年,我不来,所以她一直不能生产。今天既已相遇,我不可能再逃了。三天以后婴儿洗三朝,希望先生光临一见,以婴儿见到你一笑作为凭信。十二年后,在杭州城天竺寺外,我会与先生相见的。"到了晚上,圆泽死了。那个孕妇分娩三天后,李源前往看望,婴儿一看见李源,果然笑了一下。

十二年后李源去杭州赴当年的约会。远远听见葛洪江边有牧童敲着牛角唱歌,歌中唱道:"三生石上旧精魂,赏月吟风不要论。惭愧情人远相访,此身虽异性长存。"李源问道:"圆泽先生身体好吧?"牧童回答说:"李源先生真是守信义的人。"又唱道:"身前身后事茫茫,欲话因缘恐断肠。吴越山川寻已遍,却回烟棹上瞿塘。"边唱边走了,不知去了哪里。

苏东坡曾有诗写道:"欲向钱塘访圆泽,葛洪陂畔带秋深。"歌吟的就是这个故事。

【品读】

看来这圆泽和尚也未免有偷生怕死之嫌,要不他怎么硬在前生多赖了三年,让那孕妇受了三年的罪?不过这故事,倒颇富韵趣,堪人品味。

五言如四十个贤人 潘若同[①]（宋）

刘昭禹字休明,婺州人。少师林宽,为诗刻苦,不惮风雪。诗云:"句向夜深得,心从天外归"。言不虚耳。《怀萧山隐者》云:"先生入太华,杳杳绝良音。秋梦有时见,孤云无处寻。神清峰顶立,衣冷瀑边吟。应笑干名者,六街尘土深。"尝与人论诗曰:"五言如四十个贤人,乱着一字,屠沽辈也。觅句者若掘得玉匣,有底有盖,但精求,必得其宝。"在湖南,累为宰,卒于桂府幕。有诗行于世。

——《郡阁雅谈》

【注释】

①潘若同：宋太宗时赞善大夫。《郡斋读书志》曰："太宗时宁郡与僚佐话及南唐野逸贤哲异事佳言，辄疏之于书，凡五十六条，以增雅言。或题曰《郡阁雅谈》。"一题《郡阁雅言》。

【译文】

刘昭禹字休明，是婺州人氏。年少时拜林宽为师，作诗很能吃苦，不畏风雪。他作诗说："句向夜深得，心从天外归"，其言确实不假。他的《怀萧山隐者》诗说："先生入太华，杳杳绝良音。秋梦有时见，孤云无处寻。神清峰顶立，衣冷瀑边吟。应笑干名者，六街尘土深。"他曾与人论诗说："五言律诗如同四十个贤人，只要乱下一字，就是屠夫卖浆者流。写诗的人好比挖到一个玉匣，既有底又有盖，只有进一步去寻求，才能得到其中的宝贝。"他在湖南，累升为宰令，后来去世于桂王府幕之中。他还有诗篇流行于世上。

【品读】

吟诗虽说需要才气与灵感，但要做出好诗，仍然少不得刻苦精神，得字字推敲，一一放稳，若写一首五律，那四十个字就是四十个贤人，你得一一安顿妥帖才行。从此则诗话可悟诗人"语不惊人死不休"的追求。

夫妻共持雅操　潘若同（宋）

王元字文元，桂林人，苦吟风月，终于贫病。妻黄氏，共持雅操，每遇得句，中夜必先起然①烛，供具纸笔，元甚重之。有《听琴诗》曰："拂琴开素匣，何事独颦眉！古调俗不乐，正声公自知。寒泉出涧涩，老桧倚风悲。纵有来听者，谁堪继子期②？"好事者画为图。

——《郡阁雅谈》

【注释】

①然:"燃"的古字。

②子期:即钟子期,春秋时楚国人。伯牙弹琴,唯有钟子期知其含义。

【译文】

王元字文元,是桂林人。他苦吟风月之诗,最后在贫病中去世。其妻黄氏,与他共持风雅的节操,每逢吟得好句,夜半总是先起床点燃蜡烛,摆好纸笔,王元很是尊重她。王元有一首《听琴诗》说:"拂琴开素匣,何事独颦眉!古调俗不乐,正声公自知。寒泉出涧涩,老桧倚风悲。纵有来听者,谁堪继子期?"好事者据此诗意画为听琴图。

【译文】

酷爱吟诗而疏于养生之道,其结果便是义多了一曲为诗坛献身的哀调悲歌。所幸诗人还有一位"共持雅操"的妻子,否则更要倚风悲哀了。

李白爱酒 潘若同(宋)

李白才思不羁,有《醉诗吟》曰:"天若不爱酒,酒星不在天;地若不爱酒,地应无酒泉①。天地既爱酒,饮酒不愧天。……三杯通大道,一斗合自然。但得醉中趣,勿为醒者传。"②《忆贺知章》:"欲向江东去,定将谁举杯?稽山③无贺老,却棹酒船回。"

——《郡阁雅谈》

【注释】

①酒泉:地名,在今甘肃省境内。汉武帝时始设酒泉郡。

②此为李白《月下独酌四首》之二,"醉中趣"或为"酒中趣"。

③稽山:即会稽山,位于浙江省绍兴市区之南。

【译文】

　　李白才思放荡不羁,他有一首《醉诗吟》说:"天若不爱酒,酒星不在天;地若不爱酒,地应无酒泉。天地既爱酒,饮酒不愧天。……三杯通大道,一斗合自然。但得醉中趣,勿为醒者传。"还有一首《忆贺知章》诗说:"欲向江东去,定将谁举杯?稽山无贺老,却棹酒船回。"

【品读】

　　读罢李白醉吟诗,便知此老不单是谪仙,而且更该称作酒仙。酒中天地,对他来说,比现实宽广百倍;醉中情怀,也比醒时痛快万分;不必再为人世间的不平事烦恼,所以他才"但愿长醉不愿醒",以便"与尔同销万古愁"。

今夜醉眠何处楼　钱　易①(宋)

　　杜羔妻刘氏善为诗。羔累举不第,将至家,妻即先寄诗曰:"良人的的②有奇才,何事年年被放回③!如今妾面羞君面,君到来时近夜来。"羔见诗即时④回去,寻登第。妻又寄诗云:"长安此去无多地,郁郁葱葱佳气浮。良人得意正年少,今夜醉眠何处楼?"

——《南部新书》

【注释】

　　①钱易:字希白,吴越王惊之子,北宋真宗朝官至翰林学士。文词敏捷,且工书画,颇有才名。《南部新书》乃其大中祥符年间知开封县时所作,皆记唐时故事,间及五代,轶闻琐语,颇增读趣。

　　②的的:的确,实在。

　　③回:音读作 huái。

　　④即时:当即。

【译文】

　　杜羔的妻子刘氏会写诗。杜羔多次参加科举考试,总是不中。这一次又落第了,他照例回家转,可是即将到家的时候,妻子却先寄来一首诗:"良人的的有奇才,何事年年被放回!如今妾面羞君面,君到来时近夜来。"杜羔一读诗篇,当即重上征途,不久果然高中了。这时妻子又寄诗来:"长安此去无多地,郁郁葱葱佳气浮。良人得意正年少,今夜醉眠何处楼?"

【品读】

丈夫应试不中,明明是"君面"羞见"妾面",这位妻子却说是"妾面"羞见"君面";挖苦丈夫屡试不第,没面子相见,所以要回来的话,就乘着夜色回家吧,以遮掩那张羞红的脸。丈夫登第之后再寄诗,不言望归而望归之意已在字里行间。激励丈夫发愤图强可嘉,而考不中就不让回来却未免太严厉了一点吧。妻子诗人如此妙,何不换妻考去? 笑笑。

刘巴不理张飞 韩 琦①(宋)

刘巴字子初,零陵人。有名于乡间,诸葛亮荐于蜀,用为将军曹掾②,后为尚书令。巴恭行节俭,不治产业,非公事不言,策命皆巴所为。张飞尝与巴宿,巴不与言,飞甚怒之。诸葛亮谓曰:"张飞虽武夫,甚慕足下声望;足下虽天资高亮,宜少降意。"巴曰:"大丈夫当交四海英雄,如何与兵子语耶?"巴建武二年③,出镇荆州,卒于岳阳,葬于郡西。后因巴坟,遂号岳阳为巴陵。时人语曰:"生居三湘头,死葬三湘尾。"

——《韩魏公别录》

【注释】

①韩琦:字稚圭,自号赣叟,相州安阳人,天圣中举进士第二,为当时朝廷重臣,曾官陕西经略安抚招讨使,与范仲淹齐名,天下称"韩范",边关民谣云:"军中有一韩,西贼闻之心胆寒;军中有一范,西贼闻之惊破胆。"善诗文,亦工小词,著有《安阳集》。

②曹掾:属官的通称。

③建武二年,应为章武二年(222)。

【译文】

刘巴,字子初,湖南零陵人。其才学在乡里很有名,诸葛亮把他推荐给蜀主,被任命为将军的属官,后来做到尚书令。刘巴为人恭良无私,生活节俭,不置家产,除了公务之外不参与一般人的闲聊,当时蜀国的一些文告命令,都是刘巴的手笔。张飞曾与刘巴同宿,刘巴不理张飞,张飞对此非常愤怒。诸葛亮对刘巴说:"张飞虽然是一介武夫,但他很倾慕你的声望,你虽然天资高妙,还是应该稍微给点面子。"刘巴说:"大丈夫应当与四海英雄交往,怎么能跟一个当兵的人搭腔呢?"刘巴在章武二年被派去镇守荆州,死在岳阳,埋在岳阳郡的西边。后来因为这缘故,就把岳阳叫作"巴陵"。当时的人们有诗句歌咏他的事,说他"生居三湘头,死葬三湘尾"。

【品读】

刘巴这样的好官古人不多,今人难觅,奉公自律到了僵直的程度。作为文人拒与武夫搭腔,其中也是在坚守某种东西吧。

武人诗好迁官 吴处厚(宋)

曹武毅公翰,江南归,环卫数年不调。一日内宴,侍臣皆赋诗,翰以武人独不预。乃陈曰:"臣少亦学诗,乞应诏。"太宗曰:"卿武人,以刀字为韵。"因以寄意曰:"三十年前学《六韬》①,英名常得预时髦②。曾因国难披金甲,不为家贫卖宝刀。臂健尚嫌弓力软,眼明犹识阵云高。庭前昨夜秋风起,羞见蟠花旧战袍。"太宗为迁数官。

——《青箱杂记》

【注释】

①《六韬》:古兵书名。记周文王、周武王问姜太公兵战之事。

②髦：俊杰之士。

【译文】

武毅公曹翰，自平江南归后，侍卫京中数年而未升官。有一天参加宫中宴会。在朝侍臣全都奉命赋诗，唯有曹翰因是武官而未能参与。他便要求说："臣年少时也学过诗，请让我也应诏赋诗。"宋太宗说："你是武官，就以刀字为韵吧。"曹翰便赋诗寄意说："三十年前学《六韬》，英名常得预时髦。曾因国难披金甲，不为家贫卖宝刀。臂健尚嫌弓力软，眼明犹识阵云高。庭前昨夜秋风起，羞见蟠花旧战袍。"太宗由此让他连续迁升几次官职。

【品读】

曹翰以武人赋诗，诗中充满英雄气概，确与宋初文士有别。其诗刚健有力，令人耳目一新。由此而连升数级，可算武人交了诗运。吴处厚，字伯固，邵武（今属福建）人，生卒不详，皇佑五年（1055）进士，官至卫州知府。《青箱杂记》论诗强调诗人抱负和襟怀，认为见诗知人。

赠诗得美妻 刘 斧①（宋）

治平②中，钱忠道过吴江，爱其风物清佳，留恋不能去，终日讽咏游赏。遇一女子，小舟独棹③于烟波浩渺间。忠悦之，作诗赠女子，其警句云："满目生涯千顷浪，全家衣食一纶竿。"女子得诗，携之归，呈其父。其父盖隐沦客也，喜忠此诗，遂以女子奉忠箕帚④，泛舟同入烟波，不知所往。

——《青琐集》

【注释】

①刘斧：北宋人，人称刘秀才，生平不详，著有《青琐高议》《翰府名谈》《青琐摭遗》等。

②治平：宋英宗年号。

③棹：划船。

④箕帚：原指家内洒扫主事，这里用为妻的代称。

【译文】

治平年间，钱忠取路经过吴江，因喜爱其地风物清佳，留恋而不能离去，于是终日讽咏游赏于其间。偶遇一名女子，独自撑着一叶扁舟出没于烟波浩渺的湖上。钱忠很喜欢她，便作诗以赠，其中有联警句说："满目生涯千顷浪，全家衣食一纶竿。"这姑娘把诗带回家，交给她父亲，其父也是隐士之类的人物，他喜欢钱忠的这首诗，便将女儿嫁给钱忠为妻，夫妻俩泛舟同入烟波之中，不知所往。

【品读】

这又是一则因赠诗而喜结良缘的诗坛佳话。双方皆是不喜荣华富贵而爱灵秀山川的人，因而心心相印，情同意好。于是诗人不仅有了生活伴侣，更有了人世知音。

门客宿娼　刘　斧（宋）

韩魏公出镇中山，有门客夜逾墙出宿娼家。公知，作《种竹诗》以警之："殷勤浇灌加培植，莫遣狂枝乱出墙。"门客自愧，作诗云："主人若也怜高节，莫为狂枝赠斧斤。"公置一女奴赠之。

——《青琐集》

【译文】

魏国公韩琦出京镇守中山，有位门客在夜晚翻墙外出宿于娼妓之家。韩琦得知后，作《种竹诗》一首以告诫他说："殷勤浇灌加培植，莫遣狂枝乱出墙。"门客自觉惭愧，作诗回答说："主人若也怜高节，莫为狂枝赠斧斤。"韩琦便将一名侍女赠送给他。

【品读】

主人与门客都能以诗代言，告诫者不失其含蓄，自责者也未丢

其脸面。假若用大白话来说,恐怕就没这好的效果。故"公置一女
奴赠之",成一"雅"事。

今 生 缘 刘 斧(宋)

开元①中,赐边将军士纩衣②,制于宫中。有兵士短袍中得
诗曰:"沙场征戍客,寒苦若为眠!战袍经手作,知落阿谁边?
留意多添线,含情更着绵。今生已过也,重结后生缘。"兵士以
诗白帅,帅进呈。明皇以诗遍示宫中曰:"作者勿隐,不汝罪
也。"有一宫人,自言万死。明皇深悯之,遂以嫁得诗者,谓之
曰:"吾与尔结今生缘。"边人感泣。

——《翰林名谈》

【注释】

①开元:唐玄宗李隆基年号。

②纩衣:棉衣。

【译文】

唐朝开元年间,赏赐给戍守边疆的将士的棉衣是在宫中制成的。
有一士兵在发给他的短袍中得到一首诗:"沙场征戍客,寒苦若为眠!
战袍经手作,知落阿谁边?留意多添线,含情更着绵。今生已过也,重
结后生缘。"这士兵把诗禀告了元帅,元帅把诗进呈到皇上手中。唐明
皇把诗传遍给宫中的人看,并说:"作诗的人不要隐藏起来,你没有罪
的。"有一个宫女承认自己罪该万死。唐明皇很怜悯她,就把她嫁给了
得到诗的士兵,对她说:"我帮助你结今生缘。"边防士兵们感激得掉下
眼泪。

【品读】

"有情人终成眷属"是一个理想而美好的结局。写腻了才子佳
人之间的故事,作者把笔触伸向了"三千宫女"的深宫和朔风暴雪的
边疆,宫女和士兵不是"有情人",只是"有缘人",通过唐明皇的恩赐

也成了"眷属",这是悲剧,也是喜剧。皇帝权极天下,既可以制造悲剧,也可以制造喜剧。

游 庐 山 苏 轼(宋)

仆初入庐山,山谷奇秀,平生所未见,殆应接不暇,遂发意不欲作诗。已而,见山中僧俗皆云"苏子瞻来矣",不觉作一绝云:"芒鞋青竹杖,自挂百钱游。可怪深山里,人人识故侯。"既自悔前言之谬,又复作两绝云:"青山若无素,偃蹇①不相亲。要识庐山面,他年是故人。"又云:"自昔怀清赏,神游杳霭②间。如今不是梦,真个在庐山。"是日,有以陈令举《庐山记》见寄者,且行且读,见其中云徐凝、李白之诗,不觉失笑。旋入开先寺,僧求诗,因作一绝云:"帝遣银河一派垂,古来惟有谪仙辞。飞流溅沫知多少,不为徐凝洗恶诗。"往来南北山十余日,以为胜绝不可胜谈。择其尤者莫如漱玉亭、三峡桥,故作此二诗。最后与总老游西林,又作一绝云:"横看成岭侧成峰,到处看山了不同③。不识庐山真面目,只缘身在此山中。"余庐山诗尽于此。

——《百斛明珠》

【注释】

①偃:仰面倒下。蹇:跛。

②杳:深远。霭:云气。

③到处看山了不同:按现在通行的本子,此句为:远近高低各不同。

【译文】

我刚刚走进庐山,山谷奇特秀丽,一生都没有见过,眼睛几乎应接不过来,就决心不再写诗。不久,听到山中的和尚和游客都说:"苏东坡来了",不由自主地写了一首绝句:"芒鞋青竹杖,自挂百钱游。可怪深山里,人人识故侯。"既然后悔开始所说的话错了,索性又写了两首绝句:"青山若无素,偃蹇不相亲。要识庐山面,他年是故人。""自昔怀清赏,神游杳霭间。如今不是梦,真个在庐山。"这一天,有人把陈令举的《庐山记》寄给我,我边走边读,见里面谈徐凝、李白的诗,忍不住笑了起来。不久来到开先寺,有一个和尚向我求诗,因此作了一首绝句:"帝遣银河一派垂,古来惟有谪仙辞。飞流溅沫知多少,不为徐凝洗恶诗。"南来北往地看了十多天,觉得名胜的绝妙不可说尽。要说其中最突出的莫过于漱玉亭、三峡桥,因此又写了关于这两处的两首诗。最后和总老一起游西林时写了一首绝句说:"横看成岭侧成峰,到处看山了不同。不识庐山真面目,只缘身在此山中。"我在庐山写的诗就这些了。

【品读】

苏轼是一位哲人,真正能做到宠辱不惊。庐山几首诗,既谐趣,又富含哲理。尤以"不识庐山真面目,只缘身在此山中"流传千古。

画花不假五色 苏 轼(宋)

世人画山水竹石,不假①五色而成,未有以画花者。汴解独能之,因赋诗云:"造物本无物,忽然非所难。花心起墨晕,春色散毫端。缥缈形才就,扶疏态自完。莲风悉颠倒,杏雨半披残。幸有狂居士,求为黑牡丹。兼书平子赋,归去雪堂看。"

——《百斛明珠》

【注释】

①假:凭借。

【译文】

人们画山水竹石,不用很多的颜色就可以画成,但没有人可以用这种方式画花。汴解偏偏能够,因此就写了一首诗说:"造物本无物,忽然非所难。花心起墨晕,春色散毫端。缥缈形才就,扶疏态自完。莲风悉颠倒,杏雨半披残。幸有狂居士,求为黑牡丹。兼书平子赋,归去雪堂看。"

【品读】

　　用水墨画山水竹石容易，画花也不假五色则难，汴解却能做到，且体会到其中的技艺。

妇人多能诗　魏　泰①（宋）

　　近世妇人多能诗，往往有臻②古人者。王荆公家能诗者最众。张奎妻长安县君，荆公之妹也，佳句为最："草草杯盘供笑语，昏昏灯火话平生。"③吴安持妻蓬莱县君，荆公之女也，有句云："西风不入小窗纱，秋意应怜我忆家。极目江山千万恨，依前和泪看黄花。"刘天保妻，平甫④女也，句有"不缘燕子穿帘幕，春去春来可得知"。荆公妻吴国夫人亦能文，尝有小词约诸亲游西池，有"待得明年重把酒，携手，那知无雨又无风"。皆脱洒可喜之句也。

——《临汉隐居诗话》

【注释】

　　①魏泰：字道辅，襄阳人，曾布之妇弟。《郡斋读书志》说他"为人无行，而有口，颇为乡里患苦。"宋元祐年间记其少时公卿间所闻，而成《东轩笔录》。

　　②臻：达到，赶上。

　　③此处所引实为王安石《示长安君》中的诗句。

　　④平甫：王安国，字平甫，安石之弟。

【译文】

　　近世妇女很多会吟诗，往往赶超古人。王安石家会吟诗的女性最多。张奎的妻子，被封为长安县君的，是王安石的妹妹，佳句最多，如："草草杯盘供笑语，昏昏灯火话平生。"吴安持的妻子，被封为蓬莱县君的，是王安石的女儿，有妙句云："西风不入小窗纱，秋意应怜我忆家。极目江山千万恨，依前和泪看黄花。"刘天保的妻子，是王安石弟弟王安国的女儿,也有佳句:"不缘燕子穿帘幕,春去春来可得知?"王安石的妻子吴国夫人也能诗善文,曾有小词一首约请诸亲去游西池,词中有:"待得明年重把酒,携手,哪知无雨又无风。"都是一些洒脱可喜的句子。

【品读】

谁知一朝大宰相,还有满门女诗人!

九岁诗童　蔡居厚(宋)

李烈祖为徐温养子[①],年九岁,《咏灯诗》云:"主人若也勤挑拨,敢向尊前不尽心!"温叹赏,遂不以常儿遇之。

——《诗史》

【注释】

①徐温:五代时期吴国大丞相,曾与其养子徐知诰共理吴政,威震一时。徐知诰即李昪,初以养子而徐姓,后为南唐烈祖,恢复李姓,勤俭治国,曾使南唐富甲天下。

【译文】

南唐皇帝李烈祖是徐温的养子。九岁那年,他作了一首《咏灯诗》,诗中云:"主人若也勤挑拨,敢向尊前不尽心!"徐温大为惊叹,十分欣赏,从此不把他当一般小孩看待。

【品读】

九岁小孩能作如此比喻巧妙的诗已是不凡,而诗中包含的心机更让人不可等闲视之。徐温已非凡庸之辈,曾威震吴越,自然将其所能,尽心传授,勤勤"挑拨",全力提携,而这个养子也不负其望,竟在二十五史中竖起南唐一面大旗。

张镐少有大志　蔡居厚(宋)

张镐少有大志,游京师,未始知名。嗜酒跌宕[①],人有邀之,策杖而往,大醉即归,言不及世务。杨国忠荐为右拾遗,不二年,由谏议大夫擢中书侍郎平章事②。杜少陵云:"张公一生江海客,身长九尺须眉苍。召起遭遇风云会,扶颠始知筹策良。"正谓镐。

——《诗史》

【注释】

①跌宕:性格洒脱,放荡不羁。

②擢:提升。平章事:意即治理国事。唐代以中书令、侍中为宰相,如以他官为宰相,则加同平章事之称。

【译文】

张镐年少时就胸怀大志。初游京师时,还未出名。性喜嗜酒,洒脱不羁,只要有人相邀,随即持杖而往,及至大醉而归,出言不谈世务。杨国忠推荐他任右拾遗不到两年,便由谏议大夫升任中书侍郎同平章事。杜甫有诗说:"张公一生江海客,身长九尺须眉苍。召起遭遇风云会,扶颠始知筹策良。"指的正是张镐。

【品读】

张镐未知名时,嗜酒如命,不言世务,一旦出仕拜相,便能扶颠济危,筹划良策。可知人世间默默无闻者中,这样的人才该有多少!

醉　　诗　王直方(宋)

王禹锡行①第十六,与东坡有姻连,尝作《贺知县喜雨诗》云:"打叶雨拳随手去,吹凉风口逐人来",自以为得意。东坡见之曰:"十六郎作诗怎得如此不入规矩?"禹锡云:"盖是醉中所作。"异日又持一大轴呈坡,坡读之云:"尔复醉邪②?"

——《王直方诗话》

【注释】

①行:兄弟中排行。

②邪：同"耶"。

【译文】

　　王禹锡排行第十六，与苏东坡有姻亲关系。他曾经作了一首《贺知县喜雨诗》，其中云："打叶雨拳随手去，吹凉风口逐人来"，自以为得意。苏东坡见了这首诗说："十六郎作诗怎么这样不懂得起码的要求？"禹锡只好回答说："是因为这是喝醉了酒写的。"几天后王禹锡又拿来一大卷诗请东坡读，东坡读完后说："你又醉了吗？"

【品读】

　　把敲打树叶的雨滴比作拳头，把吹人背凉的冷风比作嘴巴，似乎十分形象，所以王禹锡得意起来。殊不知这比喻太实太俗，在真正的诗人看来，这还没入门呢！禹锡也真脸厚，似乎不得称赞不肯罢休；而东坡也很幽默，前次话说得直，后次讥讽得妙。

石　学　士　惠　洪（宋）

　　石曼卿①隐于酒，谪仙之流也，善戏谑。尝出报慈寺，驭者失控，马惊，曼卿堕地，从吏惊，遽扶掖据鞍。市人聚观，意其必大诟怒。曼卿徐着一鞭，谓驭者曰："赖我石学士也，若瓦学士，顾不破碎乎？"

——《冷斋夜话》

【注释】

　　①石曼卿：石延年，字曼卿，北宋前期作家，性情豪爽诙谐，为文劲健，尤工诗，累举进士不第。真宗时以三班奉职，历大理寺丞，后迁太子中允，同判登闻鼓院。好饮，曾与刘潜建王氏酒楼，对饮终日无醉色，人疑为酒仙。

【译文】

　　石曼卿在酒中隐退避世，是李白那样从上天贬到下界的神仙似的那一类人物，很会幽默调笑。曾有一次他从报慈寺出来，牵马的人没有控制好,马惊了,曼卿被摔下地来,随从的官吏大惊失色,连忙把他扶起来坐在马鞍上。街上的人都围过来看热闹,猜想他一定会大发脾气。没想到石曼卿缓过劲来后,慢慢地挥了一鞭,对牵马的人说:"幸好我是石学士,如果是瓦学士,岂不摔得粉碎了?"

【品读】

曼卿真幽默!既诙谐地自我解嘲,又巧妙地宽谅了驭者,街上的围观者们期待一场焦雷般的发作,驭者和从人也在无奈中等候暴风雨的降临,却突然云开日出,等来一片幽默而善意的笑声。轻喜剧的效果是在急转弯中突然出现的,所以让人忍俊不禁。

当出汝诗示人 　惠　洪(宋)

沈东阳《野史》曰:晋桓温①少与殷浩②友善。殷尝作诗示温,温玩侮之曰:"汝慎勿犯我,犯我当出汝诗示人。"

　　　　　　　　　　　——《冷斋夜话》

【注释】

①桓温:字元子,东晋名将,屡有军功,为晋明帝驸马,晚年以大司马专擅朝政。为人雄肆,姿貌俊伟。

②殷浩:字渊源,东晋人,善谈论,负虚名。曾任扬州刺史。会稽王司马昱害怕桓温势力太大,曾引荐殷浩入朝参政,后因军事失利,被桓温奏废,贬为庶人。

【译文】

沈东阳《野史》说:东晋桓温小时候跟殷浩要好。殷浩曾把自己作的诗送给桓温看,桓温玩弄欺侮他说:"你可千万不要惹着我了,如果惹着我了,我会把你的诗给大家看的。"

【品读】

看来殷浩真的仅仅是个侃家,徒有虚名而已,诗作得一定很臭,臭得不敢公之于众。作诗示人,没想到竟成为对方要挟自己的笑料。两小儿虽是玩耍之语,性格才情的差异却也毕现。若还恐吓得住,说明尚有自知之明,否则心欲天下皆知呢!

草书自不识 惠　洪(宋)

张丞相①好草书而不工,当时流辈皆讥笑之,丞相自若也。一日得句,索笔疾书,满纸龙蛇飞动。使侄录之,当"波险"处,侄惘然而止,执所书问曰:"此何字也?"丞相熟视久之,亦自不识,诟②其侄曰:"胡③不早问,致予忘之!"

——《冷斋夜话》

【注释】

①张丞相:当指北宋徽宗年间曾任丞相的张商英,字天觉,与《冷斋夜话》作者惠洪颇有交往。

②诟:骂。

③胡:怎么。

【译文】

张商英丞相喜欢写草书,但写得并不好,当时有很多人都讥笑他这点,但丞相泰然自若,我行我素。有一天他突然想到好的诗句,急忙要人准备笔墨,快速地书写起来,只见满纸如龙似蛇的笔画飞舞飘动。写完之后,他要侄子把诗誊录下来,当誊录到"波险"两字时,侄子茫然不识,停下笔,拿着丞相的书法来问丞相:"这是什么字?"丞相仔细看了半天,自己也不认识,便骂他的侄子:"怎么不早点来问呢,害得我也忘了!"

【品读】

草书草得连自己都认不出来,难怪要受人讥笑了。妙在流辈讥笑之时,张丞相能够浑然不觉,泰然自若;又妙在己之不识,反诟其侄问之不早,读来可发一笑。从诗话作者与丞相之间的友好关系来看,这篇小品应无恶意,只是录其趣闻轶事而已。

二十八字媒 吴 开（宋）

"白藕作花风已秋，不堪残睡更回头。晚云带雨归飞急，去作西窗一夜愁。"此赵德麟细君①王氏所作也。德麟既鳏居，因见此篇，遂与之为亲，余以为"二十八字媒"也。

——《优古堂诗活》

【注释】

①赵德麟：赵令畤，字德麟，宋太祖次子燕王德昭之孙，曾因与苏轼交往而坐事受罚，后袭封安定郡王。所作《商调鼓子词》谱写西厢故事，对后来西厢故事的演变很有影响。细君：妻的代称。

【译文】

"白藕作花风已秋，不堪残睡更回头。晚云带雨归飞急，去作西窗一夜愁。"这是赵令畤夫人王氏所写的诗。当年赵令畤因丧妻而独居，见到这首诗篇后与王氏结为夫妻，我看这该叫作"二十八字媒"吧。

【品读】

一首绝句二十八个字，竟成为一对夫妻结合的红线，确实堪称"二十八字媒"。细品其诗，乃是独居生活清冷孤独的写照，鳏居的赵德麟老先生看了，怎能不同病相怜，而生出两相结合的念头呢？何况女方是这样一位才女。传云德麟亦有小诗回赠曰："脸薄难藏泪，眉长易觉愁。"乃是取《香奁集》中成句，前句去了"桃花"，后句去了"柳叶"。

红叶题诗 李 颀（宋）

卢渥舍人应举京师。偶临御沟，见一红叶，上有一绝云："流水何太急，深宫尽日闲。殷勤谢红叶，好去到人间。"卢得之，藏于巾箧。及宣宗有旨许宫人，从人，卢所获人，因睹红叶而吁怨久之,曰:"当时偶题,不谓君得之。"

——《古今诗话》

【译文】

　　卢渥到京师去考试。偶然的机会到了皇宫外的护城河,见到一片红叶,上面题有一首绝句:"流水何太急,深宫尽日闲。殷勤谢红叶,好去到人间。"卢渥得到它,把它珍藏在装衣帽的竹箱里。以后待宋宣宗传下圣旨说准许宫女嫁人,卢渥得到的那个宫女,见到红叶幽叹许久,说:"这是那时偶然题写的,想不到是让你得到了。"

【品读】

　　"千里姻缘一线牵",这里却是宫女姻缘红叶传。皇帝一人,却后宫三千,多少女子的青春顺着御沟流逝?宫人睹红叶本喜姻缘之巧,却"吁怨久之",一定是又忆起当年苦闷忧怨的生活,是多么难以煎熬了。

沈约喜何逊诗　李　顾（宋）

　　何逊①字仲言,八岁能诗。沈约②尝曰:"吾读公诗,一日三复,犹不已。"故李义山诗曰:"寄言何逊休联句,瘦尽东阳姓沈人。"

——《古今诗话》

【注释】

　　①何逊:南朝梁东海郯人,著名诗人,生卒年不详。
　　②沈约:南朝宋武康人,曾助梁武帝成帝业,封建昌县侯、尚书令兼太子之少傅。当时诗界名流,又博学多读,藏书甚富。

【译文】

　　何逊字仲言,八岁的时候就能写诗。沈约曾经说过:"我读何逊的诗,一天反复读三次,还玩味不止。"所以李商隐写诗说:"寄言何逊休联句,瘦尽东阳姓沈人。"

【品读】

古人有写诗为推敲一字而拈断数根须的说法。而沈约为八岁能诗的何逊竟"一日三复,犹不已。"难怪李商隐用到"瘦尽"二字!看来诗歌欣赏也是可以入痴入迷的。李商隐诗幽默,说姓何的你别写诗了,你再写诗姓沈的就活不长了。

贤　　妻　李　颀(宋)

方勉字及甫,娶许虞部女,好学能诗。勉尝同妻夜看《晁错传》,许氏有诗云:"匣剑未靡晁错血,已闻刺客杀袁丝。到头昧却人心处,便是欺他天道时。痛矣一言偷害正,戮之万段始为宜。邓公坟墓知何处,空对斯文有泪垂。"勉后与故人饮于市,醉犯夜禁,因于府庭。时郑毅夫作尹,许氏献书援其夫,并投诗云:"明时乐事输诗酒,帝里风光剩占春。况是白衣重得侣,不堪青斾自招人。早知玉漏催三鼓,不把金貂换百巡。大抵仁人怜气类,不教孤客作囚身。"遂释其夫。勉死,许氏居陋巷,教子为学登科,贤哉!

——《古今诗话》

【译文】

方勉字及甫,娶了许虞部的女儿做妻子;她喜爱读书,擅长写诗。方勉曾经同妻子在夜晚一齐看《晁错传》,他妻子写诗说:"匣剑未靡晁错血,已闻刺客杀袁丝。到头昧却人心处,便是欺他天道时。痛矣一言偷害正,戮之万段始为宜。邓公坟墓知何处,空对斯文有泪垂。"方勉后来跟老朋友在集市上饮酒,酒醉后触犯了夜禁的条例,被逮捕囚禁在官府里。当时是郑毅夫当知府老爷,许氏就给郑毅夫写信来营救她的丈夫,并写了一首诗:"明时乐事输诗酒,帝里风光剩占春。况是白衣重得侣,不堪青斾自招人。早知玉漏催三鼓,不把金貂换百巡。大抵仁人怜气类,不教孤客作囚身。"郑毅夫见诗后释放了方勉。方勉死后,他妻子居住在偏僻的胡同里,教导儿子读书,她儿子后来考取了功名,这真是贤惠啊!

【品读】

古语有"女子无才便是德"的说法。妇女的地位是低下的,而许氏却"好学能诗",而且在丈夫下狱的时候能写信救援,丈夫死后又安贫乐命教导儿子读书考取功名,真是一个有德有才的贤女子。

朱滔括兵 李 顺(宋)

朱滔[①]括兵,不择士族,悉令赴军,自阅于球场。有士子,进趋闲雅,因问曰:"何业?"曰:"学诗。""有妻否?"曰:"有。"即令作《寄内诗》,曰:"握笔题诗易,荷戈征戍难。惯从鸳被暖,怯向雁门寒。瘦尽宽衣带,啼多渍枕鸾。试留青黛著,回日画眉看。"又令代妻答,曰:"蓬鬓荆钗世所稀,布裙犹是嫁时衣。胡麻好种无人种,正好归时又不归。"滔怜之,遗束帛遣归。

——《古今诗话》

【注释】

①朱滔:唐代幽州昌平(今属北京)人,曾任卢龙节度使,唐德宗时造反称冀王,兵败降唐,病死。

【译文】

朱滔挑选士兵,不管出身什么家庭,都命令加入军中,自己在球场上检阅。有一读书人,进出显得闲逸优雅;朱滔因此问道:"你是干什么职业的?"士兵答:"学习写诗的。"朱滔又问:"你有妻子吗?"士兵回答说:"有。"朱滔于是叫他写一首《寄内诗》,士兵写道:"握笔题诗易,荷戈征戍难。惯从鸳被暖,怯向雁门寒。瘦尽宽衣带,啼多渍枕鸾。试留青黛著,回日画眉看。"又叫他代妻作答诗,则写道:"蓬鬓荆钗世所稀,布裙犹是嫁时衣。胡麻好种无人种,正好归时又不归。"朱滔怜悯他,送给他一束布帛让他回家了。

【品读】

"秀才遇见兵，有理讲不清"，俗语这样说。这一回却不同，讲都讲不清的事情，用诗却写清楚了。朱滔这个领兵用武还曾造反称王之人，看来还有几分儒雅风流，惜才兼懂诗，留下一段佳话。

二八才女 　李　颀（宋）

毗陵士人李氏，有女十六岁，能诗，有《破钱》诗云："半轮残月掩尘埃，依稀犹有开元①字。想得清光未破时，买尽人间不平事。"又《弹琴》诗云："昔年刚笑卓文君②，岂信丝桐解误身！今日未弹心已乱，此心元自不由人。"虽有情致，非女子所宜。

——《古今诗话》

【注释】

①开元：唐玄宗年号。

②卓文君：西汉时才女，寡居后因受司马相如琴心挑动而与他私奔。

【译文】

毗陵士人李家，有个十六岁的女儿，能作诗，她有一首《破钱》诗说："半轮残月掩尘埃，依稀犹有开元字。想得清光未破时，买尽人间不平事。"又有《弹琴》诗说："昔年刚笑卓文君，岂信丝桐解误身！今日未弹心已乱，此心元自不由人。"此诗虽有情感韵致，但不是女子应该说的。

【品读】

李氏女才情可观，其春心初萌之意，如今看来，本是自然而然之事。可在当时道出，就会大惹麻烦。诗话作者还算惜才，仅责以所作"非女子所宜"；如请正统道学家上场，真不知会怎样大张挞伐呢！

居亦何难　李　颀（宋）

　　乐天初举，名未振，以歌诗投顾况。况戏之曰："长安物贵，居亦不易。"及读至《原上草》云："野火烧不尽，春风吹又生。"叹曰："有名如此，居亦何难！老夫前言戏之耳。"

——《古今诗话》

【译文】

　　白居易初进京师应举，声名未著，曾以诗作投拜顾况。顾况用他的名字开玩笑说："长安物价昂贵，居住此地可不容易。"后读到《原上草》中的两句："野火烧不尽，春风吹又生。"便感叹道："才力如此，居此又有何难！老夫先前说的不过是玩笑话罢了。"

【品读】

　　白居易诗名初起，也与顾况的赞赏有关。看来人生还是要有一些机遇的。

崔铉童诗　李　颀（宋）

　　崔铉相为童时，随父谒韩滉，指架上鹰令作诗，曰："天边心胆架头身，欲拟飞腾未有因。万里碧霄终一去，不知谁是解绦人？"

——《古今诗话》

【译文】

　　崔铉相公为孩童之时，曾随其父谒见韩滉，韩滉指着架上的笼鹰叫他作诗。他吟道："天边心胆架头身，欲拟飞腾未有因。万里碧霄终一去，不知谁是解绦人？"

【品读】

　　崔铉之诗，确有壮志凌云、乘风破浪之意。其父携子拜见权贵，本为延誉扬名而来。看来干谒之风,自古便有。不过比起后世只注重拜托门路,而不着意培育其才干的做法,还算是比盛世而不如,比衰世而有余了。

杨文公轶事 李 颀(宋)

又,杨文公数岁不能言,一日,家人抱登楼,忽触其首,便能语。家人曰:"既能言,可为诗乎?"曰:"可。"遂吟《登楼诗》云:"危楼高百尺,手可摘星辰。不敢高声语,恐惊天上人。"

——《古今诗话》

【译文】

杨文公出生后数年还不能说话。一天,家人抱着他登楼,忽然触动其头,便能开口说话。家人问:"你既会说话,能诵诗吗?"他回答说:"可以。"随即吟诵李白的《登楼诗》说:"危楼高百尺,手可摘星辰。不敢高声语,恐惊天上人。"

【品读】

此则诗话,有类神话。恐是文公拜相之后,家人婢子传出的夸饰之语:不知何故竟能登上大雅之堂!

太上隐者 李 颀(宋)

太上隐者,人莫知其本末。好事者从问其姓名,不答,留诗一绝云:"偶来松树下,高枕石头眠。山中无历日,寒尽不知年。"

——《古今诗话》

【译文】

有位隐者堪称隐士之最,人们都不知道他的来历。有好事之徒问他姓名，他不予回答，而留下一首五言绝句说："偶来松树下，高枕石头眠。山中无历日，寒尽不知年。"

【品读】

其实这位隐士还不能号称"太上"。如果真的不愿为人所知，何必留此一诗以炫其才，充作诗坛闲话呢。

骆宾王联诗 李 颀（宋）

宋之问贬黜放还，至江南，游灵隐寺，夜月极明，长廊行吟曰："鹫岭郁岧峣①，龙宫锁寂寥。"未得下联。有老僧烛灯坐禅，问曰："少年不寐而吟讽甚苦，何耶？"之问曰："欲题此寺，而思不属。"僧曰："试吟上联。"之问诵之，曰："何不道'楼观沧海日，门对浙江潮'？"之问终篇曰："桂子月中落，天香云外飘。扪萝登塔远，刳木取泉遥。云薄霜初下，冰轻叶未凋。待入天台路，看余渡石桥。"僧一联乃篇中警策也。迟明访之，已不见。寺僧曰："此骆宾王也。"

——《古今诗话》

【注释】

①岧峣：山势高峻的样子。

【译文】

宋之问贬黜岭南放还途中，行至江南，游居于灵隐寺。其夜月色极明，他在长廊行吟道："鹫岭郁岧峣，龙宫锁寂寥。"而未能想出下联。有位老和尚燃灯坐禅，问他说："年轻人不睡觉而苦思冥想，是为何故？"宋之问答道："想为此寺题诗，而思绪接不上来。"和尚问："试吟上联给我听。"宋之问照办，和尚便说："为何不道'楼观沧海日，门对浙江潮'？"宋之问才接着吟完此诗："桂子月中落，天香云外飘。扪萝登塔远，刳木取泉遥。云薄霜初下，冰轻叶未凋。待入天台路，看余渡石桥。"其中和尚所吟一联乃是篇中关键之句。天明再去拜访，已经不见踪影。庙里和尚说:"他就是骆宾王。"

【品读】

　　如略去老僧是骆宾王与否不予考证,单就此则诗话所述之事而言,也能给我们一点有益的启示。宋之问本是武则天时代的诗坛名流,可他游灵隐寺赋诗却差点不能终篇,而助他一臂之力的却是与世无争的老和尚,可见人上有人,天外有天,还是不要目中无人,唯我独尊为好。

诗友千里神游　李　颀（宋）

　　元微之为御史,鞠狱①梓潼②。时白乐天尚书在都下,与名辈游慈恩寺,花下小酌,作诗寄微之曰:"花时同醉破春愁,醉把花枝当酒筹。忽忆故人天际去,计程今日到梁州③。"元果至褒城④,亦寄《梦游诗》曰:"梦公兄弟曲江头,又向慈恩寺里游。驿吏唤人驱马去,忽惊身已在梁州。"千里神游,若合符节。朋友之道,不其至欤!

　　　　　　　　　　　　　　　　　　——《古今诗话》

【注释】

　　①鞠狱:审问犯人。
　　②梓潼:地名,在今四川省。
　　③梁州:地名,在今陕西省南郑县东。
　　④褒城:地名,在今陕西省。

【译文】

　　元稹做御史时,有一次去梓潼审问犯人。当时白居易在京城,和同辈名人一起游慈恩寺,他们在花下饮酒,白居易写了一首诗寄给元稹:"花时同醉破春愁,醉把花枝当酒筹。忽忆故人天际去,计程今日到梁州。"而元稹竟真的到达了褒城,也寄了一首《梦游诗》:"梦公兄弟曲江头,又向慈恩寺里游。驿吏唤人驱马去,忽惊身已在梁州。"两人相隔千里神游,所想的情景竟这样相同,朋友之间的情谊,岂不是达到一种极致?

【品读】

　　元稹和白居易是一对诗友,心灵感应能到这种程度,确实是知己。

卖饼人妻有色　李　顼(宋)

　　宁王宪宅左有卖饼人,妻有色,王欲之,厚遗①其夫取之,宠嬖逾等②。阅岁,因问云:"尚思饼汉否?"默然不对。因呼令见,其妻注眼泪下,若不胜情。时坐客十余,无不凄然。王请客赋诗,王摩诘先成,诗曰:"莫以今朝宠,宁忘旧日恩。看花满眼泪,不共楚王言。"

——《古今诗话》

【注释】

　　①遗:给。

　　②宠嬖(bì)逾等:宠爱超过一般。

【译文】

　　宁王的王府旁边有一个卖饼的人,他的妻子长得漂亮,宁王想占有她,给了她丈夫很多钱,便娶了她,对她的宠爱超过了一般的侍妾。过了一年,宁王问她:"还想那个卖饼的汉子吗?"她默然不答。宁王便让他们两人相见,他的妻子泪如泉涌,不能控制自己的感情。当时有十多位客人坐在旁边,没有一个不觉得凄凉。宁王要客人们写诗,王维最先写出来,诗中说:"莫以今朝宠,宁忘旧日恩。看花满眼泪,不共楚王言。"

【品读】

　　宁王以自己的权势钱财,得到了别人的妻子,然而却得不到她的心。"坐客十余,无不凄然",看来都还有点同情心。王维诗有所感慨,有所规劝,也还可读。

为谁归去为谁来　李　颀（宋）

唐元和①十三年，士人下第，多为诗刺试官，独章孝标作《归燕诗》献庚承宣侍郎曰："旧垒危巢泥已落，今年故向社前归。连云大厦无栖处，更傍谁家门户飞！"全无讥刺意。欧阳澥亦作《燕诗》献郑愚侍郎云："翩翩飞燕画堂开，送古迎今几万回。长向春秋社前后，为谁归去为谁来？"

——《古今诗话》

【注释】

①元和：唐宪宗的年号。

【译文】

唐宪宗元和十三年，举子落第，大多写诗讽刺主考官。只有章孝标作了一首《归燕诗》献给庚承宣侍郎："旧垒危巢泥已落，今年故向社前归。连云大厦无栖处，更傍谁家门户飞！"完全没有讥讽的意思。欧阳澥也作了一首《燕诗》献给郑愚侍郎："翩翩飞燕画堂开，送古迎今几万回。长向春秋社前后，为谁归去为谁来？"

【品读】

落第后的沮丧不言而喻，写诗讽刺主考官也是常情。能把功名看得平淡一点是一种人生态度的潇洒。两首诗其实有高下之分，章诗洒脱中有彷徨，欧阳澥诗洒脱中有自信。

桐叶姻缘　李　颀（宋）

《玉溪论事》云：蜀尚书侯继图，本儒士。一日秋风四起，偶倚栏于大慈寺楼，有大桐叶，飘然而坠。上有诗云："拭翠敛双蛾①，为郁心中事。搦管②下庭除，书成相思字。此字不书石,此字不书纸。书向秋叶上,愿逐秋风起。天下有心人,尽解相思死;天下负心人,不识相思意。有心与负心,不知落何地。"侯贮小帖,凡五六年,方卜③任氏为婚。尝讽此事。任氏曰:"此是妾书叶时诗,争得在公处?"曰:"向在大慈寺阁上倚栏得之。即知今日聘君非偶然也。"侯以今书较之,与叶上无异。

——《古今诗话》

【注释】

　　①拭:擦。敛,收束。

　　②搦管:握笔。

　　③卜:选择。

【译文】

　　《玉溪论事》里说:蜀国的尚书侯继图,本来是个读书人。一日秋风起来的时候,偶然靠在大慈寺的栏杆上,有一片大桐叶,飘飘然落在他面前。上面有一首诗:"拭翠敛双蛾,为郁心中事。搦管下庭除,书成相思字。此字不书石,此字不书纸。书向秋叶上,愿逐秋风起。天下有心人,尽解相思死;天下负心人,不识相思意。有心与负心,不知落何地。"侯继图把这片小帖收藏起来,共五六年,才选择一个姓任的姑娘成婚。婚后,他曾笑谈此事。任氏说:"这是我写在桐叶上的诗,怎么会在您那里?"侯继图说:"以前在大慈寺阁楼上倚栏远眺时捡到的。就知道现在娶你不是一件偶然的事。"侯继图拿夫人现在写的字一比较,和叶子上的完全一样。

【品读】

　　多情任氏的相思诗偏偏被多情的侯继图偶然拾得,多情公子竟因此而等了五六年,而后所娶正是相思之女诗人。桐叶姻缘,千古佳话。

破镜重圆　李　颀（宋）

　　陈太子舍人徐德言尚①叔宝妹乐昌公主。陈政衰,谓其妻曰:"国破,必入权豪家,倘情缘未断,尚慕相见。"乃破镜,各分其半,约他日以正月望日卖于都市。及陈亡,其妻果为杨越公得之,乃为诗曰:"镜与人俱去,镜归人不归。无复姐娥影,空留明月辉。"乐昌得诗,悲泣不已。越公知之,怆然,召德言至,还其妻,因与德言、乐昌饯别,令乐昌为诗,曰:"今日甚迁次,新官对旧官。笑啼俱不敢,方信作人难。"

——《古今诗话》

【注释】

　　①尚:匹配,多用于匹配皇家子女。

【译文】

　　陈朝的太子舍人徐德言娶皇帝陈叔宝的妹妹乐昌公主为妻。陈朝的政权衰落,他对妻子说:"国家灭亡后,你一定会被权豪掳去,倘若我们的缘分没有尽,希望能够相见。"于是把镜子打破,一个拿一半,约定以后在正月十五日去都市上出卖。陈朝灭亡后,他的妻子真的被越国公杨素得到。于是他便写了一首诗:"镜与人俱去,镜归人不归。无复姐娥影,空留明月辉。"乐昌公主得到诗后,悲哭不已。杨素知道了,怆然有感,他把徐德言叫来,把妻子还给他,又为徐德言和乐昌公主设筵话别,席间要乐昌公主作诗,诗说:"今日甚迁次,新官对旧官。笑啼俱不敢,方信作人难。"

【品读】

　　我们固然可以称赞徐德言和乐昌公主之间真挚的爱情,但也欣赏杨素不以权压人和成人之美的雅行。

早慧诗才　邵　博①（宋）

王元之，济州人②，年七八岁已能文。毕文简公③为郡从事始知之。问其家，以磨面为生，因令作《磨诗》。元之不思以对："但存心里正，无愁眼下迟。若人轻着力，便是转身时。"文简大奇之，留于子弟中讲学。一日，太守席上出诗句："鹦鹉能言争似凤"，坐客皆未有对。文简写之屏间。元之书其下："蜘蛛虽巧不如蚕。"文简叹息曰："经纶之才也。"遂加以衣冠，呼为小友。至文简入相，元之已掌书命矣。

——《闻见后录》

【注释】

①邵博：字公济，邵伯温之子，其父有《闻见前录》，因续其父而作，故称《闻见后录》，所涉较杂，有诗话、史论，又参以神怪俳谐。

②济州：州名。东汉济北国地。

③毕文简：即毕士安（938—1005），宋代州云中人，宋真宗时拜平章事。字仁叟，谥文简。

【译文】

王元之是济州人，七八岁的时候就能写诗文。毕文简替郡里做事情的时候才知道他。毕文简问王元之家里的情况，王元之说是以磨面谋生，因此叫他写一首《磨诗》。王元之没有思考就作出来："但存心里正，无愁眼下迟。若人轻着力，便是转身时。"文简感到很惊奇，把他留在郡府给府中子弟讲学。有一天，太守在酒席上出了一句诗："鹦鹉能言争似凤"，座中的客人都不能对答出来。毕文简把它写在屏风上。元之见到后将卜句写在上面："蜘蛛虽巧不如蚕。"毕文简感叹说："这是经纶满腹的人才啊。"就给他官职，称呼他为小友。等到毕文简入主相国的时候，王元之已经执掌文书事务了。

【品读】

古语有"千里马可求,伯乐难求",王元之这样的天才人物,如果不是毕文简的提拔,可能会埋没他的才华,成一悲剧罢了。机遇只是才华基础上的机会。所举二诗,妙在理趣。

山谷七岁《牧童诗》 无名氏(宋)

世传山谷七岁,作《牧童诗》云:"骑牛远远过前村,短笛风吹隔陇闻。多少长安名利客,机关用尽不如君。"

——《桐江诗话》

【译文】

传说黄庭坚七岁的时候,写了一首牧童诗:"骑牛远远过前村,短笛风吹隔陇闻。多少长安名利客,机关用尽不如君。"

【品读】

长安是京城,天下名利客在此角逐。但为名为利机关算尽,结果大都是一场空,还不如牧童悠然地坐在牛背上吹着笛子。诗写两种不同生活态度的对比,已有"不如"二字作评。读者自当品味。

绿 珠 井 胡 仔(宋)

绿珠井在白州双角山下。昔梁氏之女有容貌,石季伦为交趾①采访使,以真珠三斛②买之。梁氏之居,旧井存焉。耆老云:"汲饮此井者,诞女必多美。"里闾③以美色无益于时,遂以巨石填之。苕溪渔隐曰:山谷诗云:"欲买娉婷供煮茗④,我无一斛明月珠。"用此事也。

——《苕溪渔隐丛话》

【注释】

①交趾：古指五岭以南一带。

②斛：古以十斗为一斛，南宋末年改为五斗为一斛。

③里闾：乡里。

④娉婷：美女。煮茗：煮茶。

【译文】

绿珠井在白州双角山下面。当年姓梁的家中女儿很漂亮，石崇(季伦)是岭南一带的采访使，用珍珠三十斗把她买了过来。梁家居住的地方，有一口旧井还在。有老人说："饮用这口井水的人，生下女儿一定很美丽。"乡里的人认为美色对社会没有好处，就用巨大的石头填了这口井。苕溪渔隐说：黄庭坚有这样的诗："欲买娉婷供煮茗，我无一斛明月珠。"借用的就是这个典故。

【品读】

绿珠是晋代绝色美女，石崇的爱妾，善笛。赵王专权时，赵王党羽孙秀曾指名索要绿珠，石崇拒绝。后石崇被逮，绿珠坠楼自杀。石崇是晋代巨富，贵戚王恺、羊王秀等得晋武帝支持而与之斗富，仍不能敌。买一美女，竟出得起三斛珍珠，可以想见石崇的富。而其他贵族王公垂涎欲滴，指名索要，令一代红颜，飘飘命尽魂丧，又可见晋代门阀贵族的腐朽荒淫。难怪乡老要填井，不让此水再出个绿珠来。井灵人美，何其难得；却成祸水之源，不得不恨而填之，又何其悲哉！

更无一个是男儿 陈师道（宋）

费氏，蜀之青城人，以才色入蜀宫，后主嬖之，号花蕊夫人，效王建①作宫词百首。国亡，入备后宫。太祖闻之，召使陈诗。诵其《国亡诗》云："君王城上竖降旗，妾在深宫那得知。十四万人齐解甲，更无一个是男儿。"太祖悦。盖蜀兵十四万，而王师数万尔。

——《后山诗话》

【注释】

①王建：（约767—约831后），唐代诗人，曾作《宫词》百首，有宫词之祖之誉。

【译文】

费氏是蜀国青城人，因为才色出众被选入蜀宫，后主宠幸她，号为花蕊夫人，她还效仿王建作有宫词百余首。蜀国亡国，她被收入宋朝后宫中，太祖听说之后，召见花蕊夫人，让她展示自己的诗歌。花蕊夫人吟诵《国亡诗》道："君王城上竖降旗，妾在深宫那得知。十四万人齐解甲，更无一个是男儿。"太祖很欣赏。蜀国虽号称有十四万兵士，但真正堪称真男儿、能守护国家君主的不过数万人而已。

【品读】

君王丢掉江山，宠妃便要遭罪，历朝如此。这首怨诗说得降君败降的男人们无地自容了。

好色而不淫 魏庆之（宋）

太史公曰："《国风》好色而不淫，《小雅》怨诽而不乱。"《左氏传》曰："《春秋》之称，微而显，志而晦，婉而成章，尽而不汙。"此《诗》与《春秋》纪事之妙也。近世词人，闲情之靡，如伯有所赋，赵武所不得闻者，有过之无不及焉，是得为好色而不淫乎？惟晏叔原云"落花人独立，微雨燕双飞"，可谓好色而不淫矣。唐人《长门怨》云①："珊瑚枕上千行泪，不是思君是恨君。"是得为怨诽而不乱乎？惟刘长卿②云"月来深殿早，春到后宫迟"，可谓怨诽而不乱矣。近世陈克咏李伯时画《宁王进史图》云："汗简不知天上事，至尊新纳寿王妃"，是得谓为微、为晦、为婉、为不汙秽乎？惟李义山云："侍宴归来宫漏永，薛王沈醉寿王醒",可谓微婉显晦、尽而不汙矣。

——《诗人玉屑》

【注释】

①《长门怨》:唐李绅所作诗,原诗为:"宫殿沈沈晓欲分,昭阳更漏不堪闻。珊瑚枕上千行泪,不是思君是恨君。"

②刘长卿(约726—约786):字文房,宣城(今属安徽)人,唐代诗人,当时诗名颇大,尤其擅长五律。

【译文】

司马迁讲:"《国风》好色而不淫,《小雅》怨诽而不乱。"《左氏传》说:"《春秋》之称,微而显,志而晦,婉而成章,尽而不汙。"这是《诗》和《春秋》纪事的妙处。近世的词人,闲情太多,就像伯有赋《鹑之贲贲》诗,赵武之所以小惩听,是因为伯有所言太多了。这不就是好色而不淫的寓意吗?只有晏几道说"落花人独立,微雨燕双飞",可称是好色而不淫呀。唐代人《长门怨》诗:"珊瑚枕上千行泪,不是思君是恨君。"这不正是怨诽而不乱吗?刘长卿"月来深殿早,春到后宫迟",可以说也是怨诽而不乱呀。近世陈克咏李伯时画《宁王进史图》道:"汗简不知天上事,至尊新纳寿王妃",这不正可以称得上是为微、为晦、为婉、为不汙秽吗?李商隐诗:"侍宴归来宫漏永,薛王沈醉寿王醒",可以说是微婉显晦、尽而不汙。

【品读】

"好色而不淫""怨诽而不乱",是儒家诗教。诗歌讲究分寸,过犹不及。不过这些写后宫女子幽怨和皇家后宫污秽的诗句,讲究"不淫不乱"的分寸,追求温柔敦厚的风格之同时,也是怕犯了那个时代的忌讳。

一肚皮不合时宜 费衮(宋)

东坡侍儿朝云①,姓王氏,年十二。侍坡公初,不识字,久而能诗,字学东坡手迹。一日,东坡退朝,食罢,扪腹徐行。问众侍儿曰:"汝辈且道腹中何所有?"或云忠孝,或云文章,或云满腹珠玑,或云珍羞百味。东坡皆曰:"非也。"独朝云摸其腹曰:"一肚皮不合时宜。"东坡捧腹大笑。

——《梁溪漫志》

【注释】

①朝云:苏轼的小妾。

【译文】

苏轼有一个侍妾朝云,姓王,年龄十二。最初服侍苏轼之时,还不识字,时间长了竟然也能作诗,而且写字学苏轼手迹。有一天,苏轼退朝回来,吃过饭,摸着肚子散步,问旁边众多服侍的人说:"你们大家说一说我这肚子里有什么东西呀?"有人说是忠孝,有人说有文章,有人说满肚子珠玉文字,还有人说美味佳肴。苏轼都说:"不对。"只有朝云摸着他的肚子说:"一肚皮不合时宜。"苏轼捧腹大笑。

【品读】

朝云真懂东坡,所以深得东坡爱怜。其他侍儿都是些俗人,只会说些人云亦云的话,只有朝云是在精神世界的层面了解这位大诗人,而且灵心妙语,说得既准确,又风趣。东坡有朝云,也是人生一大幸事。朝云有此妙语,名不虚传。

风情老不衰　洪亮吉①(清)

"老尚多情觉寿征②",商太守盘③诗也。"若使风情老五分,夕阳不合照桃花",袁大令枚④诗也。二公到老风情不衰,于此可见。

——《北江诗话》

【注释】

①洪亮吉(1746—1809):字君直,一字稚存,号北江,江苏阳湖人。

乾隆五十五年(1790)进士,嘉庆时以直言获罪,流放伊犁,旋赦归,改号更生居士,寄情山水,著述以终。所著《北江诗话》,小品味甚浓。

②觉寿征:征,召。觉得年岁在向自己招手。

③商太守盘:商盘,字苍雨,号宝意,浙江会稽人,清代康熙、乾隆间诗人,官至云南元江府知府。知府,明清时习惯称太守,故云"商太守盘"。

④袁大令枚:袁枚曾任江宁、溧水等地县令。大令是对县令的尊称。

【译文】

"老尚多情觉寿征",这是商老太守商盘的诗。"若使风情老五分,夕阳不合照桃花",这是袁大县令袁枚的诗。两位老先生到老风情不衰,这两联诗可以为证。

【品读】

生命有限,时间无情,然而越是如此,人们越是执着地眷恋生命、青春和爱情,老之将至,此情愈烈。是啊,如果人老了就没有资格风流,就不能追求和享受似乎只有年轻人才该有的生活情趣,那为什么西去的夕阳要那样恋恋不舍地去照耀早春的桃花呢? 原来"到老风情不衰",是并不违背自然规律的事情。

钱季重爱子 洪亮吉(清)

同里钱秀才季重,工小词,然饮酒使气,有不可一世之概。有三子,溺爱过甚,不令就塾①,饭后即引与嬉戏,惟恐不当其意。尝记其柱帖②云:"酒酣或化庄生蝶③,饭饱甘为孺子牛。"真狂士也。

——《北江诗话》

【注释】

①就塾:上学读书。塾指私塾,学校。

②柱帖:贴在柱上的诗。古代有节日贴诗于壁于柱的习惯,称帖子

词，多为绝句。

　　③庄生蝶：用庄周梦蝶的典故。

【译文】

　　同乡有个秀才，叫钱季重，小诗小词写得很好，然而喜欢饮酒使气，有不可一世的气概。他有三个儿子，溺爱得太厉害，竟不安排他们上学读书，每天饭后就领着他们嬉闹游戏，唯恐不能使他们高兴。我曾记下他家柱子上贴的诗句："酒酣或化庄生蝶，饭饱甘为孺子牛。"真是一个狂士！

【品读】

　　狂士任气，竟至于丧失理性，不考虑孩子的教育问题，一般人认为难以理解。不过也许狂士自有狂士的价值观念系统，和世俗关于功名富贵的种种人生追求格格不入。"庄生蝶""孺子牛"，把父子天伦之乐表述得生动极了，使人想象其狂乐场面而忍俊不禁。鲁迅的名句"俯首甘为孺子牛"不知是否与此句有点关系？倘有，那真可谓化腐朽为神奇，其境界是大不一样了。

闲中富贵谁能有 　洪亮吉（清）

　　人之一生，皆从忙里过却。试思百事匆忙，即富贵有何趣味？故富贵而能闲者，上也。否则宁可不富贵，不可不闲。余在翰林日，冬仲①大雪，忽同年张船山②过访，遂相与纵饮，兴豪而酒少，因扫亭畔雪入酒足之。曾有句云："闲中富贵谁能有？白玉黄金合成酒③。"此闲中一重公案也。及自伊犁蒙恩赦归④，抵家日偶赋一绝云："病余才得卸橐鞬⑤，桃李迎门恍欲言。从此却营闲富贵，虾蟆给廪鹤乘轩⑥。"盖散人⑦之乐，实有形神并释、魂梦俱恬者。此又闲中公案之一重也。此诗偶忘编入集，附记于此。

　　　　　　　　　　　　　　　　——《北江诗话》

【注释】

①冬仲:冬天之中。仲,中间。

②同年:同科进士互称同年。张船山:张问陶,字仲冶,或字乐祖,号船山,与洪亮吉同年进士,曾任山东莱州知府等职。因与上司不合,乞病归,遍游吴越山水,而以诗文自娱。工古文,尤擅诗,有《船山诗文集》,多写日常生活及怀才不遇之感。

③"白玉"句:白玉指白雪,黄金或当指金灿灿的玉米,玉米是常用酿酒材料。以雪兑酒,故戏言"白玉黄金合成酒"。

④伊犁赦归:本则诗话作者洪亮吉,乾隆年间进士,督学贵州,嘉庆初年上书朝廷,指斥朝政,有"视朝稍晏,小人荧惑"之语,触怒嘉庆皇帝,被流放伊犁,次年京师大旱,嘉庆悔悟,赦免其罪,午刻下诏,午后即雨,亮吉还家,自号更生居士。

⑤櫜鞬:马上盛放衣甲弓箭之器。

⑥给廪:供给食物。此句约可解为,以虾蟆作为食物,以鹤背作为居处,意谓不求好衣食而云游自乐。

⑦散人:心闲志散之人,退隐山林者常自称散人。

【译文】

人的一生,都从忙忙碌碌中度过去了。试想百事匆忙,即令富贵了,又有何趣味?所以富贵而又能清闲的人,那是最好的了。否则宁可不富贵,也不可不清闲。我在翰林院的时候,有一年冬天下大雪,忽然同科朋友张船山来拜访,就拉他一起开怀痛饮,酒兴大发而酒却不够了,因此把亭子旁边的雪撮来放到酒里凑多。当时曾有诗句写这件事:"闲中富贵谁能有?白玉黄金合成酒。"这是闲散生活中的一个故事。后来,当我蒙皇上之恩典从伊犁流放地被赦免回家,到家时偶然间写出一首绝句,说:"病余才得卸櫜鞬,桃李迎门恍欲言。从此却营闲富贵,虾蟆给廪鹤乘轩。"这是因为闲散之人的快乐,确实有身体和精神都获解放,魂里梦中都很安然的感觉。这又是闲散生活中的一个故事。这首诗偶然忘记编入自己的诗文集了,所以就附记在这里。

【品读】

　　求富贵就必然失去闲情。失去闲情劳苦终生，则求富贵为何？富贵而兼闲人者，古来有几个？怕也只是躺在父辈营造的安乐窝中，足父辈劳碌过，而且这样的人多半难逃"寄生虫""败家子"的骂名。贾宝玉倒是号称"富贵闲人"，但却挨过贾政的板子，打得皮开肉绽。人类在许多问题上面临两难困境，逼人做出痛苦的选择。不过结合洪亮吉及许多古代闲散诗人的生活遭遇来看，在专制统治下，求富贵必须以牺牲人格为代价，所以他们的求闲散还有洁身自好、守志不移的思想品格，那所谓的闲散生活也是可以品出一些苦涩味的。

诗贵得江山之助　廖景文（清）

　　诗贵得江山之助。王荆公居钟山，每饭已，必跨驴，一至山中，或舍驴，遍过野人家，所云："独寻寒水渡，欲趁夕阳还"，"细数落花因坐久，缓寻芳草得归迟"也。苏子瞻谪黄州，布衣芒屦，出入阡陌①，每数日，辄一泛舟江上。晚贬岭外，无一日不游山。故其胸次洒落，兴会飞舞，妙诣入神。我辈才识远逊古人，若跼蹐②一隅，何处觅佳句来？

——《罨画楼诗话》

【注释】

　　①阡陌：田间小路，泛指田野。

　　②跼蹐：拘束而不敢放纵。

【译文】

　　诗之可贵在于获得山川的助力。荆国公王安石居住钟山时，往往饭后骑驴，出游山中；或者舍驴步行，遍访乡野人家，即其诗中所说："独寻寒水渡，欲趁夕阳还""细数落花因坐久，缓寻芳草得归迟"。苏东坡谪居黄州时,身着布衣,足登芒鞋,出游于田野之间。往往不隔几天,就泛舟江上一遭。晚年贬居岭南,没有一天不出游山川。所以他心胸开阔洒脱,以致神思兴会,笔墨飞舞,其妙词精义,出神入化。我辈才识远低于古人,若还局限于一隅之地,从哪里寻觅佳句来呢?

【品读】

游览山川,可以开阔眼界,增长见识,丰富人生阅历。所谓"胸次洒落,兴会飞舞,妙诣入神",哪里只是有益于作诗呢!

诗人目空千古　张晋本(清)

诗人必目空千古,乃能横绝一时。老杜岳阳楼作①,古今无两,须想其未下笔时,是何等心眼! 至落笔则无庸思议也。

——《达观堂诗话》

【注释】

①"老杜"句:指杜甫《登岳阳楼》:"昔闻洞庭水,今上岳阳楼。吴楚东南坼,乾坤日夜浮。亲朋无一字,老病有孤舟。戎马关山北,凭轩涕泗流。"

【译文】

诗人非得有目空千古的气概,才能写出横绝当世的大作。杜甫《登岳阳楼》诗,古今无人可比。可想他未下笔时,该是怎样的心胸。一到落笔之时就不用思忖了。

【品读】

着眼点高,落笔时才能高人一着。能作石破天惊之诗句,必有囊括环宇之胸怀。

诗谶从古有之　袁　枚(清)

诗谶从古有之。宋徽宗《咏金芝生》诗曰:"定知金帝来为主,不待春风便发生。"已兆靖康之祸。后蜀主孟昶《题桃符贴寝宫》云:"新年纳余庆,嘉节号长春。"后太祖灭蜀,遣吕余庆知成都。王阳明擒宸濠①,勒石庐山,有"嘉靖我邦国"五字。亡何,世宗即位,国号嘉靖。扬州城内有康山,俗传康对山②曾读书其处,故名。康熙间,朱竹垞③游康山,有"有约江春到"之句。今康山主人颖长方伯,修葺其地,极一时之盛;姓江,名春:亦一奇矣!

——《随园诗话》

【注释】

①王阳明擒宸濠:指明武宗正德十四年(1519),宁王朱宸濠在南昌发动叛乱,最后由赣南巡抚王阳明平定。

②康对山:康海(1475—1540),字德涵,号对山、沜东渔父,明代文学家。

③朱竹垞:朱彝尊(1629—1709),清代词人、学者、藏书家。字锡鬯,号竹垞。

【译文】

诗歌预兆吉凶从古以来就有。宋徽宗在《咏金芝生》诗里说:"定知金帝来为主,不待春风便发生。"已经透露出靖康之难的祸端。后蜀国主孟昶《题桃符贴寝宫》中说:"新年纳余庆,嘉节号长春。"后来宋太祖灭了蜀国,正是派遣的吕余庆来统领成都。王阳明缉拿了宸濠,在庐山刻石题碑,其中就有"嘉靖我邦国"五个字。还没过来多久,明世宗登上皇位,国号就是嘉靖。扬州城里有一座康山,民间大众传言康对山曾经在这个地方读书学习,因此命名为康山。到康熙年间,朱彝尊在康山游玩时,曾写下"有约江春到"这样的诗句。现在知政康山的长官颖长,把这一块地方进行了修葺治理,一时间呈现出一派繁盛的景象,而这位主人正是姓江,名春:这也是一时之奇事啊!

【品读】

也真奇了,难道冥冥之中,真有预兆隐藏?当然是巧合,不过也太巧了,给历史添了趣味。引人入胜可以,引人迷信就不好了。

身死不忘留诗名　袁　枚（清）

　　小秋妹婿张卓堂士淮,弱冠,以瘵疾^①亡。弥留时,执小秋手曰:"子能代理吾诗稿,择数句刻入随园先生《诗话》中,吾虽死犹生也。"余怜其志而哀其命,选其《春雨》云:"雨声淋沥响空庭,酿就轻寒洗尽春。一夜听来眠不得,那禁愁煞惜花人。"《病中》云:"病真空蓄三年艾,梦醒忙温一卷书。夜深还累妻煎药,仆懒翻劳客请医。"小秋哭之云:"心高徒陨命,身死不忘名。"小秋妹佩秋润兰亦能诗,《赠小秋》云:"梅能傲雪香能永,枫不经霜色不红。"《哭夫》云:"身在众中嫌赘物,心期地下伴亡人。"果不一年,亦以疾亡。

——《随园诗话》

【注释】

　　①瘵(zhài)疾:疫病,亦指痨病。

【译文】

　　小秋的妹夫张卓堂,名士淮,二十弱冠之年,因为痨病而病故。临死的时候,他拉着小秋的手说:"你能代我整理诗稿,挑选几句刻入随园先生的《诗话》中,我虽死犹生也。"我怜惜他的志向又悲叹他的不幸命运,选录了他的《春雨》诗:"雨声淋沥响空庭,酿就轻寒洗尽春。一夜听来眠不得,那禁愁煞惜花人。"《病中》云:"病真空蓄三年艾,梦醒忙温 一卷书。夜深还累妻煎药,仆懒翻劳客请医。"小秋哭他的诗说:"心高徒陨命,身死不忘名。"小秋的妹妹佩秋,名润兰,也能写诗,她的《赠小秋》诗说:"梅能傲雪香能永,枫不经霜色不红。"《哭夫》诗说:"身在众中嫌赘物,心期地下伴亡人。"果然不到一年的时间,她也因为生病而去世了。

【品读】

　　诗关情性,诗写灵魂,用情太深的诗人可能折寿。这段文字中的几位少男少女，从这几首诗来看，就是把诗和人生联系得非常紧的。人生苦短，何况还要遭遇病夭，但能留得几句好诗在人间也值得了。这就是诗人。

诗外人生

人间不能无诗　钟　嵘①（梁）

若乃②春风春鸟，秋月秋蝉，夏云暑雨，冬月祁寒③，斯四候之感诸④诗者也⑤。嘉会寄诗以⑥亲，离群托诗以怨。至于楚臣去境⑦；汉妾辞宫⑧；或骨横朔野⑨；或魂逐飞蓬⑩；或负戈外戍⑪，杀气雄边；塞客衣单，孀闺泪尽；或士有解佩出朝⑫，一去忘返；女有扬蛾入宠⑬，再盼倾国⑭。凡斯种种，感荡心灵，非陈诗⑮何以展其义，非长歌何以骋其情？故曰："诗可以群，可以怨⑯。"使贫贱易安，幽居靡闷，莫尚于⑰诗矣。故词人作者，罔⑱不爱好。

——《诗品》

【注释】

①钟嵘（468—约518）：字仲伟，一字伟长，齐梁时代颍川长社（今河南长葛）人，其《诗品》是中国第一部诗歌理论批评专著。

②若乃：若，动词，"如、像"之意。乃，副词，"就"意。

③祁寒：祁，大。即严寒。《尚书·君牙》："冬祁寒。"

④诸：是"之于"的合音，"之"是代词，"于"是介词。

⑤者也：者，指示代词。也，语助词。

⑥以：介词，用来。

⑦楚臣去境：指屈原被楚王流放。

⑧汉妾辞宫：指王昭君辞宫出塞。

⑨或：无指代词，此篇中指人，可译为"有的人"。朔：农历每月初一，地球上看不到月光，这种月相叫朔。朔野，没有月光的荒郊野外。

⑩飞蓬：蓬草秋后根断，随风飘浮，诗文中多以飞蓬喻指行踪飘泊。

⑪外戍：戍，防守。外戍，守卫塞外边疆。

⑫解佩出朝：佩，玉佩；解佩，意为脱下官服，辞官归隐。

⑬扬蛾入宠：蛾，蛾眉，形容美人眉毛细长而弯。

⑭再盼倾国：《汉书·外戚传》载李延年侍奉汉武帝，歌云："北方有佳人，绝世而独立。一顾倾人城，再顾倾人国。"后延年之妹因此得幸。

⑮陈诗：写诗。借诗而陈。

⑯诗可以群，可以怨：《论语·阳货》载孔子云："诗，可以兴，可以观，可以群，可以怨；迩之事父，远之事君；多识于鸟兽草木之名。"意思是说诗可以使人读了感奋，可以教人认识社会生活，可以教人处理人际关系，可以使人知道怎样批评社会讽刺政治。还讲了《诗经》在伦理上和政治上的作用，在扩大关于鸟兽草木等知识范围方面的作用。

⑰莫尚于：莫，无指代词，可译为"没有谁"。尚，尊崇；注重。于，介词，介绍比较的对象，可译为"比"。

⑱罔：没有，不。

【译文】

正如春风春鸟，秋月秋蝉，夏云暑雨，冬月严寒，这四时景物气候都感应于诗。欢愉聚会时寄兴诗中以表亲切，离群分别时托情诗句以述哀怨。且说楚国忠臣屈原被逐离境；汉宫美女王昭君辞宫远嫁；且说有人骨横凄凉的荒野；有人魂魄飘泊如秋后飞蓬；有人拿着刀枪防守塞外，杀气腾腾，威震边关；且说闺中寡女眼泪流尽，异域流囚衣衫单薄；又有那志士不作命官解甲归隐，一去不返；也有那美女扬眉入宫，美貌倾国，备受宠爱。凡此人间种种情景，感人肺腑，震荡心灵，不写诗如何展现它的意义，不引吭长歌又怎能畅抒情怀？所以孔子说："诗可以群，可以怨。"要使贫贱者容易安于贫贱，幽居之人能释闷怀，没有比诗更好更有效用的了。因此词人作者，无不爱好。

【品读】

天有四季，春夏秋冬，阴晴雨雪，周而复始；人有七情，喜怒哀乐，悲欢离合，死去活来。诗即感四季，写七情，托哀怨，寄亲情，解忧烦，刺风俗，或阳刚，或阴柔。四季常轮，七情不灭，则人间不能无诗。这段话四言排比，描状世情万端，读来音节流美，细品发人深思。

赚得英雄尽白头 王定保①（五代）

进士科始隋大业中②，盛于贞观、永徽③之际。缙绅④虽位极人臣，不由进士者不以为美。其推重谓之"白衣卿相"，又曰"一品白衫。"其不利者⑤，谓之"三十老《五经》，五十少进士⑥"。有老于文场者亦无恨焉。故有诗云："太宗皇帝真长策，赚得英雄尽白头。"

——《摭言》

【注释】

①王定保：唐末光化三年（900）进士，丧乱后入湖南，弃妻不顾，为士论所不齿。所撰《摭言》记唐朝进士应举登科杂事，每涉诗人诗作，有见有识。

②进士科：科举考试制度。大业，隋炀帝年号。

③贞观：唐太宗年号。永徽：唐高宗年号。

④缙绅：本指高级官吏的装束，后以之代指高级官吏。

⑤不利者：久考不中的，不顺利的。

⑥"三十"句：唐代科举，主要有明经、进士两科，明经以《诗》《书》《礼》《易》《春秋》为主要内容，熟记即可中试，进士则还要检验诗赋才能。又明经名额较多，十取一、二，进士则百取一、二，故有此说。

【译文】

进士考试从隋朝大业年间开始，唐代的贞观、永徽年间更为兴盛。高官显贵们虽然位居天子座下，不是进士出身的仍然心里不美。别人推重他们，叫作"白衣卿相"，或者叫"一品白衫"。对那些考试不顺利的人，社会上则流传"三十老《五经》，五十少进士"的说法。有的一生在考场上挣扎而不中也没有怨言。所以有诗句写道："太宗皇帝真长策，赚得英雄尽白头。"

【品读】

　　唐太宗有一次检阅进士队伍，看着新科进士列队而出，兴奋不已，说："天下英雄尽入吾彀中矣！"是啊，考中了的，来做他的顺臣，考不中的，皓首读经，一生消磨挣扎在科场上，哪还有心思和时间来干扰他的专制统治呢？科举制度，真是统治者为中国古代读书人设计的一个精美的牢笼。

邓仙尸解　范摅（唐）

　　邓仙客死葬麻姑山，人谓尸解①。游人题诗多矣。有一少年绝不言姓名，但云天峤游人。诗曰："鹤老芝田②鸡在笼，上清哪与世尘同！既言白日升天去，何事人间有殡宫③？"邓名稍减。

——《云溪友议》

【注释】

　　①尸解：羽化登仙。
　　②芝田：传说中神仙种灵芝的地方。
　　③殡宫：指坟墓。

【译文】

　　邓道士死在外地，葬于麻姑山，人们说他是羽化登仙了。游人为他题了很多的诗。有一个年轻人坚决不肯说出他的姓名，只说是天峤的一个游客。他写了一首诗："鹤老芝田鸡在笼，上清哪与世尘同！既言白日升天去，何事人间有殡宫？"邓道士的名气才有所降低。

【品读】

　　一般游人题诗，想来多是附庸风雅，借给这个死道士题诗表示自己不俗，结果你题我题，竟把个死道士炒得热火朝天。无名少年题诗妙绝，一个反问，足以把那些头脑昏昏的俗辈问得哑口无言：既然说他做神仙上天去了，那人间为什么还要有他的坟墓？真是一针见血，一箭中的，羞得那些"诗人"再也不敢轻易提笔了，邓仙也就还了他本来的面貌。

安危托妇人 范　摅（唐）

宪宗时，北虏数寇边，大臣议：和亲有五利而无千金之费。宪宗曰："比闻一士人，能为诗，而姓字稍僻。其诗曰：'山上青松陌上尘，云泥岂合得相亲！举世尽嫌羸马瘦，唯君不弃卧龙贫。千金未必能移姓，一诺从来许杀身。莫道书生无感慨，寸心还是报恩人。'"侍臣曰："此戎昱诗也。京兆李銮欲以女妻之，令改姓，昱辞焉。"宪宗悦曰："又记得《咏史》诗云：'汉家青史上，计拙是和亲。社稷归明主，安危托妇人。若能将玉貌，便欲静胡尘。地下千年骨，谁为辅佐臣？'"宪宗笑曰："魏绛①，何其懦也！此人如在，可与鼎州②、武陵桃源，足称其吟咏。"士林荣之。又苏郁有诗云："关月夜悬青冢鉴，塞云愁薄汉宫罗。君王莫信和亲策，生得胡雏虏更多。"

——《云溪友议》

【注释】

①魏绛：春秋时晋大夫。悼公时，山戎终于请和，魏绛因言和戎五利，晋侯听之而与戎盟。晋由是国势大振，复兴霸业。

②鼎州：地名，州治在武陵。

【译文】

宪宗皇帝时，北方的少数民族多次骚扰边境，大臣们商议：和亲有五大好处而没有大量金钱的花费。宪宗说："近来听说有一个读书人，能写诗，而姓名有一点僻。那首诗写道：'山上青松陌上尘，云泥岂合得相亲！举世尽嫌羸马瘦，唯君不弃卧龙贫。千金未必能移姓，一诺从来许杀身。莫道书生无感慨，寸心还是报恩人。'"侍臣说："这是戎昱的诗。京兆李銮想把女儿嫁给他，令他改姓，戎昱推辞了。"宪宗高兴地说："我又记得《咏史》诗里说：'汉家青史上，计拙是和亲。社稷归明主，安危托妇人。若能将玉貌，便欲静胡尘。地下千年骨，谁为辅佐臣？'"宪宗笑着说："魏绛，多么胆小啊！这个人如果还在，可以给他鼎州、武陵桃源之地，这样和他的诗才相称。"读书人都觉得很荣耀。另外苏郁有诗说："关月夜悬青冢鉴，塞云愁薄汉宫罗。君王莫信和亲策，生得胡雏虏更多。"

【品读】

中国的历史，经常用些弱女子来承担责任，苏妲己承担着亡国的罪名，王昭君承担着汉朝边境和睦的责任，这难道不是男人没有本事的表现？唐宪宗能欣赏"社稷归明主，安危托妇人""云泥岂合得相亲"的诗句，是个难得的明白皇帝！此则诗话中所举诗句，都深沉含蓄，耐人寻味，"生得胡雏虏更多"一句，更有几分幽默感。

饭 后 钟 孙光宪（宋）

唐相段文昌家江陵，少以贫窭修进^①，常患口食不给。每听曾口寺钟，辄诣谒食^②，为寺僧所厌，自此乃斋后扣钟，冀其晚届而不逮食。后入登台座，出连大镇，拜荆南节度使，诗题曾口寺云"曾遇阇黎^③饭后钟"，盖为此。

——《北梦琐言》

【注释】

①窭：贫穷。

②辄：总是。诣，到某个地方去看某人。谒，请求。

③阇黎：梵语音译，本义为高僧，泛指和尚。

【译文】

唐文宗时，宰相段文昌的家乡在江陵，年轻时家里贫穷，经常为没有饭吃而发愁。每次听到曾口寺敲钟吃饭，就到那里去请求给一碗饭吃，被那些和尚所厌恶，从此他们在吃了饭以后才敲钟，希望他来晚了吃不到饭。后来他在朝廷做了京官,外放管了很宽的地盘,官拜荆南节度使,他曾为曾口寺题诗说:"曾遇阇黎饭后钟",原因就在这里。

【品读】

世情如纸,本不足怪。有段文昌遭遇的,决不止段一人。而段文昌能寓愤于谐,确实能够增加许多乐趣。

孙光宪,字孟文,自号葆光子,陵州贵平人,宋初词人。本农家子,性嗜藏书,常自手抄。太祖时用为黄州刺史,将用为学士,未及而卒。

温庭筠轶事 孙光宪(宋)

温庭筠字飞卿,或作云,旧名岐,与李商隐齐名,时号"温李"。才思艳丽,工于小赋。每入试,押官韵作赋,凡八叉手而八韵成,多为邻铺假手,日救数人。而士行有缺,缙绅薄之。李义山谓曰:"今得一联句云:'远比邵公,三十六年宰辅',未得偶句。"温曰:"何不云'近同郭令,二十四载中书'?"药名有"白头翁",温以"苍耳子"为对。皆此类。宣宗爱唱《菩萨蛮》词,令狐相国假其新撰,密之,戒令勿泄,而遽言于人。由是疏之。温亦有言云"中书堂内坐将军",讥相国无学也。宣宗微行,遇于逆旅,温不识,傲然诘之曰:"公非司马、长史之流乎?"又曰:"得非文参、簿尉之类?"帝曰:"非也。"谪为方城县尉,其制辞曰:"孔门以德行为先,文章为末。尔既德行无取,何以补焉!徒负不羁之才,罕有适时之用。"竟流落而死。杜邠公自西川除淮海,温诣韦曲杜氏林亭,留诗云:"卓氏炉前金线柳,隋家堤上锦帆风。贪为两地行霖雨,不见池莲照水红。"邠公遗绢一千匹。

——《北梦琐言》

【译文】

　　温庭筠字飞卿,又字云,曾用名岐,与李商隐齐名,当时称之为"温李"。才思敏捷,擅长小赋。每次考试,押规定的韵写小赋,叉手八次而八韵之诗便写出来了,经常为旁边的人帮忙,一天能够"解救"好几个人。然而他的品行有缺点,官僚们都看不起他。李商隐曾对他说:"近来想出了一句上联:'远比邵公,三十六年宰辅',没有想出对句。"温庭筠马上说:"何不对'近同郭令,二十四载中书'?"有一味药名叫"白头翁",温庭筠以"苍耳子"相对。这样的例子很多。唐宣宗爱唱《菩萨蛮》词,相国令狐绹请他代填了一首新词而冒己名,戒令他千万保密,不要泄漏出去,而他马上就去向别人宣扬,令狐绹从此便疏远了他。温庭筠也有一句讥讽令狐绹的话说:"中书堂内坐将军",讽刺相国不学无术。宣宗有一次微服私访,两人在旅馆相遇,温庭筠不认识他,傲慢地查问他:"先生是司马、长史之流的人吗?"又说:"莫非是文参、簿尉之类的人?"宣宗说:"都不是。"温因此而被贬谪为偏僻遥远的方城县尉,宣宗的批文上说:"儒家以道德情操为第一要素,文章才华为末等。既然你的德行不可取,怎么能够提拔呢? 空有卓尔不群的才华,却少有合于时世的本事来派用场。"最后竟然终生流落江湖而死。杜邠公从四川到淮海去,温庭筠游玩了韦曲杜氏林亭,并在那里留了一首诗:"卓氏炉前金线柳,隋家堤上锦帆风。贪为两地行霖雨,不见池莲照水红。"杜邠公就送给了他一千匹绢。

【品读】

　　文酒女色,性情风流,叉手八韵,诗才傲慢。诘词犯上,或因不知;不为相国保密,却是有意炫耀。帝王宰相都得罪了,还想在朝廷谋生存,求发展? 宜其流落终生。济慈曾言:"英国产生了世界上最好的作家,一个主要原因是因为英国社会在他们生世时虐待了他们。"温庭筠还不能算是中国最好的作家,虽然令狐相国曾暗使虞侯寻机把他打得"败面折齿",恐怕整体上说也不宜说"虐待",但如果有幸青云直上,这个相貌奇丑的"温钟馗"怎么可能在浪荡流落生涯中,成为"花间词派"的鼻祖呢?

田园贫宰相 吴处厚[①](宋)

夏文庄谪守黄州时,庞颍公为郡掾[②],文庄识之,优待。颍公有病,意谓不起,文庄亲视之,曰:"异日当为贫宰相,亦有年寿,疾非所忧。"颍公曰:"宰相岂得贫耶?"文庄曰:"一等人中贫尔。"故颍公后作退老诗曰;"田园贫宰相,图史富书生。"盖记此也。

——《青箱杂记》

【注释】

①吴处厚:字伯固,邵武人,宋皇祐五年(1053)进士,官至卫州知府,《青箱杂记》记当代杂事,颇多诗话。

②掾:古代属官的通称。

【译文】

夏文庄被贬谪为黄州知州时,颍国公庞籍还是知州的属官,夏文庄很赏识他,待他很优厚。有一次颍公病倒,自认为将不久于人世,夏文庄亲自去看望,并对他说:"将来你会成为贫宰相,而且寿命也长,你就不必忧虑疾病了吧。"颍公问:"宰相怎会贫穷呢?"夏文庄说:"一如众人中的贫困者一样。"所以颍公后来作退老诗说:"田园贫宰相,图史富书生。"大概记的就是这件事了。

【品读】

这则诗话,一是称许夏文庄有先见知人之明;二是赞颂不愿损人肥己的穷宰相。宰相如清贫,百姓且小康;宰相如暴富,百姓必流亡。

马 啄 木 刘 斧(宋)

治平[①]中,有吉州吉水令,忘其姓名,治邑严酷。有野人马道为《啄木诗》讽之曰："翠翎迎日动,红嘴响烟萝。不顾泥丸及,唯贪得食多。才离枯朽木,又上最高柯。吴楚园林阔,忙忙争奈何!"令见其诗,稍缓刑,时人目曰"马啄木"。

——《翰府名谈》

【注释】

①治平:北宋英宗赵曙年号。

【译文】

北宋治平年间,吉州有一个吉水县令,忘记了他的姓名,他管理地方很严酷。有个闲散之人叫马道的作了一首《啄木诗》讥讽他:"翠翎迎日动,红嘴响烟萝。不顾泥丸及,唯贪得食多。才离枯朽木,又上最高柯。吴楚园林阔,忙忙争奈何!"县令看见这首诗,稍稍减轻了刑罚,当时的人把他看作"马啄木"。

【品读】

借物抒情,借古讽今,都是文人的拿手好戏,也是诗文的社会性价值所在,马道的一首《啄木诗》居然能令严酷贪婪的吉水县令收敛许多,老百姓因而稍得宽松,看来诗人的唇枪舌剑有时还顶点用,不过前提是被讽刺的官员还有脸皮。

李后主挥泪对宫娥 苏 轼(宋)

李后主词云:"三十余年家国,数千里地山河。……几曾惯见干戈?一旦归为臣虏。沈腰潘鬓①消磨。最是苍黄辞庙日,教坊②犹奏别离歌。挥泪对宫娥。"后主既为樊若水所卖,举国与人,故当恸哭于九庙之外,谢③其民而后行。顾④乃挥泪宫娥,听教坊离曲哉!

——《东坡诗话》

【注释】

①沈腰潘鬓:细腰衰鬓。沈指沈约,多病瘦腰;潘指潘岳,曾作《秋

兴赋》以感叹发白体哀。

　②教坊:学习音乐的地方。

　③谢:告罪。

　④顾:却,但是。

【译文】

　　李煜有一首词:"三十余年家国,数千里地山河。……几曾惯见干戈?一旦归为臣虏。沈腰潘鬓消磨。最是苍黄辞庙日,教坊犹奏别离歌。挥泪对宫娥。"李煜被樊若水出卖,把整个国家都给了别人,所以应该在祖宗神庙外哭泣,向全体臣民告罪,然后才走。怎么能对着宫女哭泣,听教坊唱离别的歌曲呢!

【品读】

　　南唐后主李煜亡了国,只想到对不起祖宗和日日与他厮混的女人,却没有意识到对不起他的臣民,活该成为亡国之君。

缇兵有鉴识　苏　轼(宋)

　　东坡一日在玉堂,读杜牧之《阿房宫赋》,夜深不寐。署中有二缇骑①,伺候良久,于阶下私谕,东坡潜听之。一人曰:"如此夜深不睡,只管念来念去,念他有甚好处。"一人曰:"也有一两句好。"一人怒曰:"你知道甚的。"答曰:"我爱他道天下人不敢言而敢怒。"东坡曰:"这汉子颇有鉴识。"因作诗曰:"银烛高烧照玉堂,夜深沦茗读阿房。文章妙处无人语,赖有缇兵说短长。"

　　　　　　　　　　　　　　——《东坡诗话》

【注释】

　　①缇(tí)骑:红衣骑士,此指值夜士兵。

【译文】

　　有一天苏轼在玉堂,读杜牧《阿房宫赋》,深夜不睡,官署中有两个值夜兵役，伺候了很久，在台阶下窃窃私语，苏轼悄悄凑过去听。其中一人说："这么夜深不睡觉，只是在那里念来念去，念它有什么好处。"另一人回答说："也有一两句好。"前人有些恼怒地说："你知道什么？"后一人回答道："我欣赏他能够说出天下人不敢言而敢怒。"苏轼说："这个汉子挺有见识。"于是写诗道："银烛高烧照玉堂，夜深沦茗读阿房。文章妙处无人语，赖有缇兵说短长。"

【品读】

　　《阿房宫赋》是唐人杜牧的一篇赋体散文，深刻地总结了秦王朝骄奢亡国的历史教训，文中有"使天下之人，不敢言而敢怒。独夫之心，日益骄固"的句子，作者借古讽今，忧国忧民，苏轼夜读此文，一定触动深心，因而深夜不睡。值夜士兵一般没什么文化，其中却有一位听懂了意义，使苏轼有些惊讶，作诗感言妙文竟在普通士兵中有知音。有趣的是，这士兵的称赞是轻描淡写的，如此有名的赋，在他听来不过是"也有一两句好"。听出这两句好，就是见识！

大王之风　苏　轼（宋）

　　贵公子雪中饮醉，临槛向风曰："爽哉，此风！"左右皆泣下，贵公子惊问之，曰："吾父昔日以爽亡。"楚襄登台，有风飒然而至，王曰："快哉，此风！寡人与众共者耶？"宋玉讥之曰："此独大王之风，庶人安得而共之？"不知者以为谄也，知之者以为风也。唐文宗诗曰："人皆苦炎热，我爱夏日长。"柳公权续之曰："薰风自南来，殿阁生微凉。"惜乎，宋玉不在旁也。

　　　　　　　　　　　　　　——《百斛明珠》

【译文】

　　贵家公子在雪中饮酒醉了，站在门槛上对着风说："好凉爽啊，这风！"左右的人却都流下了眼泪，贵公子惊奇地问他们，他们回答说："我的父亲就是被您大呼凉爽的风冻死的。"楚襄王登上楼台，有风飒然而来,楚襄王说:"快活啊,这风! 我能和全国的人共同享有它吗?"宋玉讥讽他说:"这只是大王一个人的风,老百姓怎么能够与大王共同享受呢?"不明白的人认为他在献谄,明白人知道他在讽刺。唐文宗李昂有诗说:"人皆苦炎热,我爱夏日长。"柳公权续这两句诗说:"薰风自南来,殿阁生微凉。"可惜呀,宋玉不在旁边。

【品读】

临风而立,或觉爽快宜人,或感衣单寒冷,天子与百姓,富人与穷人,感受截然相反。宋玉讥讽得巧妙含蓄,不知楚襄王当时意会到没有;而柳公权之续诗则纯粹只为讨得主子的欢心。人格的高低,使人一目了然。

说 棋 苏 轼(宋)

予素不解棋,因独游庐山白鹤观,观中人皆阖户昼寝,独闻棋声于古松流水之间,意欣然喜之,自尔欲学,然终不解也。儿子过乃粗能者。儋守①张中从之戏,予亦隅坐竟日,不以为厌也。诗曰:"五老峰前,白鹤遗址。长松荫庭,风日清美。我时独游,不逢一士。谁欤棋者,户外屦二②。不闻人声,时闻落子。纹枰坐对,谁究此味? 空钩意钓,岂在鲂鲤! 小儿近道,剥啄信指。胜固欣然,败亦可喜。优哉游哉,聊以卒岁。"

——《百斛明珠》

【注释】

①儋守:儋县(海南岛西北部)长官。东坡曾贬此地。

②户外屦一:门外有两双鞋。

【译文】

我历来不懂棋术,有一次一个人独游庐山的白鹤观,观中的人都关了门在午睡,只听到古松流水之间有下棋的声音,欣欣然顿时有了喜好之心，从那以后就想学，然而最终还是不懂。儿子苏过略懂棋道。儋县长官张中和他下棋玩，我也陪他们整天坐着，不觉得厌腻。我写了一首诗说："五老峰前，白鹤遗址。长松荫庭，风日清美。我时独游，不逢一士。谁欤棋者，户外屦二。不闻人声，时闻落子。纹枰坐对，谁究此味？空钩意钓，岂在鲂鲤！小儿近道，剥啄信指。胜固欣然，败亦可喜。优哉游哉，聊以卒岁。"

【品读】

东坡对中国棋文化可谓悟之甚深，故其棋诗颇堪玩味。何处下棋，请选古松流水；如何观棋，请看东坡隅坐；胜当如何？败当如何？都有指点。此则诗话，枰旁斗士们若见，必当恨不早读。

东坡生日　苏　轼（宋）

元丰①五年十二月十九日东坡生日，置酒赤壁矶下，踞高峰，俯鹊巢，酒酣，笛声起于江上。客有郭、尤二生，颇知音，谓坡曰："笛声有新意，非俗工也。"使人间之，则进士李委闻坡生日，作南曲曰《鹤南飞》以献。呼之使前，则青巾紫裘腰笛而已。既奏新曲，又快作数弄，嘹然有穿云裂石之声，坐客皆引满醉倒。委袖出嘉纸②一幅曰："吾无求于公，得一绝句足矣。"坡笑而从之。诗云："山头孤鹤向南飞，载我南游到九嶷③。下界何人也吹笛，可怜时复犯龟兹④。"

——《玉局文》

【注释】

①元丰：北宋神宗赵顼年号。
②嘉纸：好的纸张。嘉，美好的，佳。
③九嶷：即九嶷山，在湖南宁远县南。
④龟（qiū）兹：古代西域国名，在今新疆库车县一带，以音乐擅名。

【译文】

　　北宋神宗五年十二月十九日是苏东坡的生日,生日酒席摆在赤壁矶下,坐在高高的山峰上,可以俯看鹊巢,饮酒正兴起的时候,笛声在江面上响起。客人中有姓郭姓尤的两个人,很懂音乐,他们对苏东坡说:"笛声很有新意,不是一般的乐工。"派人去问询,原来是进士李委听说是苏东坡的生日,专门作了一支南曲《鹤南飞》献给苏东坡。呼叫他来到跟前,吹笛者只是一个戴着青头巾穿紫色衣服腰间插一支笛子的人罢了。新曲演奏完了以后,又快速弄了几曲,声音很响亮,像要穿过云层拍裂石壁一样,客人都很高兴,满上痛饮而纷纷醉倒。李委从袖中抽出一张很好的纸说:"我没有什么要求您的,能得到您的一首绝句就很满足了。"苏东坡笑着答应了他。写了这样一首诗:"山头孤鹤向南飞,载我南游到九嶷。下界何人也吹笛,可怜时复犯龟兹。"

【品读】

　　这则小品写文人雅兴,很有情趣。先是李委知东坡生日而作新曲吹笛于江上,继而是求诗,东坡"笑而从之"。不管是李委的"抛砖引玉"或是苏东坡的惺惺相惜,整个文章的基调是清朗、爽快的,读后有心旷神怡之感。

范仲淹蚊诗　魏　泰(宋)

　　下泽沪水①处多蚊蚋,秦州西溪尤甚。每黄昏,如烟雾晦合,声如殷雷,无贫富皆以纱绢蒲疏蕉葛为厨罩,老幼皆不能露坐,至以泥涂牛马,不尔亦伤害。范希文②尝以大理寺丞监秦州西溪盐务,这蚊蚋所苦,有诗曰:"饱去樱桃重,饥来柳絮轻。但知离此去,不要问前程。"

——《临汉隐居诗话》

【注释】

　　①沪水:水名,源出陕西蓝田西南秦岭山中,北流至西安市东入

漏水。

②范希文：范仲淹,字希文。

【译文】

下泽沪水的地方很多蚊虫,秦州西溪尤其厉害。每到黄昏,就像烟笼雾罩,声如嗡嗡雷声。不论穷人富人,都用纱布蒲草蕉葛等做成厨罩,男女老少都不敢露手露脚地坐着,甚至要用泥巴涂满牛马全身,不这样也要受蚊虫伤害。范仲淹曾以大理寺丞的身份监理秦州西溪盐务,也为蚊虫苦不堪言,于是写了一首诗说:"饱去樱桃重,饥来柳絮轻。但知离此去,不要问前程。"

【品读】

范仲淹妙笔形容,形象极了。饿着飞来,像柳絮飘飘,吸血飞去,却已像樱桃那样沉重,那樱桃的颜色须知是人血染成。如雷声隆隆飞来,烟笼雾罩般围住你,这样的鬼地方,你只想着马上逃走,哪还顾得上什么前程? 据说人鼠之战,人非胜者,而人蚊之战,也是战斗正未有穷期呢。

蜜 翁 翁 魏 泰（宋）

"昨夜阴山吼贼风,帐中惊起紫髯翁。平明不待全师出,连把金鞭打铁骢。"不知何人之诗,颇为边人①传诵。

有张师雄者,居洛中,好以甘言悦人,晚年尤盛,洛人目为"蜜翁翁"。会②官于塞上,一夕,传胡骑犯边。师雄苍惶振恐,衣皮裘两重,伏于土穴中,神如痴矣。秦人呼"土窟"为"土空",遂为无名子改前诗以嘲之曰:"昨夜阴山吼贼风,帐中惊起蜜翁翁。平明不待全师出,连著皮裘入土空。"

张亢尝谓"蜜翁翁"无可对者。一日,亢有侄不率教,亢方诘责,欲杖之。侄倚醉大言,曰:"安能杖我? 尔但堂伯伯。"亢笑曰："'糖伯伯'可对'蜜翁翁'也!"释而不问。

——《临汉隐居诗话》

【注释】

　①边人:守边将士。

　②会:碰到,正好。

【译文】

　　"昨夜阴山吼贼风,帐中惊起紫髯翁。平明不待全师出,连把金鞭打铁骢。"不知何人写的诗,颇受守边将士喜爱而众口传诵。

　　有个人叫张师雄,家住洛阳,喜欢以甜言蜜语讨好人,晚年更是嘴甜如蜜,洛阳人叫他"蜜翁翁"。调上安排他去边塞做官,一天晚上,传说胡人马队骚扰边境。师雄仓皇失措,穿了两层皮衣,趴在地洞里,吓得像个傻子了。陕西人把"土窟"喊成"土空",于是不知哪个不知姓名的人,把前面那首诗进行改篡,来嘲笑张师雄:"昨夜阴山吼贼风,帐中惊起蜜翁翁。平明不待全师出,连著皮装入土空。"

　　张亢曾经说"蜜翁翁"没办法对。有一天,张亢有个侄子不听话,张亢正在责骂,骂着骂着要打他。侄子仗着醉意大声说:"你怎么能打我?你只是我的堂伯伯。"张亢笑道:"'糖伯伯'可对'蜜翁翁'了。"饶了侄子,不再责骂。

【品读】

　　一首英雄颂只改一两处,就成了一首惟妙惟肖的讽刺诗,对比效果十分强烈,令人发笑。而以"堂伯伯"谐音"糖伯伯",去对"蜜翁翁",可谓巧极。得此下联,侄子像为堂伯立了一功,连打也免了,中国文人对语言游戏、联诗技巧何等爱好!

陆起性滑稽　魏　泰(宋)

　　陆起,性滑稽,宰吉州庐陵剧邑^①,诉讼尤多。起既才短,率五鼓视事,至夜分犹不能办。自作一绝题厅壁云:"驱鸡政府本来无,刚被人呼邑大夫②。及至五更侵早起,算来却是被鸡驱。"

——《临汉隐居诗话》

【注释】

①宰:县宰,县令。剧邑:大县。

②邑大夫:犹言县太爷。

【译文】

陆起,性格滑稽。他到江西吉州庐陵这个大县当县令,审案断官司的事特别多。事多而他理事之才不高,起五更睡半夜仍然办理不完。于是自己题写一首绝句在大厅的墙壁上,诗云:"驱鸡政府本来无,刚被人呼邑大夫。及至五更侵早起,算来却是被鸡驱。"

【品读】

一声鸡叫,就得起床,忙到三更半夜,像马致远在《双调·夜行船·秋思》套曲里说的:"蛩(蟋蟀)吟罢一觉才宁贴,鸡鸣时万事无休歇",这不是人被鸡驱是什么?不过幽默里还看出几分勤谨,公事未了,就不敢放心睡觉,比那"从此君王不早朝"的昏皇帝要好十倍。如今提醒人起床的方法已经先进得很,但若没有那种"被鸡驱"的精神,方法先进又有何用?

彭乘为翰林学士　　魏　泰(宋)

《东轩笔录①》云:彭乘②为翰林学士,文章诰命③,尤为可笑。有边帅乞朝觐,仁宗许其候秋凉即途,乘为批答之诏曰:"当俟萧萧之候,爰兴靡靡之行。"王琪性滑稽,多所侮诮。及乘死也,琪为挽词云:"最是萧萧句,无人继后风。"盖为是也。

——《临汉隐居诗话》

【注释】

①东轩:即魏泰。

②彭乘：宋仁宗时人，能诗。

③诰命：天子颁布的命令。

【译文】

彭乘做翰林学士时，写文章和替皇帝起草命令特别令人好笑。有位边塞大将请求朝见皇帝。宋仁宗允许他等到秋天凉爽一点就回。彭乘替皇帝回批时写道："当俟萧萧之候，爰兴靡靡之行。"王琪性格滑稽，多次讥讽他。等到彭乘死后，王琪为他写了一副挽词："最是萧萧句，无人继后风。"就是因为这件事。

【品读】

彭乘在文件诏书里卖弄文采风骚，有点驴头不对马嘴，文绉绉的，形式与内容不协调，宜其传为笑柄。

杭州缺刺史　赵令畤（宋）

唐杭州缺刺史，欲除①李远为守。宣宗曰："远诗云：'青山不厌千杯酒，白日惟消一局棋。'如此安以治民？"此谬陋之甚也！使才臣治郡有余暇，铃阁②弈棋，未害为政。岂特一诗中言棋，便谓不能治民？有以见宣宗之度，未宏远耳。

——《侯鲭诗话》

【注释】

①除：拜官受职。

②铃阁：旧指将帅或州郡长官办事的地方。

【译文】

唐时杭州刺史曾经空缺，有人建议可拜李远做太守。宣宗说："李远有诗说：'青山不厌千杯酒，白日惟消一局棋。'这样的人怎么能安抚百姓，管理百姓呢？"这种说法实在太荒唐了！如果才臣治理州郡有空闲，在铃阁里下下棋，并不妨碍他的政事。怎么能因为他在一首诗中写到了下棋，就说他不能管理百姓呢？由此可见唐宣宗的度量不够宏远了。

【品读】

诗中的幻想情景与人的现实生活毕竟是两回事。以诗中闲情来衡量所言事与"为政"才能，既不懂诗，也不懂人。如此君王，委实荒唐。

赵令畤，宋太祖次子。

服药不如独卧 吴 开（宋）

世所传道书，杂载神仙秘诀，有云"服药千朝，不如独寝一宵"，此最有理。予近读顾况①《琴客诗》云："服药不如独自眠，从他②别嫁一少年。"乃知古有此语。然《太平广记·彭祖传》云："服药百裹，不如独卧。"又知道书本此。

——《优古堂诗话》

【注释】

①顾况：中唐时期著名诗人。

②他：应是她，古代他、她未分。

【译文】

近来世间流传的各种修道之书，杂七杂八地记载了很多神仙秘诀，其中有一条叫作"服药千朝，不如独寝一宵"，说得最有道理。我最近读唐代诗人顾况的《琴客诗》，诗中云："服药不如独自眠，从他别嫁一少年。"才知道古代早就有这种说法。然而一读《太平广记·彭祖传》，里面说："服药百裹，不如独卧。"又知道这些道书的依据是《彭祖传》。

【品读】

节欲自保，实道家养生之术。纵欲伤身，甚至丧命，所以这则诗话可以一读。

李后主失国之悲 蔡　絛(宋)

南唐李后主归朝后,每怀江国,且念嫔妾散落,郁郁不自聊。尝作长短句云:"帘外雨潺潺。春意阑珊。罗衾不暖五更寒。梦里不知身是客,一晌贪欢。独自莫凭栏。无限关山。别时容易见时难。流水落花何处也,天上人间。"含思凄惋,未几下世。

——《西清诗话》

【译文】

南唐李后主李煜归顺宋朝后,经常怀念江南旧国,思念嫔妃妾氏不知流落何方,闷闷不乐很不开心。曾经写了一首词说:"帘外雨潺潺。春意阑珊。罗衾不暖五更寒。梦里不知身是客,一晌贪欢。独自莫凭栏。无限关山。别时容易见时难。流水落花何处也,天上人间。"包含着无限思念凄切惋惜,不久就去世了。

【品读】

李煜在中国历史上,只是一个亡国之君,作为一个诗人却流芳百世。读他的词,感到一种忧郁的美,散发着浓厚的悲伤、凄绝、无奈的气息。"独自莫凭栏",正是往事不堪回首时!

佛理道教与儒学 蔡　絛(宋)

柳展如,东坡甥也,不问道于东坡而问道于山谷,山谷作八诗赠之。其间有"寝兴与时俱,由我屈伸肘;饭羹自知味,如此是道否"之句,是告之以佛理也。其曰:"咸池浴日月,深宅养灵根。胸中浩然气,一家同化元。"是告之以道教也。"圣学鲁东家,恭惟同出自。乘流去本远,遂有作书肆。"是告之以儒道也。

——《西清诗话》

【译文】

　　柳展如，是苏东坡的外甥，他向黄庭坚请教而不求教苏东坡，黄庭坚就写了了八首诗赠给他。其中有："寝兴与时俱，由我屈伸肘；饭糁自知味，如此是道否。"这几句，是告诉他佛教之理。其中的"咸池浴日月，深宅养灵根。胸中浩然气，一家同化元。"是告诉他道教之理。"圣学鲁东家，恭惟同出自。乘流去本远，遂有作书肆。"则是告诉他儒学之理。

【品读】

　　儒、道、佛，是中国古代意识形态的三大柱石，也是三门精深的学问，黄庭坚能以三首诗就分别加以描述，可见其深入浅出之能耐。

满城风雨近重阳　惠　洪（宋）

　　黄州潘大临工诗，多佳句，然甚贫，东坡、山谷尤喜之。临川谢无逸以书问有新作否，潘答书曰："秋来景物，件件是佳句，恨为俗氛所蔽翳①。昨日闲卧，闻搅林风雨声，欣然起，题其壁曰：'满城风雨近重阳'。忽催租人至，遂败意，止此一句奉寄。"闻者笑其迂阔。

——《冷斋夜话》

【注释】

　　①翳（yì）：羽毛做的华盖，引申为遮蔽。

【译文】

　　黄州潘大临工于写诗，多有佳句，但是他很穷，苏东坡、黄庭坚特别喜欢他。临川谢无逸写封信问他近来有新诗作品没有，潘大临回信说："秋天以后的景物，件件都是佳句，只恨为世俗的气息所遮蔽。昨日闲躺着，听见外面搅动树林的大风狂雨之声，欣然诗兴大发，起来在墙上写道：'满城风雨近重阳'。正在这时，忽然催租人到了，诗兴被败坏得一点没有了,所以只有这一句寄给你。"听说这件事的人都笑他的迂腐执着。

【品读】

正处在创作灵感被突然触发而诗兴大发之时,催租人来扫了雅兴,结果一首诗只写了一句诗。古代诗学常有诗穷而后工之论,看来穷困潦倒既能培养诗人,更能埋葬诗人。

悦禅师作偈戏诜公 惠 洪(宋)

云峰悦禅师,丛林敬畏为明眼尊宿①,与兴化②诜公友善。诜城居三十余年,老矣,犹迎送③不已。悦尝诫曰:"公乃不袖手山林中去,尚此忍垢乎?"郡僚爱诜,多久不果。一日,送大官出郊,堕马损臂,呻吟月余,以书哀诉于悦。悦恨其不听言,作偈④戏之曰:"大悲菩萨有千手,大丈夫儿谁不有?兴化和尚折一支,犹有九百九十九。"

——《冷斋夜话》

【注释】

①明眼尊宿(xiù):宿,星宿。此处是指悦禅师在佛教界因修养高深而获得尊崇。

②兴化:地名,今属江苏。

③迎送:非指一般迎客送友,而是指太多的世俗应酬,与官场人物交往。

④偈:佛经中的唱词。

【译文】

云峰的悦老禅师,山林隐居学道之人敬畏为明眼尊宿,他与兴化县的诜老先生很友好。诜老先生在城里住了三十多年,已经很老了,仍然热心于应酬,每日迎来送往,不亦乐乎。悦老禅师曾劝导说:"你老先生还不袖手归隐山林,在世俗中间忍受这肮脏的生活!"因为地方官僚都很喜欢诶老先生,所以劝诫无效。有一天,诶老先生送一位大官僚到郊外,从马上掉下来,折断了手臂,呻吟痛苦了一个多月,写信向悦老禅师诉苦。悦老禅师恨他不听劝告,就作了一首偈嘲笑他:"大悲菩萨有千手,大丈夫儿谁不有? 兴化和尚折一支,犹有九百九十九。"

【品读】

　　沉迷于与官场世俗人物的交往之中,到老不厌,这在眼明心亮的悦老禅师看来,简直是在垃圾堆里过日子,所以当诶老先生不听劝化而摔折手臂之时,悦老禅师就变怜惜为痛恨地开他的玩笑了:一千只手才摔坏一只,还有九百九十九只呢,怕什么? 这笑话说得有些过分,但对诶老先生那样的执迷不悟者,非如此恶谑不足以警醒也!

魏　　野　李　颀(宋)

　　章圣幸汾阴回,望林岭间亭槛幽绝,意非民俗所居。时魏野方教鹤舞,俄报有中使至,抱琴逾垣而走。后寇莱公镇洛,凡三邀,不至。莱公暇日写刺访之,野葛巾布袍,长揖莱公,礼甚平简。顷之,议论骚雅,相得甚欢。将别,谓莱公曰:"盛刺不复还,留为山家之宝。"莱公再秉钧轴①,野常游门下,顾遇之礼,优异等伦。一日,献诗曰:"好去上天辞富贵,却来平地作神仙。"莱公得诗不悦,自是,礼日益薄,即辞去。后二年,贬道州,每题前诗于窗,朝夕吟哦之。

——《古今诗话》

【注释】

　　①钧轴:钧是制陶器用的转轮,轴是车轴。钧轴连用,喻执掌国政,此处指宰相之职。

【译文】

　　宋真宗临幸汾阴后返回,途中望山岭树林之内,亭台栏杆,幽静绝顶,认为这不是凡夫所居之处。当时处士魏野正在教鹤舞,忽报有宫中使者来到,他便赶紧抱琴翻墙而跑。后来莱国公寇准出镇洛阳,接连邀请多次,他也不出山。寇准便在闲暇之日写张名帖前去拜访,魏野身服葛巾布袍,长揖而不拜,礼节很是简易。不一会儿,两人谈论诗文,相处甚欢。分别时,魏野对寇准说:"名帖不还你了,留给我作山家之宝吧。"寇准再次出任宰相后,魏野常来游于门下,寇准接遇他,与常人大不一样。有一天,魏野献诗说:"好去上天辞富贵,却来平地作神仙。"寇准得诗后很不高兴。此后,接遇之礼日益简慢,魏野便辞别归山。两年以后,寇准贬居道州,常题前面那首诗于窗上,早晚吟咏不绝。

【品读】

《老子》言"功成身退",《周易》称"见机而作"。朝廷臣僚明争暗斗,处士魏野旁观者清;故能预知寇准如不及时退出相位,必遭奸人陷害,贬斥蛮方。

浮名浮利浓如酒 李　颀(宋)

华山郑云叟有《伤时》一绝云:"帆力劈开沧海浪,马蹄踏尽乱山青。浮名浮利浓如酒,醉得人心死不醒。"又《赠霍山秦道士》云:"老鸦啼猿伴采芝,有时长叹独移时。翠蛾红粉①婵娟剑,杀尽世人人不知。"

——《古今诗话》

【注释】

①翠蛾红粉:指女人。

【译文】

华山有一位叫郑云的老头写了一首《伤时》绝句:"帆力劈开沧海浪,马蹄踏尽乱山青。浮名浮利浓如酒,醉得人心死不醒。"又有一首《赠霍山秦道士》:"老鸦啼猿伴采芝,有时长叹独移时。翠蛾红粉婵娟剑,杀尽世人人不知。"

【品读】

　　人情多为名利声色所苦，郑云因此伤时叹世，只有秦道士仙风道骨，不为女色所惑。

种放乞归　李　颀（宋）

　　种放在章圣朝，累章乞归，赐买山银百两。放少时有《潇湘感事》诗曰："离离①江草与江花，往事洲边叹复嗟。汉傅②有才终去国，楚臣③无罪亦沉沙。凄凉野浦寒飞雁，牢落汀④祠晚聚鸦。无限清忠沉浪底，滔滔千顷属渔家。"亦先兆也。

　　　　　　　　　　　　　　　　——《古今诗话》

【注释】

　　①离离：茂盛的样子。
　　②汉傅：指西汉著名政论家贾谊，他曾为长沙王太傅。
　　③楚臣：指屈原。
　　④汀：水边平地。

【译文】

　　种放在章圣皇帝的时候，多次上表请求皇上让他退休回家，皇帝赐给他百两银子购买山川。他年轻时有一首《潇湘感事》诗："离离江草与江花，往事洲边叹复嗟。汉傅有才终去国，楚臣无罪亦沉沙。凄凉野浦寒飞雁，牢落汀祠晚聚鸦。无限清忠沉浪底，滔滔千顷属渔家。"这也是一种预兆。

【品读】

　　怀才不遇，不是一件新鲜事，种放能够激流勇退，屈己伸物，自是一种超脱，累章乞归只不过是少年时候思想的延续。

诵诗成故旧　李　颀（宋）

　　雍陶知简州，自比谢宣城、柳吴兴，宾至则挫辱，投贽者少得见之。冯道明下第请谒，绐阍者曰："与太守故旧。"及见，呵责曰："与公昧平生，何故旧之有？"道明曰："诵公诗，得相见，何隔平生？"遂吟雍诗曰："立当青草人初见，行近白莲鱼未知。""闭门客到常如病，满院花开未是贫。""江声秋入峡，雨叶夜侵楼。"雍厚之。

——《古今诗话》

【译文】

唐朝的雍陶任简州刺史时，把自己比作谢朓、柳吴兴，客人来一定会受到他的侮辱，写信请求见他的人一般得不到接见。冯道明落第后请求见他，对看门人说："我是太守的老朋友。"相见时，雍陶大声地斥责他："我和你从没有见过面，怎么能说是老朋友呢？"冯道明说："读您的诗，就是和您相见了，怎么能说平生未见呢？"接着背诵雍陶的诗："立当青草人初见，行近白莲鱼未知。""闭门客到常如病，满院花开未是贫。""江声秋入峡，雨叶夜侵楼。"雍陶从此很看重他。

【品读】

雍陶恃才傲物，但当冯道明背出了他的几句诗，就改变了自己的态度。说他惜才，还不如说他被人拍得舒服。

杜诗有酒价 李 颀（宋）

章圣尝宴群臣于太清楼，忽问："市店酒有佳者否？"中贵人对："唯南仁和酒佳。"亟令沽赐群臣。又问近臣曰："唐时酒每升价几何？"无有对者。唯丁晋公奏曰："唐时酒每升三十钱。"章圣曰："何以知之？"晋公："臣尝记杜甫诗曰：'速来相就饮一斗，恰有三百青铜钱。'"章圣大喜曰："杜甫诗自可为一代之史。"

——《古今诗话》

【译文】

章圣帝曾在太清楼宴请群臣，忽然问大臣们："商店里有好酒吗？"管事太监回答说："只有南仁和酒是好酒。"章圣帝就买来赏赐群臣。他又问身边的近臣说："唐朝时每升酒要多少钱？"近臣中没有一个人能说出，只有丁晋公回答说："唐朝时的酒每升三十钱。"章圣帝又问："你是怎么知道的？"丁晋公说："我曾记得杜甫的诗里说：'速来相就饮一斗，恰有三百青铜钱。'"章圣帝高兴地说："杜甫的诗真可以成为一代历史。"

【品读】

章圣帝提问"唐时酒价"，没有一点情趣，丁晋公的回答却妙不可言。"诗史"是对杜甫诗歌的崇高评价，却在这里被"证明"了一次。

前度刘郎今又来　李　颀（宋）

刘禹锡自屯田员外郎左迁鼎州司马。凡十年，始召还。方春，赠看花者云："紫陌红尘拂面来，无人不道看花回。玄都观里桃千树，尽是刘郎去后栽。"不日传于郡下。好事白执政，诬其怨愤。他日，见时宰，与坐，慰劳久之。既而曰："近日新诗，未免为累。"不数月，迁连州刺史。其自叙云："贞元二十一年春，余为屯田员外郎，时玄都观未有花。是岁牧州，至荆南，又贬鼎州司马。居外十年，召至京师。人言有道士手植仙桃，满观盛开，遂有前篇，以识一时之事。既出牧十四年，始为主客郎中，重游是观，再书二十八字以俟后游，时大和二年三月也：百亩庭中半是苔，桃花净尽菜花开。种桃道士归何处，前度刘郎去又来。"

　　　　　　　　　　　　　——《古今诗话》

【译文】

刘禹锡做屯田员外郎被贬做鼎州司马。总共十年才被召回京城。时值春天,写了一首赠看花者诗:"紫陌红尘拂面来,无人不道看花回。玄都观里桃千树,尽是刘郎去后栽。"没有几天就传到京都城下。有喜欢管闲事的人告诉执政的人,诬告刘禹锡有怨恨和悲愤。过了几日,刘禹锡晋见当朝宰相,宰相和他坐下谈论并安慰刘禹锡很久。后来说:"近来所写的新诗,恐怕会连累你。"没有几个月,就被贬连州作刺史。他自己叙述说:"贞元二十一年的春天,我是屯田员外郎,当时玄都观还没有桃花。那年到了牧州,到荆南,又被贬做鼎州司马。在外面过了十年,才被京师召回。人们说有道士亲手栽下桃树,开满了整个道观,因此就有了前面的诗篇,用来记那时的情况。已经出任牧州十四年,才做土客郎中,重新游览那个道观,再写了二十八个字记述后来的游览,当年是大和第二年的三月:百亩庭中半是苔,桃花净尽菜花开。种桃道士归何处,前度刘郎今又来。"

【品读】

人生际遇,宦海浮沉,本无常理。刘禹锡因诗受牵连达十四年,最终还足以胜利者自居。这是个人意志的胜利。这篇文章写得很有品味,有几分诙谐,几分幽默。

戏　　诗　　李　颀(宋)

文德殿,百官常朝之殿。宰相奏事毕乃来押班①,常至日旰②。守堂卒好以厚朴汤饮朝上。朝士有久无差遣厌苦常朝者,戏为诗曰:"立残庭下梧桐影,吃尽阶头厚朴汤。"

——《古今诗话》

【注释】

①押班:朝会时领班。

②旰(gàn):晚。

【译文】

文德殿是文武百官经常朝会的地方。宰相向皇上奏完事之后就到这领班，经常到天黑。守卫殿堂的兵士喜欢煮一种厚朴汤给朝会的人饮用。朝会的人中有长期无外派差使而苦于经常朝会者，写了一首自嘲诗说："立残庭下梧桐影，吃尽阶头厚朴汤。"

【品读】

诙谐、幽默、讽刺、嘲人与自嘲之余，我们可以体会到宫廷里朝士的悲哀。

鸦且打凤　邵　囦（宋）

杜大中自行伍为将，与物无情，西人呼为杜大虫。虽妻有过，亦公杖①杖之。有爱妾，才色俱美，大中笺表②皆此妾所为。一日，大中方寝，妾至，见几间有纸笔颇佳，因书一阕寄《临江仙》，有"彩凤随鸦"之语。大中觉而视之云："鸦且打凤！"于是掌其面，至项折而毙。

——《今是堂手录》

【注释】

①公杖：公堂之杖。

②笺表：信件文书报告之类。

【译文】

杜大中自从当兵做了将官，就对世间一切都没了人情味，西部一带的人把他叫作"杜大虫"。哪怕是妻子有错误，他也要在公堂上用木杖来处罚。他有一个爱妾，才貌双全，杜大中的书信文件报告全都是她的手笔料理。有一天，杜大中正在睡觉，这爱妾来了，见桌案上有好纸好笔，就诗兴大发，填了一首《临江仙》词，词中有"彩凤随鸦"的语句。杜大中醒过来了，走来一看，说："看我这个乌鸦，打你这个凤凰！"于是用手掌抽打她的脸面，打得脖子折断而死。

【品读】

　　自古红颜多薄命，才女偏偏配莽男。封建时代，有多少"彩凤随鸦"的悲剧？却连吟叹自怜的权利都没有。

　　今是堂是宋人郑困堂名，郑生平未详，此则诗话转引自《苕溪渔隐丛话》。

司马光诗论交友　黄　彻（宋）

　　温公题赵舍人庵云："清茶淡话难逢友，浊酒狂歌易得朋。"虽造次间语，亦在于进直谅之益，而退便辟之损也。①

——《碧溪诗话》

【注释】

　　①"进直谅"句：《论语·季氏》："益者三友，损者三友。友直，友谅，友多闻，益矣。友便辟，友善柔，友便佞，损矣。"便辟，逢迎谄媚；便佞，花言巧语。

【译文】

　　司马光给赵舍人书斋题诗："清茶淡话难逢友，浊酒狂歌易得朋。"虽是匆忙中无意深求之句，但目的也在于劝人结交有直谅之德的朋友以获益，而避免与那些逢迎阿谀之徒相交而损害自己的品行。

【品读】

　　"浊酒狂歌易得朋"，但所得往往是"损友"，俗称酒肉朋友；"清茶淡话难逢友"，但所得却可能是"益友"，是志同道合的真心朋友。司马温公之题诗，宜于清洁文人张之素壁。

趋附者戒　黄　彻（宋）

　　退之云："偶然题作木居士，便有无穷求福人。"可谓切中时病。凡世之趋附权势以图身利者，岂问其人贤否，果能为国为民哉？及其败也，相推入祸门而已。聋俗^①无知，谄祭非鬼^②，无异也。

——《碧溪诗话》

【注释】

①聋俗：指不辨善恶美丑的世风。赵至《与嵇茂齐书》："奏《韶》舞于聋俗，固难以取贵矣。"

②谄祭非鬼：《论语·为政》："非其鬼而祭之，谄也。"

【译文】

韩愈有诗云："偶然题作木居士，便有无穷求福人。"真是切中时病。世上凡是那些趋炎附势以图私利的人，哪管趋附的人是否贤明，能不能为国为民谋利益！而到事情败露时，就相互推挤着一齐陷入祸门了。不辨善恶美丑的世风之无知，与并不是鬼神而去虔诚地祭祀奉承，是同样的愚蠢。

【品读】

以图利为目的，利令智昏，自然会不辨不管甚至不顾善恶而去趋炎附势，但愚蠢的行为只能导致可悲的下场。人们烧香叩拜的时候，可得抬头看看是不是一个真菩萨！

颜驷生不逢君 黄　彻（宋）

武帝见颜驷庞眉皓首，问："何时为郎，何其老也？"对曰："文帝好文，而臣好武；景帝好老，而臣尚少；陛下好少，而臣老矣！"老于为郎，此事尤著。窃怪老杜屡伤为郎白首，每称冯唐^①，而罕及驷。愚谓：驷生既不遇三君，身后复不遇老杜，可笑也。

——《碧溪诗话》

【注释】

①冯唐：西汉时陕西咸阳人，汉文帝时为中郎署长，垂垂已老，后因

劝谏有功才被任为车骑都尉。汉晋帝时为楚相。杜甫多有诗句以冯唐白发为郎感叹自身不遇。

【译文】

汉武帝刘彻见郎官颜驷阔眉白头,问他:"你什么时候做郎官的?怎么这样老了?"回答说:"文帝喜好文才,而我好武功;景帝喜欢老成之臣,而我还太年轻;现在陛下喜欢年轻人,而我却已经老了!"做郎官一生到老,这事特别典型。我常奇怪杜甫屡屡为郎官做到发白而伤感,总举冯唐的事例,而很少提到颜驷。在我看来,颜驷在生时三个皇帝都没重用,而死后又没有引起杜老诗人注意,也可以发一笑了。

【品读】

天子高高在上,以其个人的偏好,随心所欲地弃取人才,选择朝臣,叫作"一朝天子一朝臣"。如果天子换得勤,那些想入彀中的臣下就不知该怎么打扮自己,才能跟上新皇帝的新爱好了。这不也是君主专制时代人才的悲剧? 在颜驷这个老郎身上却分明演成带泪的喜剧了。

武 人 诗 黄 彻(宋)

"欲挂衣冠神武门,先寻水竹渭南村。却将旧斩楼兰剑,买到黄牛教子孙。"①世传云:"一武人诗也。"不唯勇退雅志为可喜,而易道家所忌之业②以示子孙,尤可喜也。

——《碧溪诗话》

【注释】

①此诗东坡曾录于关右石壁之上,不知作者,赵德麟《侯鲭录》和陈鹄《耆旧续闻》推测是姚嗣宗作。

②道家所忌之业:指战功谋略权术,为道家所不谈。

【译文】

"欲挂衣冠神武门,先寻水竹渭南村。却将旧斩楼兰剑,买到黄牛教子孙。"世人传说:"这是一个武将的诗。"不仅激流勇退的高情雅志令人叫好,而且抛弃道家所忌讳的战功谋略权术,以此教导子孙,更令人赞赏。

【品读】

铸剑为锄,卖刀买牛,古人受了战乱之苦,渴望消灭战争,实现和平,安居乐业。这位曾经血战沙场,边关立功的武将来表达这种愿望,就更加深刻而真切,诗句堪人玩味。

荆公废诗赋取士　葛立方(宋)

荆公以诗赋决科,而深不乐诗赋,《试院中五绝》其一云:"少年操笔坐中庭,子墨文章颇自轻。圣世选才终用赋,白头来此试诸生。"后作详定官,复有诗云:"童子常夸作赋工,暮年羞悔有杨雄。当年赐帛倡优等,今日抡才将相中。细甚客卿因笔墨,卑于《尔雅》注鱼虫。汉家故事真当改,新咏知君胜弱翁①。"熙宁四年,既预政,遂罢诗赋,专以经义取士,盖平日之志也。元祐五年,侍御史刘挚等谓治经者专守一家,而略诸儒传记之学;为文者惟务训释,而不知声律体要之词,遂复用诗赋。绍圣初,以诗赋为元祐学术,复罢之。政和②中遂著于令。士庶传习诗赋者杖一百。畏谨者至不敢作诗。时张芸叟有诗云:"少年辛苦校虫鱼,晚岁雕虫耻壮夫。自是诸生犹习气,果然紫诏尽驱除。酒间李杜皆投笔,地下班扬亦引车。唯有少陵顽钝叟,静中吟捻白髭须。"盖芸叟自谓也。

——《韵语阳秋》

【注释】

①弱翁:或指魏相,字弱翁,汉宣帝时人,官至丞相。

②政和:北宋徽宗赵佶年号。

【译文】

　　王安石凭着诗赋之才取得进士出身,可是却并不赞成以诗赋取士,他的《试院中五绝》有一首诗:"少年操笔坐中庭,子墨文章颇自轻。圣世选才终用赋,白头来此试诸生。"后来做了详定官,又作诗说:"童子常夸作赋工,暮年羞悔有杨雄。当年赐帛倡优等,今日抡才将相中。细甚客卿因笔墨,卑于《尔雅》注鱼虫。汉家故事真当改,新咏知君胜弱翁。"熙宁四年的时候,王安石一执政,就罢黜诗赋,专门以经义来考核选取能士,这是他一直都有的想法。元祐五年的时候,侍御史刘挚等一班人说,治经义的人只固守一家之言,却忽略了很多儒家大师们的传记历史之学;做文章的人只研究训诂释词,却不懂得声律体裁的要求,便重新把诗赋作为科举应试的内容。北宋绍圣初年,因为诗赋是元祐时期的学术,又罢黜了。徽宗政和的时候就把经义取士写在法令上。士人和庶民传授研究诗赋的人要打一百棍,胆小的人甚至不敢写诗了。当时张芸叟写诗这样说:"少年辛苦校虫鱼,晚岁雕虫耻壮夫。自是诸生犹习气,果然紫诏尽驱除。酒间李杜皆投笔,地下班扬亦引车。唯有少陵顽钝叟,静中吟捻白髭须。"这大概是芸叟自己说自己罢了。

【品读】

　　此则诗话记述的是王安石变诗赋取士为经义取士的历史过程,有文献价值。宋明理学的兴盛与科举以经义取士不无关系,才情和个性遭受压抑,由此而至明清时代的八股取士制度,培养了多少迂生腐儒。王安石本是诗赋之才,却废止诗赋取士,其中道理,深可思索。

难忘真情　葛立方(宋)

　　白乐天、元微之皆老而无子,屡见于诗章。乐天五十八岁始得阿崔,微之五十一岁始得道保。同时得嗣,相与酬唱喜甚。乐天诗云:"腻①剃新胎发,香绷小绣襦。玉牙开手爪,苏颗点肌肤。"微之云:"且有承家望,谁论得力时。"又云:"嘉名称道保,乞姓号崔儿。"后崔儿三岁而亡,白赋诗云:"怀抱又空天默默,依前重作邓攸②身。"伤哉!微之五十三而亡。按《墓志》"有子道护,年三岁而卒",以岁月考之,即道保也。孟东野连产三子,不数日皆失之,韩退之尝有诗假天命以宽其忧。三人者皆人豪,而不能忘情如此,信知割爱为难也。

——《韵语阳秋》

【注释】

①腻:细致。

②邓攸:晋朝人。永嘉末逃至江南,南下时携一子一侄,途中不能两全,乃弃子全侄,后世传为美谈。

【译文】

白居易、元稹都老而无子,从他们的诗文里可以多次看出来。白居易五十八岁才得阿崔,元稹五十一岁才得道保。同时得子,两人相互酬唱甚欢。白居易写诗说:"腻剃新胎发,香绷小绣襦。玉牙开手爪,苏颗点肌肤。"元稹写诗说:"且有承家望,谁论得力时。"又说:"嘉名称道保,乞姓号崔儿。"后来阿崔三岁就死了,白居易写诗说:"怀抱又空天默默,依前重作邓攸身。"令人伤心啊!元稹五十三岁去世。《墓志》里说:"有个儿子叫道护,三岁夭折",从年月来考证,就是道保。孟郊一连生了三个儿子,不到几天都死了。韩愈曾写诗给他,借天命的说法去宽他的心。三个人都是人中豪杰,却如此不能忘情,由此确实证明了割舍人间之情爱是很难的。

【品读】

老而得子,复又丧子,这样的人生悲欢实在令人嗟叹,何况在"不孝有三,无后为大"的封建社会。品味着白居易的"怀抱又空天默默,依前重作邓攸身",可以想象他们当时的心情是怎样的痛苦无奈。

司马迁发愤著书　葛立方(宋)

司马迁游江、淮、汶、泗之境,绅①金匮石室②之书,而作《史记》。上下数千年殆如目睹,可谓孤拔③。初遭李陵之祸,不肯引决而甘腐刑者,实欲效《离骚》《吕览》《说难》之书以抒愤悱④。故荆公诗云:"嗟子刀锯间,悠然止而食。成书与后世,愤悱聊自释。"观《史记》"评赞"于范雎、蔡泽则曰:"二子不困厄,乌能激乎?"于季布则曰:"彼自负才,故受辱而不羞。"于虞卿则曰:"虞卿非穷愁,则不能著书以自见。"于伍员则曰:"隐忍以就功名。"至于作《货殖》《游侠》二传,则以家贫不能自赎,左右亲戚不为一言而寄意焉。则荆公"释愤悱"之言,非虚发也。

——《韵语阳秋》

【注释】

①绅:理出丝缕的头绪。

②金匮石室:古代保存书契之所。

③孤拔:山显得挺拔突出,借指突出。

④愤悱:冥思苦想而言不达意。指心中的悲愤,抑郁。

【译文】

司马迁遍游长江、淮河、汶水、泗水等地,博览群籍,条分缕析,写成了《史记》。上下几千年的历史差不多就像亲眼见到一样,可以说是很高拔了。司马迁当初遭到李陵事件的祸患牵连,不肯自杀而甘心承受宫刑,实在是想效法《离骚》《吕览》《说难》等书来抒发自己的悲愤、抑郁。所以王安石有诗说:"嗟子刀锯间,悠然止而食。成书与后世,愤悱聊自释。"看《史记》"评赞"写到范雎、蔡泽时就说:"这两个人如果不是因为困苦危急,怎么能被激发呢?"写到季布时则说:"他对自己的才华很有信心,所以受到侮辱却不感到羞耻。"写到虞卿就说:"虞卿如果不是贫困愁苦,就不能写书来体现自我。"写到伍子胥就说:"隐匿和忍受成就了他的功名。"至于《货殖》《游侠》二传,则是因为家境贫困不能够照顾自己,邻居亲戚却没有来说一句话,所以写这两传来寄托寓意。那么王安石诗说他是表达悲愤、抑郁的话,不是没有根据的。

【品读】

宫刑，是封建统治者给予男性的最令人难堪的侮辱性刑罚，司马迁忍受着如此巨大的侮辱和痛苦，发愤著书，写成了被鲁迅赞美为"史家之绝唱，无韵之离骚"的《史记》，成为中国最伟大的历史学家。所引数段"评赞"，就是司马迁壮美人生的自我写照。

生女戏诗 葛立方（宋）

谢师厚生女，梅圣俞与之诗曰："生男众所喜，生女众所丑。生男走四邻，生女各张口。男大守诗书，女大逐鸡狗。"又云："何时某氏郎，堂上拜媪叟。"盖戏师厚也。陈琳、杜甫诗，及《杨妃外传》，其说异焉。琳痛长城之役，则曰："生男戒勿举，生女哺用脯。"杜甫伤关西之戍，则曰："生女犹是嫁比邻，生男埋没随百草。"杨妃专宠帝室，金印鱶①绶，宠遍于铦、钊②；象服③鱼轩④，荣均于秦、虢。当时遂有"生女勿悲酸，生男勿喜欢，男不封侯女作妃，君看女却为门楣"之咏。而乐天《长恨歌》亦云："遂令天下父母心，不重生男重生女。"今师厚之女毓⑤质儒门，不过求贤士以为之配尔。纵不至负薪如翟妇、饷春如孟光，亦岂能预知其必大富贵，光宗荣族如蒲津⑥之妇人乎？宜其圣俞以为戏也。

——《韵语阳秋》

【注释】

①鱶（lí）：引，抽。

②铦、钊：杨贵妃的两个族兄弟，杨钊后改名杨国忠。

③象服：古代王后和诸侯夫人穿的服饰。

④鱼轩：鱼兽皮做的车子，贵妇人乘用。

⑤毓：生，孕育。

⑥蒲津:古关名,地势险要。

【译文】

　　谢希孟生了个女儿,梅尧臣给她写了一首诗说:"生男众所喜,生女众所丑。生男走四邻,生女各张口。男大守诗书,女大逐鸡狗。"又说:"何时某氏郎,堂上拜媪叟。"是跟谢希孟开玩笑的。陈琳、杜甫的诗和《杨妃外传》,跟这种说法不同。陈琳因为哀痛长城征役之苦,写诗说:"生男戒勿举,生女哺用脯。"杜甫感伤关西守戍,就说:"生女犹是嫁比邻,生男埋没随百草。"杨贵妃独占了皇帝的宠爱,杨铦、杨钊等族兄弟就被惠及,也金印挂身,荣华更惠及姊妹,或封秦国大人,或封虢国夫人,穿象服,坐鱼轩之车。那时就有这样的诗句:"生女勿悲酸,生男勿喜欢,男不封侯女作妃,君看女却为门楣。"而白居易的《长恨歌》也说:"遂令天下父母心,不重生男重生女。"现在希孟的女儿虽然资质聪敏,出身于书香门第,也只不过能找一位有才能的人来做配偶罢了。纵然不会像翟妇那样辛苦地砍柴、劳动,像梁鸿的妻子孟光那样舂米、辛勤,难道能预测她将来必然大富大贵,光耀宗族门庭像蒲津的妇人吗?所以只好让梅尧臣开玩笑了。

【品读】

　　生男生女乃造物所定,本当平等对待,但是家国同构的封建制度却重男轻女,搞性别歧视。武则天当皇帝,给女人挣了点面子,也遭到历代男性统治者的诅咒;杨贵妃光耀门庭,荣及兄姊,到头来不过马嵬一埋。在这样的文化氛围中,谢希孟生了个女儿,只好听任梅尧臣写诗相嘲戏了。

李商隐《骄儿诗》 葛立方(宋)

　　李义山作《骄儿诗》,时衮师①方三四岁尔。其末乃云:"儿应勿学耶②,读书求甲乙。况今西与北,羌戎正狂悖。儿当速成大,探雏入虎窟。当为万户侯,勿守一经帙③。"夫兵连祸结,生民涂炭,以日为岁之时,而乃望三四岁儿立功于二十年后,所谓"俟河之清，人寿几何"者也！

——《韵语阳秋》

【注释】

①衮师：李商隐的儿子。

②勿学耶：勿学爷。耶，通"爷"。

③一经帙（zhì）：帙，书套。犹言一卷书。

【译文】

李商隐作《骄儿诗》的时候，衮师才三四岁而已。诗的后面说："儿应勿学耶，读书求甲乙。况今西与北，羌戎正狂悖。儿当速成大，探雏入虎窟。当为万户侯，勿守一经帙。"当时正值兵荒马乱，横祸四起，民不聊生，度日如年的境况，却希望三四岁的儿子在二十年后建功立业，这真是人们所说"等到黄河清的时候，你的年龄已经赶不上了啊！"

【品读】

李商隐在他儿子三四岁的时候作《骄儿诗》，本来可贵得很，可是当时兵连祸结，生民涂炭，人们以日为岁，诗人寄望二十年后，何其远也！对比之下，倒有几分无奈的喜剧味了。

颠　僧　胡舜陟①（宋）

明州妙音②僧法渊，为人佯狂③，日饮酒市肆，歌笑自如。丐钱于人，得一钱即欣然以为足，得之多，复与道路废疾穷者。能言人祸福，无不验，人疑其精于术数，故号"渊三命"。发言无常，及问之，掉头不顾，惟云"去，去"。有丧之家，必往哭之，葬则送之，无贫富皆往，莫测其意。人以为狂，又号曰"颠僧"。大觉禅师初住育王④，开堂，僧偃然出问话，人莫不窃笑。大觉问："颠僧是颠了僧，僧了颠？"答曰："大觉是大了觉，觉了大？"大觉默然，众皆惊愕。一日，忽于市相别，携酒一壶，至郡守宅前，据地而饮，观者千余人。酒尽，怀中出颂一首，欲化去，众皆引声大呼云："不可于此！"遂归妙音，趺坐而化⑤。颂曰："咄！咄！平生颠蹶。欲问临行，炉中大雪。"真相至今存焉。

——《三山老人语录》

【注释】

①胡舜陟：字汝明，号三山老人，胡仔之父，官至徽猷阁待制、广西经略，后以事死于静江府狱中。《三山老人语录》似无专书，散见于《苕溪渔隐丛话》等诗话著作中。

②明州：相当于今之宁波。妙音：当为寺名。

③佯狂：故作痴癫。

④育王：庙名。

⑤趺坐而化：盘腿打坐，灵魂升天而死。

【译文】

明州妙音寺和尚法渊，为人故作癫狂，每天在街市酒铺饮酒，歌笑自如。向人讨钱，得一个钱也欣然满足，得的多了，就转送给路上的那些残废人或者穷苦人。他能预言人的祸福，无不灵验，人们怀疑他可能精通术数之学，因此叫他"渊三命"。他说话没有常规，你问他什么，他往往掉头就走，只说"去，去"。有人家死了人，他一定会去哭，埋的时候则去送葬，无论贫家富户，他都会去，人们猜不透他的心思。因为他的癫狂，人们又叫他"颠和尚"。大觉禅师刚来主持育王庙的时候，初开法堂，颠和尚直言直语地出来问话，人们都偷偷地笑。大觉禅师问他："颠和尚是颠了才当和尚，还是当了和尚才颠？"颠和尚反问说："大觉禅师是大了才觉悟，还是觉悟了才大？"大觉哑口无言，人们都很惊奇。有一天，颠和尚忽然在街上向人们告别，带着一壶酒，来到本郡太守的门前，坐地喝酒，围观的有一千多人。喝完酒，怀中拿出一首颂词，要坐化升天而去。大家都高声大喊："不能死在这里！"于是他回到妙音寺，盘腿打坐，升天死去。颂词说："咄！咄！一生癫蹶。欲问临行，炉中大雪。"他的画像至今还在。

【品读】

这个颠和尚，活得轻松，死得潇洒。人，只有在超越了一般庸众的价值观念,摆脱了正统文化的枷锁之后,才得如此放浪形骸。而这在凡间,乃至在僧界,都难逃"颠"的称谓。看来,"颠"是一道独具韵味的文化风景,从中可以领悟很多。

渊明责子　　胡　仔(宋)

黄鲁直云:"陶渊明《责子诗》曰:'白发被两鬓,肌肤不复实。虽有五男儿,总不好纸笔。阿舒已二八,懒惰故无匹。阿宣行志学,而不爱文术。雍端年十三,不识六与七。通子垂九龄,但觅梨与栗。天运苟如此,且进杯中物。'观渊明此诗,想见其人慈祥戏谑可观也。俗人便谓渊明诸子皆不慧,而渊明愁叹见于诗耳。"又:"杜子美诗:'陶潜避俗翁,未必能达道。观其著诗篇,颇亦恨枯槁。达生岂是足,默识盖不早。生子贤与愚,何其挂怀抱!'子美困顿于山川,盖为不知者诟病①,以为拙于生事,又往往讥议宗文、宗武失学,故聊解嘲耳。其诗名曰《遣兴》可解也。俗人便为讥病渊明,所谓痴人前不得说梦也。"

——《苕溪渔隐丛话》

【注释】

①诟病:辱骂。

【译文】

黄庭坚说:"陶渊明《责子诗》说:'白发被两鬓,肌肤不复实。虽有五男儿,总不好纸笔。阿舒已二八,懒惰故无匹。阿宣行志学,而不爱文术。雍端年十三,不识六与七。通子垂九龄,但觅梨与栗。天运苟如此,且进杯中物。'读陶渊明的这首诗,可以想象这个人慈祥戏谑得可观了。一些人就因此说陶渊明几个儿子都不聪明,而陶渊明把感叹忧愁写进诗里了。"又有:"杜甫诗里说:'陶潜避俗翁,未必能达道。观其著诗篇,颇亦恨枯槁。达生岂是足,默识盖不早。生子贤与愚,何其挂怀

抱！'杜甫被山川所困，因此被不知道的人所指责，以为他不善生计，又
经常讥讽宗文、宗武失学，所以只不过作诗自我解嘲而已，这首诗名叫
《遣兴》就好理解了，一般人以为他是讥讽陶渊明，这就是通常所说的在
白痴面前不能说梦。"

【品读】

望子成龙，古来为父母者皆如此，渊明、杜甫亦不能免，故作诗
抒憾，以酒解忧。

东坡煎茶　胡　仔（宋）

东坡《汲江水煎茶诗》云："活水还须活火烹，自临钓石取
深清。大瓢贮月归春瓮，小杓分江入夜瓶。"此诗奇甚，道尽烹
茶之要。且茶非活水则不能发其鲜馥，东坡深知此理矣。余顷在
富沙，尝汲溪水烹茶，色香味俱成三绝。又况其地产茶为天下第
一，宜其水异于他处，用以烹茶，水功倍之。至于浣衣，尤更洁白，
则水之轻清益可知矣。近城山间有陆羽井，水亦清甘，实好事者
为名之。羽著《茶经》，言建州茶未详，则知羽不曾至富沙也。

——《苕溪渔隐丛话》

【译文】

苏东坡《汲江水煎茶诗》这样说："活水还须活火烹，自临钓石取深
清。大瓢贮月归春瓮，小杓分江入夜瓶。"这首诗很奇妙，把煮茶的要诀
都说完了。煮茶不用流动的水就不能够发挥茶的鲜美和香气，苏东坡
很懂得这道理。我不久以前在富沙，曾经用溪水煮茶，色彩、香气、味道
都达到三种最高的境界。何况富沙出产的茶叶天下第一，水和别处的
也不一样，用它来煮茶，水的功劳是成倍的。至于用来洗衣服，那就更
加干净洁白，水质的轻盈清澈也就可以想象了。城附近的山中有口陆
羽井，水质也是清澈甘美的，其实是那些好弄风雅的人命名的。陆羽的
《茶经》中写建州的茶并不详细，可以知道陆羽未曾到过富沙。

【品读】

【品读】

中国有丰富而深厚的茶文化,从茶叶产地、茶水出处、火候大小到茶具精粗,百般讲究。更有茶友品茶清谈。苏东坡一代清流,自然精通茶道,写诗论茶,也能句句在理。

老少情怀之异　胡　仔(宋)

苕溪渔隐曰:《锡宴清明日绝句》云:"宴罢回来日欲斜,平康坊里那人家。几多红袖迎门笑,争乞钗头利市花。"《清明绝句》云:"无花无酒过清明,兴味萧然似野僧。昨日邻家乞新火,晓窗分与读书灯。"二诗何况味不同如此,亦可见其老少情怀之异也。

——《苕溪渔隐丛话》

【译文】

苕溪渔隐说:《锡宴清明日绝句》里说:"宴罢回来日欲斜,平康坊里那人家。几多红袖迎门笑,争乞钗头利市花。"《清明绝句》却说:"无花无酒过清明,兴味萧然似野僧。昨日邻家乞新火,晓窗分与读书灯。"这两首诗的趣味如此不同,也可以知道老年人跟少年人情趣的不同了。

【品读】

清明时节,少年人饮酒尽兴归来,老年人持灯读书到天亮,这抒写了少年人的无忧、活泼,突出对比了老年人的沉静和清寂。

刘皋警语　胡　仔(宋)

高尚处士刘皋谓:"士大夫以嗜欲杀身,以财利杀子孙,以政事杀人,以学术杀天下后世。"非神仙中人不能作此言也。

——《苕溪渔隐丛话》

【译文】

　　一位高尚的隐士刘皋说："士大夫用欲望和追求谋害自己,用积累的财利谋害子孙,用政治谋害人民,用学术谋害天下后世。"不是神仙中人是说不出这样高明的话的。

【品读】

　　嗜欲本为发展自身,财利本为遗荫子孙,政事本为造福人民,学术本为社会发展,然而换一个角度,观察这些事物的反面,就触目惊心,自从有了这几件东西,人类便平添了许多羁绊和痛苦,在腐朽专制社会里,生命被功名富贵企曲和异化,人们失去了自由的生命,而且深陷其中而不自觉。刘皋居高临下,一针见血,指出了嗜欲、财利、政治、学术的"杀人"本质,数十字警语,真如雷声滚滚,令人惊心动魄,深思不已!

　　此则系《苕溪渔隐丛话》转引自《复斋漫录》。

书当快意读易尽　胡　仔(宋)

　　《复斋漫录》云："书当快意读易尽,客有可人期不来。世事相违每如此,好怀百岁几回开。"其后又寄黄充,前四句云："俗子推不去,可人废招呼。世事每如此,我生亦何娱。"盖无己①得意,故两见之。

——《苕溪渔隐丛话》

【注释】

　　①无己:陈师道,字无己。

【译文】

　　《复斋漫录》说："书当快意读易尽,客有可人期不来。世事相违每如此,好怀百岁几回开。"后来又有诗寄给黄充,前面四句是："俗子推不去,可人废招呼。世事每如此,我生亦何娱。"大概陈师道很得意诗中的理趣,所以把这诗意写了两次。

【品读】

书读得畅顺的时候一会就完了,有令人高兴的佳客却等不来,凡夫俗子俗不可耐,世间的事并不能尽如人意,拿什么来度过一生呢?诗人对理想生活的追求跃然诗中。

苏黄互讥 胡 仔（宋）

元祐①文章,世称苏、黄,然二公当时争名,互相讥诮。东坡尝云:"黄鲁直诗文如蟹蝤江珧柱,格韵高绝,盘餐尽废。然不可多食,多食则发风动气。"山谷亦云"盖有文章妙一世而诗句不逮古人者",此指东坡而言也。二公文章自今视之,世自有公论,岂至各如前言! 盖一时争名之词耳。俗人便以为诚然,遂为讥议,所谓"蚍蜉撼于大树,可笑不自量"者耶?

——《苕溪渔隐丛话》

【注释】

①元祐:北宋哲宗赵煦年号。

【译文】

北宋哲宗元祐年间的诗文,世人最推崇苏东坡和黄庭坚的,而两位先生当时争夺名声,曾经互相讥笑诮骂。苏东坡说:"黄庭坚的诗作文章像蟹蝤和江珧柱一样鲜美,格调韵律高雅绝妙,盘中的其他食物都可以不要了。但是绝不能多食,吃多了就会发风动气。"黄庭坚也说:"有人的文章妙绝一时,而诗句却比不上古人。"这是指苏东坡而说的。两位先生的诗文今天看来,世人自然有公正的评价,哪里真像他们互相讥讽时所说的! 那只是一时争夺名声的词语罢了。俗辈就认为的确是这个样子,也跟着议论、讥讽,这难道不是人们所说的"蚂蚁想摇动大树,可笑不自量力"吗?

【品读】

竞技场上,时见并列冠军,但若皆是实力型选手,定欲再决雌雄,以定一尊,叫作两雄不并立。文场声名之角逐,其理相同,苏黄互讥,即是一例。不过互讥之词,多有未当,怎能就此以做定论?故俗辈参乎其中,其推波助澜之心实不足道。

水阁苕溪　胡　仔(宋)

贾耘老旧有水阁在苕溪之上,景物清旷。东坡作守时屡过之,题诗画竹于壁间。沈会宗又为赋小词云:"景物因人成胜概,满目更无尘可碍,等闲帘幕小栏干。衣未解,心先快,明月清风如有待。谁信门前车马隘,别是人间闲世界。坐中无物不清凉,山一带,水一派,流水白云长自在。"其后水阁屡易主,今已摧毁久矣。遗址正与余水阁相近,同在一岸,景物悉如会宗之词。故余尝有鄙句云:"三间小阁贾耘老,一首佳词沈会宗。无限当时好风月,如今总属绩溪翁①。"盖谓此也。

——《苕溪渔隐丛话》

【注释】

①绩溪翁:即胡仔,字元任,绩溪是其籍贯。

【译文】

贾耘老原来有水阁在苕溪岸上,风景清新空旷。苏东坡当太守的时候经常到那里去,作诗画竹子在水阁楼的墙壁。沈会宗又为它作了一首小词:"景物因人成胜概,满目更无尘可碍,等闲帘幕小栏干。衣未解,心先快,明月清风如有待。谁信门前车马隘,别是人间闲世界。坐中无物不清凉,山一带,水一派,流水白云长自在。"后来水阁几次改变主人,现在已经毁掉很久了。水阁的旧址和我的水阁正好接近,同是在岸边,风景事物也都像沈会宗词中所说的那样。所以我曾经有诗说:"三间小阁贾耘老,一首佳词沈会宗。无限当时好风月,如今总属绩溪翁。"说的就是这件事。

【品读】

《陋室铭》有话:山不在高,有仙则灵。苕溪水阁并不知名,而因为苏东坡的题诗画竹而陡增名气。这就是"景物因人成胜概"的意思。

不俗之言 姜　夔① (宋)

人所易言,我寡言之,人所难言,我易言之,自不俗。

——《白石道人诗说》

【注释】

①姜夔(1155—1221):字尧章,自号白石道人,鄱阳(今属江西)人。年少丧父,流寓异乡。庆元三年(1197)曾上书论雅乐,未受朝廷重视,布衣终身。著名词人,为南宋格律词派大师,意境清空,颇有时誉,后世亦享重名。

【译文】

别人常说的话,我少说些;别人难得说出的话,我能轻易道出,自然就不俗了。

【品读】

人们都会说的话,我不说,人们都说不出的话,我能说。如此作诗,诗格自高,如此做人,人格亦不俗也。

苏东坡咏桧诗 不著撰人(宋)

元丰间,苏子瞻①系御史狱。神宗本无意深罪之,时相进呈,忽言苏轼于陛下有不臣之意。神宗改容曰:"轼固有罪,然于朕不应至是,卿何以知之?"时相因举轼《桧诗》云:"'根到九泉无曲处,世间惟有蛰龙知。'陛下飞龙在天,轼不以为知己,而求地下之蛰龙知。非不臣而何?"神宗曰:"诗人之词,安可如此论!彼自咏桧,何预朕事?"时相语塞。章子厚亦从旁解之,遂薄其罪。子厚尝以语余,且以丑言诋时相曰:"人之害物,无所忌惮,有如是也!"

——《西林诗话》

【注释】

①苏子瞻:苏轼,字子瞻。

【译文】

元丰年间,苏轼被捕入御史狱。神宗本来没有重重惩罚他的意思,但当时丞相忽然上报说苏轼对陛下有反叛之心。神宗变了脸色,说:"苏轼虽然有罪,但对于朕还不至于如此吧?你是怎么知道的呢?"丞相就举苏轼的《桧诗》,说:"诗中有'根到九泉无曲处,世间惟有蛰龙知'两句。陛下是在天飞龙,苏轼不把您当作知己,反而去找地下的蛰龙作知己。这不是反叛之心又是什么?"神宗说:"诗人之词,怎么可以这样理解呢!他自己写咏桧诗,与朕有何相干?"丞相一时哑口无言。章子厚这时也在一旁替苏轼开脱,神宗于是减轻了苏轼的罪。子厚曾把这件事讲给我听,并且厌恶地嘲骂丞相:"一个人陷害别人竟会无所忌惮到这种程度!"

【品读】

欲加之罪,何患无辞?历史上文字狱一来,诗人、作家都在劫难逃。有幸神宗是个懂诗的皇帝,使一代大文学家苏轼成为身首完整的"风流人物";纵然如此,也只是个"薄其罪"。彻底懂诗,进而彻底懂人,恐怕太难了。

人非雨露   谢　榛(明)

人非雨露,而自泽者,德也;人非金石,而自泽者,名也。心非源泉,而流不竭者,才也;心非鉴光,而照无偏者,神也。

非德无以养其心,非才无以充其气。心犹舸也,德犹舵也。鸣世之具,惟舸载之;立身之要,惟舵主之。士衡、士龙有才而恃,灵运、玄晖有才而露。大抵德不胜才,犹泛舸中流,舵师失其所主,鲜不覆矣。

——《四溟诗话》

【译文】

人非雨露,而能自我泽润,靠的是德;人非金石,而能自我泽润,靠的是名。心并非源泉而流水不竭,靠的是才;心并非明镜而能遍诸物,靠的是神。无德不足以涵养其心,无才不足以充塞其气。心就像船,德犹如舵。争鸣于世上的才具,靠船来装载;为人处世的关键,靠舵来掌管。陆士衡、陆士龙有才而自恃,谢灵运、谢玄晖有才而外露。大体都是德行不能与才气相当,如同泛舟中流,舵工失其所掌之物,少有不翻船的。

【品读】

有才还需有德,才能在生命的航程中免遭覆舟之祸。此言大抵有理。

赋诗要有英雄气象　谢　榛(明)

赋诗要有英雄气象:人不敢道,我则道之;人不肯为,我则为之;厉鬼不能夺其正,利剑不能折其刚。古人制作,各有奇处,观者自当甄别。

——《四溟诗话》

【译文】

作诗要有英雄豪杰的气概:人不敢言者,我敢言之;人不肯为者,我肯为之。恶鬼不能夺其凛然正气,利剑不能摧其刚强意志。古人之诗作,各有其奇特之处,读者自当加以抉择。

【品读】

好诗少见，原因不仅在于缺乏才力，更重要的是缺少勇气。古时如屈原那样的伟大诗人，心中唯忧国计民生，而置个人生死于度外，方能写出惊天地、泣鬼神的不朽之作。

梦得多感慨 瞿 佑（明）

刘梦得初自岭外召还，赋《看花》诗云："元都观里桃千树，尽是刘郎去后栽。"以是再黜。久之又赋诗云："种桃道士归何处？前度刘郎今又来。"讥刺并及君上矣。晚始得还，同辈零落殆尽。有诗云："昔年意气压群英，几度朝回一字行。二十年来零落尽，两人相遇洛阳城。"又云："休唱贞元供奉曲，当时朝士已无多。"又云："旧人惟有何戡在，更与殷勤唱渭城。"盖自德宗后，历顺宪穆敬文武宣凡八朝。暮年与裴、白优游绿野堂，有"在人称晚达，于树比冬青"之句。又云："莫道桑榆晚，为霞尚满天。"其英迈之气，老而不衰如此。

——《归田诗话》

【译文】

刘禹锡起初从岭南外被召回，赋《看花》诗道："元都观里桃千树，尽是刘郎去后栽。"因为这首诗他二次被罢黜。事情过去很久之后他又赋诗说："种桃道士归何处？前度刘郎今又来。"不但有讥讽之意并且已经触及皇上了。晚年才得以回朝，此时同辈人几乎都已经逝去。他有诗句："昔年意气压群英，几度朝回一字行。二十年来零落尽，两人相遇洛阳城。"又说："休唱贞元供奉曲，当时朝士已无多。"又说："旧人惟有何戡在，更与殷勤唱渭城。"自德宗朝之后，刘禹锡共经历顺、宪、穆、敬、文、武、宣等八朝。晚年刘禹锡与裴度、白居易在绿野堂游玩，有"在人称晚达，于树比冬青"的诗句。又道："莫道桑榆晚，为霞尚满天。"英武豪迈之气,至老而不衰。

【品读】

　　"感慨多"是要付出代价的,何况不仅冒犯官场一众新贵,居然还敢怨及皇上。不过一辈子都敢"感慨",则令人敬佩。"莫道桑榆晚,为霞尚满天。"鼓舞人!

东坡傲世　　瞿　佑(明)

　　韩文公上《佛骨表》,宪宗怒,远谪。行次蓝关,示侄孙湘云:"一封朝奏九重天,夕贬潮阳路八千。欲为圣明除弊政,肯将衰朽惜残年。云横秦岭家何在?雪拥蓝关马不前。知汝远来应有意,好收吾骨瘴江边。"又《题临泷寺》云:"不觉离家已五千,仍将衰病入泷船。潮阳未到吾能说,海气昏昏水拍天。"读之令人凄然伤感。东坡则放旷不羁,出狱和韵,即云:"却对酒杯浑似梦,试拈诗笔已如神。"方以诗得罪,而所言如此。又云:"却笑睢阳老从事,为予投檄向江西。"不以为悲而以为笑,何也?至惠州云:"日啖荔枝三百颗,不妨长作岭南人。"《渡海》云:"九死南荒吾不恨,兹游奇绝冠平生。"方负罪戾,而傲世自得如此。虽曰"取快一时",而中含戏侮,不可以为法也。

——《归田诗话》

【译文】

　　韩愈向宪宗皇帝进献《佛骨表》,宪宗大怒,将韩愈发配到边疆。韩愈走到蓝关,在写给侄孙韩湘的诗中说道:"一封朝奏九重天,夕贬潮阳路八千。欲为圣明除弊政,肯将衰朽惜残年。云横秦岭家何在?雪拥蓝关马不前。知汝远来应有意,好收吾骨瘴江边。"又有《题临泷寺》道:"不觉离家已五千,仍将衰病入泷船。潮阳未到吾能说,海气昏昏水拍天。"读来令人凄然伤感。苏轼则放旷不羁,刚出狱就在和他人之韵的诗中说道:"却对酒杯浑似梦,试拈诗笔已如神。"才因为诗获罪,但仍然这样写诗。又说:"却笑睢阳老从事,为予投檄向江西。"不因为这些困厄而作悲苦状,反而旷达笑对,这是为什么呢?到惠州作诗道:"日啖荔枝三百颗,不妨长作岭南人。"《渡海》道:"九死南荒吾不恨,兹游奇绝冠平生。"才背上罪名,却如此傲然处世。虽说是"取快一时",但其中包含戏耍轻慢之意,后人不当以他为效法对象呢。

【品读】

韩愈、苏轼都是大文豪,又都遭遇过朝廷贬谪,经历过人生磨难,但处艰困和看人生却有不同的境界。大约韩愈儒正,忧患意识强烈,受挫折时,诗句流露伤感,使人也觉凄然。而苏轼放达,还有几分傲然,诗句笑对人生,所以读来很长精神。

知 命 姚 宣(明)

熙宁①十年夏,康节感微疾,气日益耗,神日益明。笑谓司马温公曰:"雍欲观化②一巡,如何?"温公曰:"先生未应至此。"康节笑曰:"死生亦常事耳。"张横渠先生喜论命,来问疾,因曰:"先生论命否?当推之。"康节曰:"若天命,则已知之矣。世俗所谓命,则不知也。"横渠曰:"先生知天命矣,载尚何言!"程伊川曰:"先生至此,他人无以为力,愿自主张。"康节曰:"平生学道,岂不知此?然亦无可主张。"时康节居正寝,诸公议后事于外,有欲葬近洛阳城者,康节已知,呼伯温入曰:"诸公欲以近城地葬我,不可,当从伊川先生茔耳。"七月初四日大书诗一章曰:"生于太平世,死于太平世。客问年几何,六十又七岁。俯仰天地间,浩然独无愧。"以是夜五更捐馆③。

——《闻见录》

【注释】

①熙宁：北宋神宗年号。

②观化：观察大自然的变化，指道上羽化登仙。语出《庄子·至乐》。

③捐馆：捐弃所居住的馆舍，是死亡的讳辞。语出《战国策·赵策二》。

【译文】

熙宁十年的夏天，邵雍感觉有了小病，气力一日一日地消耗，而精神却一天比一天明朗。他笑着对司马光说："我想到天上看一看，怎么样？"司马光说："先生不会到这个程度。"邵雍笑着说："死生是一件平常的事。"张载先生喜欢说命，来探病，就说："先生想算命吗？我一定为您推算。"邵雍说："如果是天命，我已经知道了。世俗所说的命，就不知道了。"张载说："先生连天命都知道了，我还能说什么？"程颐说："先生已经到了这个程度，别人无能为力，希望您自作主张。"邵雍说："我一生学道，难道不知道这个道理吗？但也没有什么主张。"当时邵雍住在正屋，大家在外厅议论他的后事，有人想把他葬在洛阳城附近，邵雍知道了，把他的儿子邵伯温叫进来说："各位大人想把我葬在离城近一点的地方，不行，应当陪伴程颐先生的坟墓。"七月初四日他用大字写了一首诗："生于太平世，死于太平世。客问年几何，六十又七岁。俯仰天地间，浩然独无愧。"就在这夜五更时死了。

【品读】

邵雍精于易理，认为死是不可更改的自然规律，面对死亡，仍能潇洒自如，真可谓视死如归。

求高一着，必输一着 贺贻孙（清）

古今人才原不相远，惟后人欲过古人，另出格调，超而上之。多此一念，遂落其后。如五言古诗，魏人欲以豪迈掩汉人，不知即以其豪迈逊汉之和平；晋人欲以工致掩魏人，不知即以其工致让魏之本色。求高一着,必输一着;求进一步,必退一步。

——《诗筏》

【译文】

　　古人与今人才力相差原本不大。只因后人想胜过古人,另出格调,超出古人之上。仅多此一念,便落在前人之后。如五言古诗,魏人想以豪迈气概压倒汉人,而不知就因豪迈的缘故逊于汉人的和平的气象;晋人想以工致技法压倒魏人,而不知就因工致之故不如魏人本色。想高人一着,必定输人一着;想前进一步,反会倒退一步。

【品读】

　　"求高一着,必输一着;求进一步,必退一步。"其中包含了多少人生的辩证法。贺贻孙,清初文学家,字子翼,江西永新人。明亡隐居。

说 应 酬 　叶　燮(清)

　　应酬诗有时亦不得不作,虽是客料生活,然须见是我去应酬他,不是人人可将去应酬他者,如此,便于客中见主,不失自家体段,自然有性有情,非幕下客及捉刀人①所得代为也。每见诗人,一部集中,应酬居什九有余,他作居什一不足,以题张集,以诗张题,而我丧我久矣。不知是其人之诗乎?抑他人之诗乎?若惩噎②而废食,尽去应酬诗不作,而卒不可去也。须知题是应酬,诗自我作,思过半矣。

——《原诗》

【注释】

　　①捉刀人:古人曾在竹简上写字,修改时得用刀刮去,故称执笔写作之人为捉刀人。

②噎：食物塞住喉咙。

【译文】

应酬诗有时也不得不作，虽是客套应答，但也得显出是由我去应酬他人，而不是人人都可这样去应酬的，这样才能于客中见主，而不失自家身手，自然就会有个性。这不是幕下宾客与执笔之士所能代作的。我每每见诗人一部集子之中，应酬之作占到十分之九有余，其他作品不足十分之一，以此类题目充塞集子之中，以此类诗句充满诗题之内，而自己的本来面目丧失殆尽，不知是其人之诗，还是他人之作。但如因噎而废食，尽弃应酬之作，这个弊病也并不能去掉。应知题目虽是应酬，而诗意仍由自作，这就明白了一大半道理了。

【品读】

奉命应酬之作，虽是不得不作，但仍应掌握分寸，不必过于违心。"题是应酬，诗自我作"，这才是聪明人。

读古人书如吃物　张谦宜（清）

读古人书如吃物，必择最佳品味中和者，用以自辅。若单啖鲥鱼燕窝，也能生病；偏食橄榄槟榔，不可养生。为我不为古人，自当别出一手眼。

——《絸斋诗谈》

【译文】

读古人书如同吃东西，必得选择最合乎养生的食品加以搭配，用作自辅。若是单吃鲥鱼燕窝一类补品，也能使人生病；偏食橄榄槟榔一类果品，也不合养生之道。读书是为了提高自己而不是为了拜倒在古人脚下，本来就应当另出一手，别著一眼。

【品读】

读书应唯我所用，取我所需，而且还得放开眼光，杂取众家。这样才能不做书本的奴隶，更不受个别名家的局限了。

150

眼高与虚心 　吴雷发（清）

胸明眼高，每觉前无古人，后无来者，则笔端自然磊落而雄放。虚心下气，每觉街谈巷议，助我见闻，牧竖耕夫，益我神智，则笔端自然深细而温和。

——《说诗菅蒯》

【译文】

心内明亮眼光高远，往往觉得前无古人，后无来者，那么下笔自然磊落而雄浑奔放。虚心下气，便常觉街谈巷议，皆可助我增长见闻；牧童农夫，皆可使我益神增智，那么下笔自然深细而且温文平和。

【品读】

眼光高远，虚心容纳，这是学诗的方法，也是做人的境界。

畅快人诗必潇洒 　薛　雪（清）

畅快人诗必潇洒，敦厚人诗必庄重，倜傥人诗必飘逸，疏爽人诗必流丽，寒涩人诗必枯瘠，丰腴人诗必华赡，拂郁人诗必凄怨，磊落人诗必悲壮，豪迈人诗必不羁，清修人诗必峻洁，谨敕人诗必严整，猥鄙人诗必委靡，此天之所赋，气之所禀，非学之所至也。

——《一瓢诗话》

【译文】

人畅快其诗必潇洒，人敦厚其诗必庄重，人倜傥其诗必飘逸，人疏爽其诗必流丽，人寒涩其诗必枯瘠，人丰腴其诗必华赡，人拂郁其诗必凄怨，人磊落其诗必悲壮，人豪迈其诗必不羁，人清修其诗必峻洁，人谨敕其诗必严整，人猥鄙其诗必萎靡，这是天赋气禀，不是能学到的。

【品读】

有什么样的人品,就有什么样的诗风,畅快人诗必潇洒,倜傥人诗必飘逸,猥鄙人诗必萎靡,作者对此肯定得很。

事实上,也难免偶有与上述论说相悖的,不过是大致如此。而且作者又说:"此天之所赋,气之所禀,非学之所至也。"此话让人不得不信。

第一等真诗　沈德潜（清）

有第一等襟抱,第一等学识,斯有第一等真诗。如太空之中,不着一点;如星宿之海,万源涌出;如土膏即厚,春雷一动,万物发生。古来可语此者,屈大夫以下数人而已。

——《说诗晬语》

【译文】

有第一等的襟抱,第一等的学识,这才能有第一等的真诗。如同太空之中,不着一点;如同黄河之源的星宿之海,万源涌出;如同沃土之上,春雷一动,万物萌生。从古以来可用此语称之者,仅三闾大夫屈原以下数人而已。

【品读】

伟大的诗人一定怀有远大的志向与广博的学识,二者缺其一,就不可能有伟大的诗篇出现在人间。

天质之美　李调元（清）

人有性而自汩①之,有情而自漓②之,似乎智而愚孰甚！毛嫱、丽姬③虽粗服乱头,无损其为天质之美也。捧心效颦,人望而却走矣。

——《雨村诗话》

【注释】

①汩:扰乱。

②漓:浇薄,浅薄。

③毛嫱、丽姬:皆古美女名。《庄子·齐物论》:"毛嫱、丽姬,人之所美也。"

【译文】

人有真性而自加扰乱,有真情而自加浇薄,看似聪明而实则愚不可及,毛嫱、丽姬虽然粗服乱头,也无损其天生丽质之美。丑女捂心皱眉,反倒使人望而却步。

【品读】

做人还是自然一点为好。矫揉造作,适得其反。

为装老成染白发 洪亮吉(清)

徐知诰辅吴之初①,年未强仕②,以为非老成不足压众,遂服药变其须鬓,一日成霜。宋寇莱公③急欲作相,其法亦然。余见近时公卿,须鬓皓然,而百方觅药以求其黑者,见又出二公下矣。袁大令枚④有《染须》诗,余尝戏之曰:"公事事学香山⑤,即此一端,已断不及。香山诗曰:'白发人立月明中',又云'风光不称白髭须',而公欲饰貌修容,是直陆展⑥染发,欲以媚侧室耳。"坐客皆大笑。

——《北江诗话》

【注释】

①徐知诰:即五代时南唐烈祖李昪,少孤,战乱中为人收养,继而成为吴国丞相徐温养子,改名徐知诰,颇有才干。徐温死后,执吴国政,封齐王,后吴睿帝禅位于他,遂称帝于金陵,号大唐,复本姓,改名昪。

②强仕:《礼记·曲礼上》:"四十曰强,而仕。"后以"强仕"代指四十岁。

③寇莱公：北宋名相寇准，抗金主战，封莱国公，晚年被贬流放雷州（今湛江海康）而死。

④袁大令枚：袁枚曾任县令，此为尊称。

⑤香山：白居易，号香山。

⑥是直：这简直是。是，这；直，简直。陆展：南朝宋人，曾为车骑长史、浔阳太守，依附臧质，后臧质被杀，陆展亦从诛。

【译文】

南唐烈祖李昇为人养子的时候叫徐知诰，他在辅助吴王管理吴国的时候，还不到四十岁，觉得相貌不老成些不足以服压众臣，于是吃药改变头发胡须的颜色，一日之间，须发成霜。宋朝名相莱国公寇准急于要做宰相的时候，也用了同样的方法。我看见现在的王公大臣，白发苍苍，而千方百计地寻找药物想使之变黑，这见识就远在徐知诰、寇准两位先生之下了。袁大县令袁枚写过一首《染须》诗，我曾经跟他开玩笑说："老先生事事都学白居易，就只这一件事，已断断赶不上白居易了。白居易曾有诗云：'白发人立月明中'，又有'风光不称白髭须'，而您老先生却要装饰面貌修整容颜，这简直是陆展染发，想以此讨好小老婆吧。"一座客人，都开怀大笑。

【品读】

从事政治活动，掌权压众，似乎以年高为好，因为人们会认为你那每一根白发白须里，都藏着经验和智慧。徐知诰和寇准都是政治家，所以要服药以白黑发，助成事功。袁枚虽也做过县令，但并没有政治野心，而是个到老风情不衰的性灵派才子诗人，所以要染白为黑，做一点留住青春的努力。至于那些王公权贵们，位居显要，当为国计民生操心劳神，却那么注意头发的颜色，恐怕只能算是庸流俗辈。

诗 之 情 　洪亮吉（清）

明御史江阴李忠毅狱中寄父诗："出世①再应为父子，此心原不间幽明②",读之使人增天伦之重。宋苏文忠公《狱中寄子由诗》③:"与君世世为兄弟,又结他生未了因",读之令人增友于④之谊。唐杜工部送郑虔诗⑤:"便与先生成永诀,九重泉路尽交期",读之令人增友朋之风义。唐元相悼亡诗:"惟将终夜长开眼,报答平生未展眉",读之令人增伉俪之情。孰谓诗不可以感人哉!

——《北江诗话》

【注释】

①出世:隔世,再生。

②幽明:阴间与阳间。

③苏文忠公:指苏轼,"文忠"是其卒后谥号。子由是其弟苏辙,字子由。

④友于:《论语·为政》引《书》云:"友于兄弟",意指兄弟相爱,后用作兄弟的代称。

⑤杜工部:杜甫,曾任检校工部员外郎,故称。郑虔,字弱齐,唐天宝初年曾为协律郎,与李白、杜甫皆友善。工诗,善书,又善画山水,玄宗曾题其自书诗画曰:"郑虔三绝。"

【译文】

明朝御史江阴人李忠毅在监狱里给父亲写诗道:"出世再应为父子,此心原不间幽明",读后使人的父子天伦之情倍增。宋朝苏东坡《狱中寄子由诗》云:"与君世世为兄弟,又结他生未了因",读后使人的兄弟之情倍增。唐朝杜甫写送郑虔的诗说:"便与先生成永诀,九重泉路尽交期",读后使人的朋友情义倍增。唐朝元相的悼亡诗写道:"惟将终夜长开眼,报答平生未展眉",读后令人的夫妻深情倍增。谁说诗不能感动人呢!

【品读】

诗是交流感情的语言管道,有了诗,人类的情感世界更加丰富,更加深沉,更加美好了。所以,无论科技发展到什么程度,无论商业发展到什么程度,人类都不要把诗抛弃了,让诗伴随人类到永远。

逼　真　洪亮吉（清）

　　"不知今夜游何处，侍从皆骑白凤凰。"逼真神仙。"黄昏风雨黑如磬，别我不知何处去。"逼真剑侠。"千回饮博家仍富，几处报仇身不死。"逼真豪士。"天寒翠袖薄，日暮倚修竹。"逼真美人。"门前债主雁行列，屋里酒人鱼贯眠。"逼真无赖。"依倚将军势，调笑酒家胡。"逼真豪奴。近江宁友人燕山南《暑夜纳凉诗》云："破芭蕉畔一丝风。"逼真穷鬼语。陈毅《感事》云："偏是荒年饭量加。"逼真饿鬼语。

——《北江诗话》

【译文】

　　"不知今夜游何处，侍从皆骑白凤凰。"这就真正像神仙了。"黄昏风雨黑如磬，别我不知何处去。"这就真正像剑侠了。"千回饮博家仍富，几处报仇身不死。"这就是豪客壮士了。"天寒翠袖薄，日暮倚修竹。"这就是美人风姿了。"门前债主雁行列，屋里酒人鱼贯眠。"真把无赖写活了。"依倚将军势，调笑酒家胡。"不是豪门刁奴是什么？近有江宁一位朋友燕山南有一首《暑夜纳凉诗》，诗中有："破芭蕉畔一丝风。"这就真是穷鬼的诗了。陈毅《感事》诗写道："偏是荒年饭量加。"这就真是饿鬼的诗了。

【品读】

　　人间万象，形形色色，诗像镜子，一一显影。而且透过诗镜的反射再看人间万象的形形色色，更觉意味无穷。

话说藏书家　洪亮吉（清）

　　藏书家有数等。得一书必推求本原，是正缺失，是谓考订家,如钱少詹大昕①、戴吉士震②诸人是也。次则辨其板片,注其错讹,是谓校雠③家,如卢学士文弨④、翁阁学方纲⑤诸人是也。次则搜采异本,上则补石室金匮⑥之遗亡,下可备通人博士之浏览,是谓收藏家,如鄞县范氏之天一阁⑦、钱塘吴氏之瓶花斋⑧、昆山徐氏之传是楼⑨诸家是也。次则第求精本,独嗜宋刻,作者之旨意纵未尽窥,而刻书之年月最所深悉,是谓赏鉴家,如长州黄主事丕烈⑩、邬镇鲍处士廷博⑪诸人是也。又次则于旧家中落者,贱售其所藏,富室嗜书者,要求其善价,眼别真再心知古今,闽本蜀本,一不得欺,宋椠元椠⑫,见而即识,是谓掠贩家⑬,如吴门之钱景开、陶五柳,湖州之施汉英诸书估是也。

——《北江诗话》

【注释】

①钱少詹大昕:钱大昕,清代著名学者,"吴中七子"之一,长于经史,又善诗。清代沿例设詹事府,用备翰林院的升迁,大昕曾任翰林院编修。

②戴吉士震:戴震,清代著名学者,尤精训诂之学,因曾任翰林院庶吉士,故称。

③校雠:校勘。

④卢学士文弨:卢文弨,清代学者,曾任侍读学士,好校书,与戴震、段玉裁等友善。

⑤翁阁学方纲:翁方纲,清代著名诗人兼学者,因其官至南阁学士,故称阁学。

⑥石室金匮:石室、金匮,皆国家藏书之处。

⑦鄞县范氏之天一阁:鄞县,今属宁波。范氏,指范钦,明代著名藏书家。天一阁为其藏书阁,是中国现存最古的藏书楼。

⑧钱塘吴氏之瓶花斋:吴氏指吴焯,浙江钱塘人,清代藏书家,瓶花斋为其书斋。

⑨昆山徐氏之传是楼：徐氏指徐乾学，江苏昆山人，清代著名藏书家，曾作《传是楼记》，谓无所传于子孙，唯书可传。是，这，指示代词。

⑩长州黄主事丕烈：黄丕烈，清代著名藏书家，江苏长州（古称吴门）人，曾任分部主事，博学广识，好藏古籍，尤好宋椠本，曾建专室藏所得宋本书。

⑪鲍处士廷博：鲍廷博，清代著名藏书家。处士，指未入仕做官之人。

⑫宋椠（qiàn）元椠：椠为古代用木板削成以备书写的版片。引申为刻本。意即宋刻本、元刻本。

⑬掠贩家：利用文物版本鉴别知识收购倒卖古本书籍的商人。

【译文】

藏书家有数等。得到一本书一定要推求本原，改正错失，这叫作考订家，如少詹事钱大昕、庶吉士戴震等人就是。其次则是进行版本比较鉴别，注明错讹，这叫作校雠家，如侍读学士卢文弨、南阁学士翁方纲等人就是。再次则是搜索采购奇异版本，上可为国家藏书部门抢救遗漏缺失，下可供通达古今之人、博学多识之士查阅浏览，这叫作收藏家，如鄞县范钦及其天一阁、钱塘吴焯及其瓶花斋、昆山徐乾学及其传是楼等就是。第四种是只求精本，独喜宋刻，作者的旨意即使没有全部领会透，而刻书的年月却搞得最清楚，这叫作鉴赏家，如长州黄主事黄丕烈、邬镇鲍处士鲍廷博等人就是。第五种则从那些败落人家里，用便宜价钱买来珍藏古籍，而富贵人家喜欢书的，就转手卖个好价钱，眼睛能够识别真假，心里知道书的刻写年代，福建刻本还是四川刻本，谁也骗不了他，宋代刻本还是元代刻本，一见就一目了然，这叫做倒卖家，如长州的钱景开、陶五柳，湖州的施汉英等书商就是。

【品读】

作者把藏书家分为五等：考订家、校雠家、收藏家、赏鉴家、掠贩家。有的是进行学术研究，有的是进行版本整理，有的是进行古籍保护，有的是满足搜求嗜好，也有的是为了谋利赚钱，恐怕还有人兼而有之。水准各异，目的不同，雅俗有别，不过都从中获得了藏书之乐，都有利于民族文化典籍的研究、整理、保护和流传，这叫作各尽所能,各展所长,其实都可尊敬而传名后世。

诗中当有我在　陈　仅(清)

予尝评友人诗云:"诗中当有我在,即一题画,必移我以入画,方有妙题;一咏物,必因物以见我,方有佳咏。小者且然,况其大乎?"

——《竹林答问》

【译文】

我曾经在评论朋友的诗时说过:"诗中一定要把作者自己摆进去,即使是为一幅画题诗,也必须把自己的感情倾注到画里面去,才能成为高妙的题画诗;一首咏物小诗,也一定要借所咏之物来抒发自己的感情,才会有精彩的诗句。小诗尚且需要这样,何况那些重大题材呢?"

【品读】

"诗中当有我在",意思虽是老一套,道理却是真的。

诗文本领诗外得　方东树(清)

学者须要胸襟高,识趣超,义理宏,笔力强。此皆诗文本领,不可强而能,不从学诗得也。

——《昭昧詹言》

【译文】

学作诗文之人应当胸怀远大,见识超群,义理宏深,笔力强健。这都是写作诗文的本领,不可勉强从事,也不是从学作诗文得来的。

【品读】

可见欲作好诗,功夫多在笔墨之外。

根行深厚人　方恒泰（清）

根行深厚人，要他行浅薄事、说浅薄话，势必不肯；根行浅薄人，要他行深厚事、说深厚话，亦断不能。

——《橡坪诗话》

【译文】

根性德行深厚的人，要他做浅薄之事，说浅薄之话，势必不愿；根性德行浅薄的人，要他做深厚之事，说深厚之话，也是断然不能。

【品读】

人的言行必受其主观意识的支配。所以有德之人不会去写缺德的歪诗；缺德之人也一定作不出有德的好诗。

中庸先生　袁　洁（清）

人不可为乡愿之人①，尤不可为乡愿之诗。故雄浑之诗，令人惊心动魄；幽折之诗，令人释躁平矜；新艳之诗，令人怡情悦目。若徒字顺句适，平平无奇，套语浮词，令人望而生厌。尝见一老学究，久负诗名，及取其诗而读之，胆小气促，见浅才迂，绝无动人处，因号之曰"中庸先生"。

——《蠹庄诗话》

【注释】

①乡愿之人：胆小怕事、不分是非的人。

【译文】

做人不能做胆小懦弱、是非不分的人，作诗更不能作拘谨畏缩、见短识浅的诗。风格雄浑的诗，令人惊心动魄；风格幽婉的诗，令人心平气和；风格清丽的诗，令人赏心悦目。如果诗只是文字通顺，语句恰当，平淡无奇,套语连篇,言辞浮泛,则令人望而生厌。我曾见到一个老学究,久有诗名,待到取他的诗来读时,才发现拘谨畏缩,短浅迂腐,没有任何打动人的地方,因此我称他为"中庸先生"。

【品读】

文如其人,"乡愿之人为乡愿之诗",不足为怪。奉"中庸之道"为人生圭臬者,读此也会汗颜!

烟云养性情 吴仰贤(清)

昔人谓画入神品①、逸品②者,以烟云养其性情③,其人多寿,如黄子久、沈石田、文征仲、王石谷诸人是也。余谓诗主性灵,凡神动天随、专写寄托者,其人亦多享大年。如白乐天年七十五,杨诚斋年八十三,陆放翁、范石湖年皆八十六,我朝袁子才年八十二。若夫抉摘刻画、露其情状,昔人比之暴天物,故李长吉二十七而夭,我朝黄仲则年止三十有五。盖怡神者益人,劳神者贼人也。

——《小匏庵诗话》

【注释】

①神品:精妙的书、画等作品,气韵生动,出于天成,就称神品。

②逸品:指超凡绝俗的艺术品。

③烟云养其性情:道家认为"烟云供养"可致长寿。此处"烟云"指中国山水画的效果。

【译文】

前人说画画若达到了妙趣横生、恬适飘逸的地步,以笔底烟云养性情,那么这人必定长寿,像黄子久、沈石田、文征仲、王石谷等人就是。我认为诗是用来抒写性灵的,凡是精神恬淡自然、寄情山水的人,大多能享天年。像白居易就活了七十五岁,杨万里活了八十三岁,陆游、范成大都是以八十六岁高龄而终,我们清朝的袁枚也活到了八十二岁。

如果费尽心机、刻意经营、露才扬己,前人比喻这就是在暴殄天物,所以李贺二十七岁就夭折了,我们清朝的黄仲则死时也年仅三十五岁。这大概是因为怡神养性有益于人,劳累精神就对人有害啊。

【品读】

古人热衷于学道养性,崇尚顺乎自然;认为这样不仅有益于长寿,而且在对自然界的烟云的吐纳过程中,诗人也会获得一种极为恬淡自然的诗情,从而创造出能"入神品、逸品"的艺术作品来。而对那种"抉摘刻画、露其情状"的做法持不赞同的态度,即所谓"怡神者益人,劳神者贼人"。

这则诗话实际上也暗示了我国古典诗学所追求的一种诗人主体的人格美,诗人要钟情于自然,并于自然山水中见其性情;在此中,诗人本身被艺术化了,成为一首自然与人和谐浑成的诗。诗本身的工巧就有赖于与这种诗化生活情调达到同一。

万事不如杯在手 　吴仰贤(清)

"万事不如杯在手,一生几见月当头?"此宏光时王孟津奉敕①所书榜联也。二语诚佳。然施之草堂,则为风雅;施之黼座②,则成荒淫。岂可以诗人寓目自解哉?

——《小匏庵诗话》

【注释】

①敕:自上命下之词,特指皇帝诏书。

②黼座:即帝座。

【译文】

"万事不如杯在手,一生几见月当头?"这是宏光年间王孟津奉诏书写的榜联。这两句固然很好,但挂在草堂里面,显得风雅;挂在帝座上面,则显得荒唐淫逸,怎么能够当作诗人风雅自赏之作来理解呢?

【品读】

山林之间与庙堂之上,大抵信奉的是两种不同的人生哲学,"万事不如杯在手,一生几见月当头",是失意人的话,当权者自然不宜。然而是否一定泾渭分明互不相通,恐怕也难说得很。

赞诗救人 袁 枚（清）

己卯乡试,丹阳贡生丁震,负诗一册,踵门求见,年五十余矣。曰:"苦吟半生,无一知己;今所望者惟先生,故以诗呈教。如先生亦无所取,则震将投江死矣。"余骇且笑,急读之。是学前明七子者,于唐人形貌,颇能描摹,因称许数言。其人大喜而去。黄星岩戏吟云:"亏公宽着看诗眼,救得狂人蹈海心。"

——《随园诗话》

【译文】

乾隆己卯年(1759)乡试,丹阳的一位贡生于震,背负着一册诗歌,来到门前求见,年纪都已经五十多岁了。他说:"苦吟半生,无一知己;今所望者惟先生,故以诗呈教。如先生亦无所取,则震将投江死矣。"我既惊骇又觉得好笑,赶紧把他的诗歌拿来读。他的诗歌是学习前朝明代七子的做法,对于唐人诗歌的形态样貌,还是比较善于描摹的,因此就称赞夸奖了他几句话。这个人十分高兴地离开了。黄星岩对此事开玩笑地写诗说:"亏公宽着看诗眼,救得狂人蹈海心。"

【品读】

还不夸奖一下要出人命了。救人一命要紧,诗歌的品评标准暂时放到一边吧,何况这人学前七子复古拟古,还能得点唐人的形貌。袁枚好心人!

形影才肯相容 　袁　枚（清）

从古权贵在朝，未有能和协者。宋人《登山》诗云："直到天门最高处，不能容物只容身。"唐人《闺情》云："若非形与影，未必肯相容。"《宫词》云："闻有美人新进入，六宫无语一齐愁。"又曰："三千宫女如花貌，几个春来没泪痕？"皆可谓说尽世情。

——《随园诗话》

【译文】

自古权贵们在朝廷当官，没有能关系和谐的。宋人有《登山》诗说："直到天门最高处，不能容物只容身。"唐人的《闺情》诗说："若非形与影，未必肯相容。"《宫词》说："闻有美人新进入，六宫无语一齐愁。"又说："三千宫女如花貌，几个春来没泪痕？"都可以说是把世态人情说尽了。

【品读】

嫉妒人皆有之，尔虞我诈的人际关系把人类的生存环境弄得非常恶劣。这方面，没有制度规范的中国官场尤其严重，所以袁枚做了一个全时空的否定判断："从古权贵在朝，未有能和协者。"所引诗句非常形象地描写了嫉妒所达到的最高"境界"："若非形与影，未必肯相容。"若不是形影无法分离，否则也绝不会相容。

家贫梦买书 　袁　枚（清）

余少贫不能买书，然好之颇切。每过书肆，垂涎翻阅；若价贵不能得，夜辄形诸梦寐。曾作诗曰："塾远愁过市，家贫梦买书。"及作官后，购书万卷，翻不暇读矣。有如少时牙齿坚强,贫不得食;衰年珍馐满前,而齿脱腹果,不能餍饫,为可叹也!偶读东坡《李氏山房藏书记》,甚言少时得书之难,后书多而转无人读:正与此意相同。

——《随园诗话》

【译文】

　　小时候我因为家里贫穷不能买书,但是喜欢读书的欲望很是急切。每次遇到书店,都流着口水进去翻看阅读;如果因为书的价格太贵而没能买下,到了晚上做梦时都还想着买它。我曾经写过一首诗说:"塾远愁过市,家贫梦买书。"等到我做官以后,买的书有万余卷,反而没有闲暇读了。这就像年少时牙齿坚硬刚强,因为贫穷却没有吃的;等到年老休衰时,眼前满是美味佳肴,却又因牙齿脱落肚子也圆鼓鼓的,没法品味饱食,这是多么可叹的事情啊。偶然读到苏东坡的《李氏山房藏书记》一文,文中说年轻时获得书籍多么困难,等后来有很多书了却反而没人读书了:这与我这里说的意思正好相同啊。

【品读】

　　苏东坡、袁枚都是大读书人,他们都有这种体会,"家贫梦买书",富贵以后藏书多了反不珍惜,可见一生坚持良好的读书习惯是很难的。明白这个道理以后,调整一下读书心态如何?

和尚何不出家　袁　枚(清)

　　有僧见阮亭先生[①],自称应酬之忙,颇以为苦。先生戏云:"和尚如此烦扰,何不出家?"闻者大笑。余按:杨诚斋有句云:"袈裟未着嫌多事,着了袈裟事更多。"

——《随园诗话》

【注释】

　　①阮亭:指王士祯,字子真,一字贻上,号阮亭,又号渔洋山人,是清

初神韵说的代表诗人。

【译文】

有一个僧人去拜见王士禛,说自己应和酬唱之事太繁忙,对此很是苦恼。王士禛先生开玩笑说:"和尚如此烦扰,何不出家?"听到的人放声大笑。我加个例子:杨万里有一句诗说:"袈裟未着嫌多事,着了袈裟事更多。"

【品读】

出家本为清闲,反而更加繁忙。如果害怕繁忙,看来出家并不是办法。

谈诗品趣

白 马 诗 范摅(唐)

平曾献金陵牧薛大夫《白马诗》曰:"白马披丝练①一团,今朝被绊欲行难。雪中放去唯留迹,月下牵来只见鞍。向北长鸣天外远,临风斜坠耳边寒。自知毛骨还应异,更请王良②仔细看。"特以献诗,为薛所留。

——《云溪友议》

【注释】

①练:洁白的丝带。

②王良:春秋时,晋国的善御者。

【译文】

平曾给金陵长官薛大夫献了一首《白马诗》:"白马披丝练一团,今朝被绊欲行难。雪中放去唯留迹,月下牵来只见鞍。向北长鸣天外远,临风斜坠耳边寒。自知毛骨还应异,更请王良仔细看。"他故意把这首诗献给薛大夫,被薛大夫留下来当了官。

【品读】

毛遂敢于自荐,是因为自己有才。平曾自喻为"长鸣天外"的白马,是不是名副其实呢?平曾的高明之处在于拍得薛大夫很舒服,终于实现了自己不可告人的目的。

明皇听曲 郑繁①(唐)

明皇将幸蜀②,登花萼楼。使楼前善《水调》者登楼而歌曰:"山川满目泪沾衣,富贵荣华得几时!不见而今汾水上,惟有年年秋雁飞。"顾侍者曰:"谁为此?"对曰:"宰相李峤辞也。"明皇曰:"真才子!"不待曲终而去。

——《明皇传信记》

【注释】

①郑綮:字蕴武,郑州荥阳人,唐昭宗光化二年(899)进士,官至宰相,以太子少保致仕。善诗,多诙谐语,时号"郑五歇后体"。此则诗话转引自《诗话总龟》,书前总目有《开元传信记》,而正文署《明皇传信记》,当即一书。

②幸蜀:美言临幸西蜀,其实就是"安史之乱"中避难西逃。

【译文】

唐明皇准备西奔蜀地时,登上花萼楼散心。他吩咐楼前会唱《水调》歌曲的歌人登楼为他唱歌,歌者唱道:"山川满目泪沾衣,富贵荣华得几时!不见而今汾水上,惟有年年秋雁飞。"明皇回头问侍者:"这支歌是谁作的?"侍者回答说:"是宰相李峤写的歌词。"唐明皇说:"真是个才子!"等不得听完全曲就走了。

【品读】

古往今来,江山易主,朝廷改姓,已经多少回了?只秋雁无知,年年飞来,人间世务,瞬间又改。处"安史之乱"中面临失国危难的李隆基,哪能忍住听完这样伤心惨目的词曲?"不待曲终而去"六字,含意十分丰富。

身轻一鸟过　欧阳修①(宋)

陈公时偶得《杜集》②旧本,文多脱误,至《送蔡都尉》③诗云:"身轻一鸟",其下脱一字。陈公因与数客各用一字补之,或云"疾",或云"落",或云"起",或云"下",莫能定。其后得一善本④,乃是"身轻一鸟过"。陈公叹服,以为虽一字,诸君亦不能到也。

——《六一诗话》

【注释】

①欧阳修(1007—1072):字永叔,号醉翁,晚号六一居士,吉州庐陵(今江西吉安)人。北宋天圣八年(1030)进士,官至枢密副使,参知政事。卒谥文忠。欧阳修是北宋大文学家,其《六一诗话》首立诗话之名,开创了随笔谈诗的专门文体,从此,诗话著作滚滚而来。

②陈公:陈从易,字简大,北宋文人,著有《泉山集》。杜集,唐朝诗人杜甫的诗集。

③《送蔡都尉》是杜甫送给哥舒翰军将官的诗作。

④善本:在学术上或艺术上有重要价值而又珍贵难得的图书,如旧刻本、精钞本、手稿、旧拓碑帖等,通常称为"善木"。

【译文】

陈从易偶然得到了一本残旧的《杜甫诗集》,其中文字多有脱落,《送蔡都尉》诗中有"身轻一鸟",最末一字脱落。陈公于是和几个客人试着补上一字,有人补"疾"字,有人补上"落"字,还有人加上"起"字,或"下"字,一时难以定夺。后来陈公又得到了杜诗的旧刻本,原句却是"身轻一鸟过"。陈公深深叹服,认为这虽然只有一个字,但许多人都不能达到杜甫的润色之功。

【品读】

杜甫老于诗律,出语惊人,皆是从锤炼中出。这里讲的就是一例。"过"字是诗人刻画蔡都尉动作迅疾,跳跃时像鸟儿在人眼前飞过。正如仇兆鳌注:"一鸟过,见其势疾",而众人所补的"疾"只言快速,"落""起""下"是说动作的开始和结束,都不及"过"字生动准确。杜诗语奇,由此可见。

以诗穷至死　欧阳修(宋)

孟郊、贾岛①皆以诗穷至死,而平生尤自喜为穷苦之句。孟有《移居》②诗云:"借车载家具,家具少于车",乃是都无一物耳。又《谢人惠炭》云:"暖得曲身成直身"③,人谓非其身备尝之而不能此句也。贾云："鬓边虽有丝,不堪织寒衣",就令织得,能得几何?又其《朝饥》诗云："坐闻西床琴,冻折两三弦",人谓其不止忍饥而已,其寒亦何可忍也?

——《六一诗话》

【注释】

①孟郊、贾岛:唐代著名苦吟诗人,一字东野,一字阆仙。

②《移居》:全诗为:"借车载家具,家具少于车。借车莫弹指,贫穷何足嗟。百年徒役走,万事尽随花。"

③"暖得曲身成直身":意思即因天气寒冷,肢体蜷曲在一起,炭火一烤才舒展开来。

【译文】

孟郊、贾岛都是因写诗、穷困而死的,他们生平也特别爱写描述穷迫愁苦的诗句。孟郊有一首《移居》诗说:"借车载家具,家具少于车",说的是家贫无长物的惨况。又有一首《谢人惠炭》写道:"暖得曲身成直身",人们认为不是他亲身体验过,是写不出这样的句子来的。贾岛有诗句:"鬓边虽有丝,不堪织寒衣",即使发丝真的可以织寒衣,又能织得多少呢?还有《朝饥》诗:"坐闻西床琴,冻折两三弦",人们说他不仅是在忍受着饥饿,那种严寒他又怎么能忍受得了呢?

【品读】

诗人何为?这恐怕不是从现代社会才开始的疑问,而是诗学(文学)自觉后就一直发生着的悖论性的历史。

作为苦吟诗人,诗并不能治愈饥寒的生活给他们带来的心灵的创伤。他们的诗就像河蚌产出珍珠一样,是以病苦甚至以向诗神殉道为代价的。而诗也给予他们以无奈之外的精神性补偿。

作为苦吟诗人,至死方休,那就是整个人生。

考 状 元 欧阳修(宋)

吕文穆公①未第时,尝游一县。胡大监旦方随其父宰是县,遇吕甚薄。客有誉吕曰:"吕君工于诗,宜少加礼。"胡问诗之警句,客举一篇,其卒章云:"挑尽寒灯梦不成。"胡笑曰:"乃是一渴睡汉耳。"吕闻之,甚恨而去。明年,首中甲科②,使人寄声语胡曰:"渴睡汉状元及第矣。"胡笑曰:"待我明年第二人及第,输君一筹。"既而次榜亦中首选。

——《六一诗话》

【注释】

①吕文穆公:即吕蒙正,字圣功,北宋人。太平兴国二年(977)举进士第一。

②甲科:唐宋进士分甲乙科,明清则通称进十为甲科,举人为乙科。

【译文】

吕蒙正未中进士时,曾经游历到某县。大监胡旦当时正同在此地当县官的父亲住在一起,对待吕蒙正很冷淡。有客人对胡旦称赞吕蒙正说:"吕君诗写得很好,你应对他有礼貌一些。"胡旦问他有哪些好的诗句,客人举出一篇,最后一句是:"挑尽寒灯梦不成。"胡旦笑道:"这是写的一个渴睡汉罢了。"吕蒙正听到此话,很气愤地离开这里。第二年,吕蒙正高中甲科第一名,托人带话给胡旦:"渴睡汉状元及第了。"胡旦笑答:"明年如果我只考取第二名,算我输给你了。"第二年,胡旦也考得第一名。

【品读】

文人相轻,有时发展到抬杠,这里举出很好的一例。古来此类事多矣。不过抬杠双方实力相当,势均力敌,同样才华横溢,倒使结局充满皆大欢喜的戏剧性。

抬杠的幽默 欧阳修(宋)

圣俞①尝云:"诗句义理虽通,语涉浅俗而可笑者,亦其病也。如有《赠渔父》一联云:'眼前不见市朝事,耳畔惟闻风水声。'说者云：'此渔父肝脏热而肾脏虚也。'又有咏诗者云：'尽日觅不得，有时还自来。'本谓诗之好句难得耳，而说者云：'此是人家失却猫儿诗。'人皆以为笑也。"

——《六一诗话》

【注释】

①圣俞：即北宋诗人梅尧臣，字圣俞。

【译文】

梅圣俞曾说："诗句的义理虽通，但语言太浅俗而让人觉得可笑，也还是一个弊病。比如《赠渔父》中有两句：'眼前不见市朝事，耳畔惟闻风水声。'有论者说：'这是渔父肝脏热而肾脏虚。'又有咏诗的句子：'尽日觅不得，有时还自来。'本来是形容好的诗句难得，而有论者说：'这是家里的猫儿不见了。'大家都觉得好笑。"

【品读】

古人幽默，于抬杠中可见一斑。

诗偷古人 刘 攽①（宋）

僧惠崇诗云："河分冈势断，春入烧痕青。"然唐人旧句。而崇之弟子吟赠其师诗曰："河分冈势司空曙，春入烧痕刘长卿。不是师偷古人句，古人诗句似师兄。"杜工部有"峡束苍江起，岩排石树圆"，顷苏子美遂用"峡束苍江，岩排石树"做七言句。子美岂窃诗者，大抵讽古人诗多，则往往为己得也。

——《中山诗话》

【注释】

①刘攽（1023—1089）：北宋史学家、诗人。

【译文】

僧人惠崇诗有这样的妙句："河分冈势断，春入烧痕青。"但这是唐人的旧句子。而惠崇的弟子在赠给老师的诗中说:"河分冈势司空曙,春入烧痕刘长卿。不是师偷古人句,古人诗句似师兄。"杜甫有诗句"峡束苍江起,岩排石树圆",后来苏子美就用其中"峡束苍江,岩排石树"做了七言律诗。苏子美怎能是盗窃前人诗句的人呢,大概吟咏背诵古人的诗太多,就往往以为是自己想出来的了吧。

【品读】

有好事者查找出处,并没在司空曙和刘长卿的诗集里找到"河分冈势断,春入烧痕青"的句子,猜想也许这里有冤案。而苏子美为什么也用了杜甫的句子呢,大约背多了古诗,出口就来,已经不知道这是古人的东西了,不是说"熟读唐诗三百首,不会吟诗也会吟"吗?偷了前人的诗还可能不知道呢。

调 水 符 吴　聿(宋)

东坡爱玉女洞中水,既致两瓶,恐后复取而为使者见绐[1]。因破竹为契,使寺僧藏其一,以为往来之信,戏谓为调水符,作诗云:"欺谩久成俗,关市有契繻[2]。谁知南山下,取水亦置符。古人辨淄渑[3],皎若鹤与凫[4]。吾今既谢此,但视符有无。常恐汲水人,智出符之馀。多防竟无及,弃置为长吁。"此当与择胜亭俱传于好事者,非确论也。

——《观林诗话》

【注释】

①绐(dài):古同"诒",欺骗;欺诈。

②契繻(qì xū):古代用帛制的符信。

③淄渑(zī miǎn):淄水和渑水的并称。皆在今山东省。相传二水味道不同,混合以后则难以辨别。

④皎若鹤与凫:指古人辨别淄水和渑水,就像辨别鹤与凫一样清楚。凫,俗称野鸭。

【译文】

苏轼喜爱喝玉女洞中的水，已经取回了两瓶，怕之后再去取水被下人哄骗。于是将竹子一破为二作为凭据，让寺里僧人保存其中一片，以作为往来交换的凭据，苏轼戏称为调水符。他写诗道："欺谩久成俗，关市有契繻。谁知南山下，取水亦置符。古人辨淄渑，皎若鹤与凫。吾今既谢此，但视符有无。常恐汲水人，智出符之馀。多防竟无及，弃置为长吁。"对于好谈论雅事的人来说，这件事应当与择胜亭事一样都是好事者们传出来的，不一定真有其事。

【品读】

古人品茶，讲究好水，不同地点的水，细品有不同的味。苏轼好这一口，怕取水的人厌烦路远取近处的水来敷衍哄骗，竟想出了破竹为契的好主意。取水归来，得把寺里僧人保存那一片竹子交换回来做凭据，就无法作弊了。也算文人雅事吧。最感叹的是古人的舌头，能把不同地点的水之细微差异都仔细辨别出来。

何故女不跪　文　莹①（宋）

太祖问赵普②："男尊女卑，何故男跪而女不跪?"群臣无对者。惟王贻孙③曰："古者男女皆跪，至唐则天时始拜而不跪。"太祖曰："何以为实?"贻孙曰："古诗云：长跪问故夫。"遂得振学誉。

——《玉壶清话》

【注释】

①文莹：俗姓不详，字道温，钱塘人，约宋仁宗嘉祐间尚在世，与苏舜钦为诗友，曾访欧阳修，熙宁间居荆州金銮寺。

②太祖：宋代开国皇帝赵匡胤。赵普，北宋名臣，曾助赵匡胤策划陈桥兵变，相传"半部《论语》治天下"即他所言。

③王贻孙：官至主客员外郎。

【译文】

宋太祖问赵普:"按礼教规矩是男尊女卑,但是为什么男的跪,女的反而不跪呢?"满朝大臣都不能回答。只有王贻孙回答道:"古时候是男女都跪,到唐代武则天当皇帝时才开始女的只拜而不跪。"太祖道:"你以什么作为根据呢?"贻孙回答说:"古诗不是说:'长跪问故夫'吗?"这回算是为读书人挣回了面子。

【品读】

"长跪问故夫"出于汉乐府诗《上山采蘼芜》,是一首写女子被弃的诗。宋太祖兵变得了江山,天下男子都得跪他,女人比男人还要地位卑贱,何以反而不跪? 这一问,可见其奴役天下之心。而贻孙之答,不过表现了文臣的博学而已,看来女人不跪,还得感谢把天子男人也奴役了几人的则大女皇。

牡丹堪笑 吴处厚(宋)

王文康①公,性质重厚②,尝作诗曰:"枣花至小能成实,桑叶虽粗解③吐丝。堪笑牡丹如斗大,不成一事又空枝。"

——《青箱杂记》

【注释】

①王文康:北宋名臣王曙,字晦叔,谥文康。

②性质重厚:性情质实,重视为人之朴厚。

③解:懂得,能够。

【译文】

谥号文康的王曙老先生,性情质实,为人重厚,曾作诗说:"枣花至小能成实,桑叶虽粗解吐丝。堪笑牡丹如斗大,不成　事又空枝。"

【品读】

这首诗以花叶喻人品,推重以实绩取人,而讽刺华而不实。

早　行　刘　斧（宋）

古有《早行诗》云："主人灯下别，羸①马月中行。"又王基若云："旅人心自急，公子梦犹迷。"惟江东逸人王举衮诗曰："高空有月千门闭，大道无人独自行。"最为绝唱。

——《青琐集》

【注释】

①羸：瘦弱。

【译文】

古人有《早行诗》说："主人灯下别，羸马月中行。"王基若则作诗说："旅人心自急，公子梦犹迷。"唯有自号江东逸人的王举衮作诗称："高空有月千门闭，大道无人独自行。"最有资格称作绝唱。

【品读】

"高空"一联立意甚高，对偶工整。"高空有月千门闭"，加上"大道无人"仅为一句半话，便将早行之前的场景气氛安排妥当。往后不用思索便知得让早行人上场"独自行"了。

张球献诗　刘　斧（宋）

吕许公，一日有张球献诗云："近日厨中乏短供，孩儿啼哭饭箩空。母因低语告儿道：爷有新诗谒相公。"公以俸钱百缗遗之。

——《青琐集》

【译文】

许国公吕夷简有一天接到张球的献诗，诗中说："近日厨中乏短供，孩儿啼哭饭箩空。母因低语告儿道：爷有新诗谒相公。"吕公随即以俸钱一百缗赠送给他。

【品读】

　　乞钱诗也写得如此清新别致，无怪乎能感动宰相之心而解囊相助了。由此还可得知：古来文人墨客之中，富于文才而贫于钱财之人，可谓多矣。

能诗者不敢措手　刘　斧（宋）

　　三闾大夫屈平，字灵均，沉沙之处汨罗江在岳州境内。正庙以渔父配享。唐末，有洪州衙前军将，忘其姓名，题一绝云："苍藤古木几经春，旧祀祠堂小水滨。行客谩陈三酹①酒，大夫元是独醒人。"自后，能诗者不敢措手。

　　　　　　　　　　　　　　　　　　——《青琐集》

【注释】

　　①酹(lèi)：洒酒在地上表示祭奠。

【译文】

　　楚国三闾大夫屈原，又字灵均，他怀沙自沉之处的汨罗江在岳州境内。其正庙以渔父配享。唐末时，有位洪州府的衙前军将，人们忘了他的姓名，他曾题写一首七绝说："苍藤古木几经春，旧记祠堂小水滨。行客谩陈三酹酒，大夫元是独醒人。"从此之后，能作诗的人不敢放手再作。

【品读】

　　先行者有了超水平的发挥，后来者即便有才也难以为继。这就如同黄鹤楼上，李白"眼前有景道不得"，就因"崔颢题诗在上头"一样。欲写之景人已写出，想抒之情人已抒过；纵使才高八斗，竟也无可如何！而眼前这篇诗话中，难倒众位诗作者的，竟是一无名军将，这就更让人惊奇佩服了。

美意悠情

舞低杨柳楼心月　不著撰人（宋）

晏叔原工小词，如"舞低杨柳楼心月，歌尽桃花扇底风"，不愧六朝宫掖体。荆公小词云："揉蓝一水萦花草，寂寞小桥千嶂抱，人不到，柴门自有清风扫。"略无尘土思。山谷小词云："春未透，花枝瘦，正是愁时候。"极为学者所称赏。味秦湛处度①尝有小词云："春透水波明，寒峭花枝瘦"，盖法山谷也。

——《雪浪斋日记》

【注释】

①秦湛处度：秦湛，字处度，宋朝人，工诗能词。

【译文】

晏几道擅长小词，如"舞低杨柳楼心月，歌尽桃花扇底风"，不愧是承继六朝的宫掖体。王安石的小词："揉蓝一水萦花草，寂寞小桥千嶂抱，人不到，柴门自有清风扫。"完全不粘一点尘土，超凡脱俗。黄庭坚的小词："春未透，花枝瘦，正是愁时候。"极为有学之士所称赏。玩味秦湛曾写的小词："春透水波明，寒峭花枝瘦。"是师法黄庭坚呀。

【品读】

晏几道的小词脂粉铅浓，王安石的小词自然贴切，黄庭坚的小词料峭妥帖，很难说他们孰优孰劣，因为每个人的审美情趣是不同的。秦湛生吞了黄庭坚，但只学到了皮毛，未及筋骨。

何处最好　不著撰人（宋）

荆公①问山谷②云："作小词曾看李后主词否？"云："曾看。"荆公云："何处最好？"山谷以"一江春水向东流"为对。荆公云："未若'细雨梦回鸡塞远，小楼吹彻玉笙寒'。又'细雨湿流光'最妙。"

——《雪浪斋日记》

【注释】

　　①荆公：即王安石。

　　②山谷：即黄庭坚。

【译文】

　　王安石问黄庭坚说："你写小词的时候曾经看过李煜的词吗?"黄庭坚说："看过。"王安石说："哪些地方写得最好?"黄庭坚用"一江春水向东流"回答。王安石说："不如'细雨梦回鸡塞远,小楼吹彻玉笙寒'。还有'细雨湿流光'最好。"

【品读】

　　王安石和黄庭坚讨论李煜的词哪些地方写得最好,两人的答案是不一样的。所谓各具慧眼,"一千个观众有一千个哈姆雷特",果真如此。

酒　旗　诗　魏　泰（宋）

　　福唐有老妪当垆,有举子①谓妪曰："吾能与尔致数十千。"乃令妪作酒帘,题曰："下临广陌三条阔,斜倚危楼百尺高。"太守王祠部逮②见之大喜,呼妪,与钱五千、酒一斛③。盖诗乃王公《咏酒旗诗》,平生最得意者。

——《东轩笔录》

【注释】

　　①举子：被举荐应试的读书士子。

　　②祠部：礼部四司之一,掌管祭祀。逮,王逮。

　　③斛：量器及容量单位,古以 10 斗为一斛,南宋时改为 5 斗为一斛。

【译文】

　　福唐有个老太婆开店卖酒,有一个来应试的读书人对她说："我有办法让你得到成千上万的钱。"于是吩咐老太婆做了一个酒帘,举子挥笔题诗:"下临广陌三条阔,斜倚危楼百尺高。"太守王逵一见大喜,把老太婆叫来,赏钱五千,酒十斗。原来举子所题的是王老先生的《咏酒旗诗》,生平最为得意的作品。

【品读】

举子懂心理学,而王公入其彀中,豪爽得可爱。谁不愿意自己的得意之作被人推崇欣赏?卖酒老太婆一定大喜过望,原来做生意还有这一条发财的捷径。

人语与鬼语　王直方（宋）

刘讽参军宿山驿,月明,有数女子自屋后来,命酌庭中,歌曰:"明月清风,良宵会同。星河易翻,欢娱不终。绿樽翠杓,为君斟酌。今夕不饮,何时欢乐?"此《广记》所载鬼诗也。山谷曰:"当是鬼中曹子建①所作。"东坡亦以为然。又有一篇云:"玉户金釭,愿陪君王。邯郸宫中,金石丝簧。郑女卫姬②,左右成行。纨绮缤纷,翠眉红妆。王欢转盼,为王歌舞。愿得君欢,长无灾苦。"苏公以为"邯郸宫中,金石丝簧",此两句不惟人少能作,而知之者亦极难得耳。醉中为余书此。张文潜见坡、谷论说鬼神,忽曰:"旧时鬼作人语,如今人作鬼语。"二公大笑。

　　　　　　　　　　　——《王直方诗话》

【注释】

①曹子建:曹植,曹操之子,有才高八斗之誉,诗极清美。

②郑女卫姬:郑国、卫国的美女。

【译文】

刘讽参军夜宿山里的旅店,月色明亮,有几个女子从屋后出来,请他在庭院中饮酒,她们唱道:"明月清风,良宵会同。星河易翻,欢娱不终。绿樽翠杓,为君斟酌。今夕不饮,何时欢乐?"这是《太平广记》所记载的故事里一首鬼做的诗。黄庭坚说:"这应该是鬼中间像曹子建那样的才子所作。"苏东坡也同意这个评价。又有一篇诗是:"玉户金缸,愿陪君王。邯郸宫中,金石丝簧。郑女卫姬,左右成行。纨绮缤纷,翠眉红妆。王欢转盼,为王歌舞。愿得君欢,长无灾苦。"苏东坡认为"邯郸宫中,金石丝簧"这两句,不仅少有人做得出来,而且懂得欣赏的人也很难得。因而乘着醉意为我把这首诗写成书法。张文潜见东坡、庭坚讨论鬼诗,忽然说:"过去鬼说人话,今天人说鬼话。"两位先生放声大笑。

【品读】

人喜欢鬼诗,鬼诗却在描写人世的欢乐,"出于幺域,顿入人间",确实是鬼说人话,人说鬼话。

老夫少妻　陈正敏[①]（宋）

东坡在丰城[②],有老人生子,为具[③]召东坡,且求一诗。东坡问:"翁年寿几何?"曰:"七十。""翁之妻几何?"曰:"三十。"东坡即席戏作八句,其警联云:"圣善方当而立岁[④],乃翁已及古稀年[⑤]。"

——《遁斋闲览》

【注释】

①陈正敏:自号遁翁,宋延平人,著有《遁斋闲览》《剑溪野语》等。

②丰城:今属江西。

③为具:整备酒席。

④圣善:古时对母亲的美称。而立之年是指三十岁,因《论语》有"三十而立"之说。

⑤古稀午:七十岁。

【译文】

东坡在丰城,有一位老人生了儿子,办好酒席宴请东坡,并且请求他题一首诗。东坡问老人:"老先生今年高寿多少了?"回答说:"七十。"

东坡又问："您妻子多大年纪?"回答说："三十。"于是东坡即席戏作一首七律、八句诗,最妙的一联是:"圣善方当而立岁,乃翁已及古稀年。"

【品读】

老夫少妻,喜得贵子,三十岁的年轻妈妈,七十岁的老爸,喜庆中难免有几分喜剧味,滑稽味,苏东坡就抓住了这种感觉,给以善意的嘲弄。

何患无辞 李　颀(宋)

说者谓王右丞《终南诗》皆讥时宰。诗云"太乙近天都,连山接海隅",言势位盘据朝野也;"白云回望合,青霭入看无",言徒有表而无内也;"分野中峰变,阴晴众壑殊",言恩泽偏也;"欲投人处宿,隔水问樵夫",言畏祸深也。

——《古今诗话》

【译文】

论诗者说王维《终南山》一诗全是讥刺当时宰相的。诗中说:"太乙近天都,连山接海隅",指的是宰相的势位盘据朝野;"白云回望合,青霭入看无",指的是徒有其名而无实才;"分野中峰变,阴晴众壑殊",指的是恩泽偏私;"欲投人处宿,隔水问樵夫",说明畏祸之心甚深。

【品读】

经论者一番推论,一首山水景物之诗顿时化为讽刺时政之作。读诗本是为了品趣,此处何趣之有? 由此可以想见后世文人束笔不敢出言的苦衷。

谢　蝴　蝶 李　颀(宋)

谢学士吟《蝴蝶诗》三百首,人呼为谢蝴蝶,其间绝有佳句,如:"狂随柳絮有时见,舞入梨花何处寻?"又曰:"江天春晚暖风细,相逐卖花人过桥。"古诗有"陌上斜飞去,花间倒翅回"。又云:"身似何郎贪傅粉,心如韩寿爱偷香。"终不若谢句意深远。

——《古今诗话》

【译文】

谢学士有吟诵蝴蝶的诗篇三百首,人们称他为谢蝴蝶,其诗中有绝妙佳句,例如:"狂随柳絮有时见,舞入梨花何处寻?"再如:"江天春晚暖风细,相逐卖花人过桥。"古诗曾有"陌上斜飞夫,花间倒翅回"。再如:"身似何郎贪傅粉,心如韩寿爱偷香。"但终究不如谢学士的诗句意味深远。

【品读】

谢学士吟咏蝴蝶,因观察入微,故诗意清新,读来可喜。诗话作者的评语,不厚古诗而爱今作,更令人服其鉴赏之公。

故国三千里 李　颀(宋)

张祜有《观猎诗》并宫词,白傅称之。《宫词》云:"故国三千里,深宫二十年。一声《何满子》,双泪落君前。"小杜守秋浦,与祜为诗友,酷爱祜《宫词》,赠诗曰:"如何'故国三千里',虚唱歌词满六宫?"又诗寄祜云:"睫在眼前人不见,道非身外更何求?谁人得似张公子,千首诗轻万户侯?"

——《古今诗话》

【译文】

张祜有《观猎》诗及《宫词》,很受白居易称赏。《宫词》说:"故国三千里,深宫二十年。一声《何满子》,双泪落君前。"杜牧为秋浦郡守时,与张祜结为诗友,他酷爱张祜的《宫词》,曾作赠诗说:"如何'故国三千里',虚唱歌词满六宫?"还作诗寄给张祜说:"睫在眼前人不见,道非身外更何求？谁人得似张公子,千首诗轻万户侯?"

【品读】

张祜《宫词》虽是描述深宫女子远别故土、青春虚度的痛苦之情,但也间接映衬出臣子仕途坎坷、有志难伸的抱怨之感,故能引起士大夫们的共鸣。

到处相逢说项斯　李　顼(宋)

杨祭酒尝见江表士人项斯诗,赠之诗云:"度度见君诗最好,及观标格过于诗。平生不解藏人善,到处相逢说项斯。"由是四方知名。

——《古今诗话》

【译文】

祭酒杨敬之曾经见过江东士人项斯的诗作,并赠诗与他,诗中说:"度度见君诗最好,及观标格过于诗。平生不解藏人善,到处相逢说项斯。"由此诗名达于四方。

【品读】

人虽有才,出名亦难。如非杨祭酒"到处相逢说项斯",项斯何以扬名于四方!"平生不解藏人善",难能可贵之品格,殊不多见。

诗在灞桥风雪中　李　顼(宋)

唐相郑綮《赠老僧》诗曰:"日照西山雪,老僧门未开。冻瓶粘柱础,宿火隐炉灰。童子病归去,鹿麑①寒入来。"自云此诗可以衡称,重轻不偏也。尝有人问:"相国近有新诗否?"曰:"诗在灞桥②风雪中驴子上,此中安可得之?"

——《古今诗话》

【注释】

①麂：鹿中的一种。

②灞桥：地名，在今陕西省西安市。

【译文】

唐朝宰相郑綮《赠老僧》诗说："日照西山雪，老僧门未开。冻瓶粘柱础，宿火隐炉灰。童子病归去，鹿麂寒入来。"自称这首诗可以称，轻重相等，不偏不倚。曾经有人问："相国近日有新诗吗？"他说："诗在灞桥风雪中的驴背上，这里哪能得到呢？"

【品读】

老僧超凡脱俗，相国飞来神笔，两者都"重轻不偏"。陆游说作诗"功夫在诗外"，相国真的是在诗外作诗。

任是无情也动人　阮　阅（宋）

曹唐①、罗隐②同时，有诗名。罗曰："唐有鬼诗。"或曰："何也？"曰："树底有天春寂寂，人间无路月茫茫。"唐曰："隐有牡丹诗。"或曰："何也？"曰："若教解语应倾国，任是无情也动人。"

—— 《诗话总龟》

【注释】

①曹唐：字尧宾，初为道士，后曾应进士不第，唐懿宗咸通年间为诸府从事，工诗擅文。

②罗隐：本名横，因性傲为公卿所恶，故屡试不第，乃更名隐。唐僖宗光启年间曾为钱塘县令，累官至谏议大夫、给事中。诗名甚广，长于咏史，恃才傲物，多所讥讽。

【译文】

曹唐与罗隐是同时代人，都有诗名。罗隐开玩笑说："曹唐有鬼诗。"人问："是什么句子？"罗隐回答说："树底有天春寂寂，人间无路月茫茫。"曹唐说："罗隐有牡丹诗。"人问："是什么句子？"回答说："若教解语应倾国,任是无情也动人。"

【品读】

　　曹唐好作游仙诗,罗隐却说是鬼诗,所举例句读之是有点鬼世界的氛围。罗隐的《牡丹诗》中二句十分生动,已经传为名句。据史料说,当时文友聚会,罗隐开了曹唐的玩笑后,曹唐也以此作为谈笑之资,故意曲解《牡丹诗》为"咏障子诗",来回敬罗隐,惹得一座大笑。诗人雅谑,可博一乐。"障子",此处或者是指有语言障碍的哑巴美人。

得句先呈佛　黄　彻(宋)

　　吴迈远①好自夸而嗤鄙他人,每作诗得称意语,辄掷地呼曰:"曹子建何足数哉!"袁嘏谓人曰:"我诗有生气②。"亦以用心深苦,俄而有得,宜不胜其喜。子美云"语不惊人死不休",贯休谓"得句先呈佛③",皆为此也。

——《碧溪诗话》

【注释】

　　①吴迈远:南朝宋人,好辞章,宋明帝曾召见。其事附见《南史·檀超传》。

　　②"袁嘏"句:钟嵘《诗品》卷下《齐诸暨令袁嘏》中说:"嘏诗平平耳,多自谓能。尝语徐太尉云:'我诗有生气,须人捉着,不尔,便飞去。'"

　　③贯休:晚唐僧人。

【译文】

　　吴迈远喜欢夸耀自己而鄙视他人,每逢作诗有了满意的句子,就会把笔扔在地上大声狂喊:"才高八斗的曹植算老几!"袁嘏也曾对人说:"我的诗有生命,必须捉住,不然就飞跑了。"这是因为他们用心太深太苦,偶而得到妙句,便喜不自禁。杜甫说"语不惊人死不休",贯休说"得句先呈佛",都为的是追求这种诗歌艺术的灵感。

【品读】

灵感难得,妙句难求,偶一得之,乐不自胜。或疯喜如吴迈远、袁嘏,有点忘乎所以;或感动如贯休,急忙去感谢菩萨。处在创作灵境中的诗人,痴迷得可爱。

诗　　呆 黄　彻(宋)

或问郑綮①:"相国近有诗否?"答云:"诗思在灞桥风雪中驴子上,此处哪得之!"《北梦琐言》载:綮虽有诗名,本无廊庙之望,及登庸②,中外惊骇。太原兵至渭北,天子震恐,渴于攘却,綮请于文宣王③谥号中加一"哲"字。其不究时病,率此类。愚谓此人止可置之风雪中,令作诗也。

——《碧溪诗话》

【注释】

①郑綮:唐代一位相国,有诗名,而乏经济之才。

②登庸:庸,用也。提拔重用高升之意。

③文宣王:指儒家宗师孔子。

【译文】

有人问郑綮:"相国最近有新诗吗?"回答说:"写诗的情思在灞桥风雪路途的驴子背上,这里哪来诗!"《北梦琐言》记载:郑綮虽有诗名,但本没有当朝掌权的愿望,所以当他突然高升为相国时,朝廷内外都很惊讶。太原兵祸已经打到了渭水之北,天子大惊失色,惶恐不安,急盼早日打退,而綮却奏请在文宣王孔老夫子的谥号中再加一个"哲"字。不识时务,故多有此类趣闻。我看这个人只能够放在风雪旅途,让他作诗去吧。

【品读】

兵临城下,还那么文兮兮地思考并表奏孔夫子的谥号中是不是还缺一个"哲"字,真迂腐得可以!这是一种书呆子型,也真只能让他到灞桥风雪中寻诗去。

两解之辞 黄 彻（宋）

明宗①召蜀中旧臣赋蜀主降巨唐诗，王偕②等皆讥荒淫。独中丞牛希济③曰："唐主再悬新日月，蜀王难保旧山川。"明宗曰："希济不谤君亲，忠孝也。"赐百缣段。余谓希济但能两解之辞而已。江革云："不能杀身报主，得死为幸，誓不为人执笔！"此可以厉臣子之节。

——《碧溪诗话》

【注释】

①明宗：五代十国时后唐明宗李直。

②王偕：疑当作王锴，字嬛祥，曾仕蜀，为翰林学士，迁御史中丞，历中书侍郎同平章事。

③牛希济：陇西人，仕蜀，为起居郎，累官翰林学士、御史中丞。入唐后为雍州节度副使。

【译文】

后唐明宗李直曾把蜀国旧臣都召来，让他们以蜀国君主投降大唐为题材做诗。王偕等人的诗都是讥讽蜀王荒淫误国，唯独中丞牛希济却写的是："唐主再悬新日月，蜀王难保旧山川。"明宗说："希济不诽谤前朝君王，真是忠孝之人。"于是赐给缎百匹。我说牛希济只不过会说两面光的话而已。江革说："不能杀身报主，死就是幸事了，誓不为人抽笔！"这真可以激励忠臣的气节。

【品读】

改朝换代是君主专制时代的家常便饭，这可难为了那些做贰臣的。牛希济的诗说得新朝旧朝都能接受，也算挖空心思了，但是与江革一比，还是让人识破了真相，也是无可奈何的事。

千丝万絮惹春风 胡　仔（宋）

苕溪渔隐曰：刘义《落叶诗》云："返蚁难寻穴，归禽易见窠。满廊僧不厌，一片俗嫌多。"郑谷《柳诗》云："半烟半雨溪桥畔，间杏间桃山路中。会得离人无限意，千丝万絮惹春风。"或戏谓此二诗乃落叶及柳谜子。观者试一思之，方知其善谑也。

　　　　　　　　　　——《苕溪渔隐丛话》

【译文】

苕溪渔隐说：刘义《落叶诗》说："返蚁难寻穴，归禽易见窠。满廊僧不厌，一片俗嫌多。"郑谷《柳诗》说："半烟半雨溪桥畔，间杏间桃山路中。会得离人无限意，千丝万絮惹春风。"有人开玩笑说这两首诗是写落叶和柳谜子的，看的人试着思考一下，才知道这是善意的戏谑了。

【品读】

诗中有诗，诗中有画，这都是诗的隐秘之处，只是有的人断章取义，有的人善解其意罢了。

以句得名 葛立方（宋）

唐朝人士，以诗名者甚众，往往因一篇之善，一句之工，名公先达①为之游谈延誉，遂至声闻四驰。"曲终人不见，江上数峰青"，钱起以是得名。"故国三千里，深宫二十年"，张祜以是得名。"微云淡河汉，疏雨滴梧桐"，孟浩然以是得名。"兵卫森画戟，宴寝凝清香"，韦应物以是得名。"野火烧不尽，春风吹又生"，白居易以是得名。"敲门风动竹，疑是故人来"，李益以是得名。"鸟宿池边树，僧敲月下门"，贾岛以是得名。"画栋朝飞南浦云,珠帘暮卷西山雨",王勃以是得名。"华裙织翠青如葱,入门下马气如虹",李贺以是得名。然观各人诗集,平平处甚多,岂皆如此等句哉?古人所谓尝鼎一脔②,可以尽知其味,恐未必然耳。杜子美云:"为人性僻耽佳句,语不惊人死不休。"则是凡子美胸中流出者,无非惊人之语矣。读其集者,当知此言不妄,殆非前数公之可比伦也。

——《韵语阳秋》

【注释】

①名公先达:名公,指有名望的人;先达,有地位有声望的先辈。

②尝鼎一脔:语出《吕氏春秋·察今》:"尝一脔肉而知一镬之味、一鼎之调",意谓根据部分而推知全体。

【译文】

唐朝以诗闻名天下的人很多,他们往往因一华章、一佳句被名公先达到处赞誉,于是便驰名四海。钱起因"曲终人不见,江上数峰青"而得名,张祜因"故国三千里,深宫二十年"而得名,孟浩然因"微云淡河汉,疏雨滴梧桐"而得名,韦应物以"兵卫森画戟,宫寝凝清香"得名,白居易以"野火烧不尽,春风吹又生"得名,李益以"敲门风动竹,疑是故人来"得名,贾岛以"鸟宿池边树,僧敲月下门"得名,王勃以"画栋朝飞南浦云,珠帘暮卷西山雨"得名,李贺以"华裙织翠青如葱,入门下马气如虹"得名。但通读他们的诗集,觉得许多地方都很平常,哪里都像这些句子一样好呢?古人说尝一块肉就可知道一鼎的味道,恐怕未必。杜甫说:"为人性僻耽佳句,语不惊人死不休。"可见,凡是杜甫所书,没有不是惊人之语的,读他的诗集,就知道他所说的并不是虚妄之言,前面所举诸公与杜甫是不可伦比的。

【品读】

历来有许多诗人,往往因"一篇之善,一句之工"而博得诗名,殊不知,许多人只"有佳句而无佳篇""平平处甚多"。以所摘单句单章来概括作者全部作品或风格特征,显然是不妥当的,正如鲁迅评"摘句":"它往往是衣裳上撕下来的一块绣花,经摘取者一吹嘘或附会,说是怎样超然物外，与尘浊无干，读者没有见过全体，便也被他弄得迷离恍惚。"可见，以偏概全是选诗评诗与知人论世之大忌。

旷达与偏狭　尤　袤①（宋）

乐天赋性旷达，其诗曰："无事日月长，不羁天地阔。"此旷达之词也。孟郊赋性偏狭，其诗曰："出门即有碍，谁谓天地宽？"此偏狭之词也。然则天地又何尝碍郊？郊自碍耳。

——《全唐诗话》

【注释】

①尤袤(1127-1194)：字延之，自号遂初居士，常州无锡人，宋绍兴年间进士，南宋著名诗人。

【译文】

白居易秉性宽广豁达，其诗称："无事日月长，不羁天地阔。"这是宽广豁达的言词。孟郊秉性偏执狭隘，故其诗称："出门即有碍，谁谓天地宽？"这是偏执狭隘的言词。然而天地又何曾阻碍孟郊呢？不过是孟郊自我阻碍罢了。

【品读】

有何心胸，便有何等诗句。这则诗话又为我们提供了两例文如其人的实例，所以要想创造美的诗境，必得先行造就美的心灵。

诗有三偷　魏庆之（宋）

诗有三偷。偷语，最是钝贼，如傅长虞"日月光太清"，陈主"日月光天德"是也。偷意，事虽可罔，情不可原，如柳浑"太液微波起，长杨高树秋"，沈佺期"小池残暑退，高树早凉归"是也。偷势，才巧意精，各无朕①迹，盖诗人偷狐白裘②手也。如嵇康"目送归鸿，手挥五弦"，王昌龄"手携双鲤鱼，目送千里雁"是也。

——《诗人玉屑》

【注释】

①朕：痕迹，形迹。

②狐白裘：语出《史记·孟尝君列传》："此时孟尝君有一狐白裘，直千金，天下无双。"本指以狐腋白毛部分制成的皮服，后世用来比喻精美的事物。

【译文】

诗有三种偷法。偷其语句者，是最笨的贼。如傅长虞的"日月光太清"，陈主的"日月光天德"便是这样。偷其诗意者，其事虽可不计较，但其用意却不能原谅。如柳浑的"太液微波起，长杨高树秋"，沈佺期的"小池残暑退，高树早凉归"便是如此。偷其诗势，才巧而意精，毫不露形迹，这才是诗人偷取狐白裘的手段。如嵇康的"目送归鸿，手挥五弦"，王昌龄化用为"手携双鲤鱼，目送千里雁"就是这样。

【品读】

偷意、偷势，如今不叫偷而叫作借鉴、创新。即便是偷语者，只要不是大段照录，也不好称之为偷。当然，其高下是有的，而且一望便知。

各取所欲 魏庆之（宋）

为诗欲词格清美，当看鲍照、谢灵运；浑成而有正始①以来风气，当看渊明；欲清深闲淡，当看韦苏州、柳子厚、孟浩然、王摩诘、贾长江；欲气格豪逸，当看退之、李白；欲法度备足，当看杜子美；欲知诗之源流，当看《三百篇》及《楚辞》、汉、魏等诗。前辈云："建安才六七子，开元数两三人。"前辈所取，其难如此。

——《诗人五屑》

【注释】

①正始：三国魏齐王芳年号。正始文学以阮籍、嵇康为代表，基本上继承了"建安风骨"的传统。

【译文】

作诗想清新秀美，就要看鲍照、谢灵运的诗；想诗风浑然天成并具风骨，就要看陶渊明的诗；想诗风清雅闲淡，就要看韦应物、柳宗元、孟浩然、王维、贾岛的诗；想格调豪放飘逸，就要看韩愈、李白的诗；想使诗老于法度，就要看杜甫的诗；想了解诗的源流，就要看《三百篇》《楚辞》以及汉魏诗等。诗坛前辈说："建安才六七子，开元数两三人。"能受前辈推崇，真是很难啊。

【品读】

诗须学而后工，而学诗贵识。只有识得古人长处，并着眼于古人精髓之所在，取法乎上，才谓善学者。

两句三年得　范晞文①（宋）

"两句三年得，一吟双泪流。知音如不赏，归卧故山秋。"岛之诗未必尽高，此心亦良苦矣。信乎非言之难，其听而识之者难遇也。虽然，马非伯乐而不鸣，琴非子期而不调，果不吾遇也，则困盐车焦爨下②，吾宁乐之，后世复有扬子云，必好之矣。

——《对床夜话》

【注释】

①范晞文：字景文，号药庄，浙江杭州人，生卒年不详，约宋末前后在世。著有《药庄废稿》《对床夜话》五卷。

②爨：灶。

【译文】

贾岛有诗："两句三年得，一吟双泪流。知音如不赏，归卧故山秋。"

贾岛的诗未必篇篇都高超,但他写这诗却是有良苦用心的。我相信他这里所说的不是指写诗难,而是说知音难遇。既然这样,千里马没有遇到伯乐就不嘶鸣,伯牙没有了子期就不再鼓琴。我如果果真遇不到知音,即使在拉盐的车、烧炭的灶下受困,也宁愿以此为乐。西汉扬雄如果转世,必定会赞成我的观点。

【品读】

"作者难,识者尤难",所以,知音难觅是诗人的千古憾事。但从另一面看,如果诗才平平,却卓然自命,文章自爱,而常叹知音难求,只能使识者一哂了。

诗 贵 意 李东阳(明)

诗贵意,意贵远不贵近,贵淡不贵浓。浓而近者易识,淡而远者难知。如杜子美"钩帘宿鹭起,丸药流莺转","不通姓字粗豪甚,指点银瓶索酒尝","衔泥点宛琴书内,更接飞虫打著人";李太白"桃花流水杳然去,别有天地非人间";王摩诘"返景入深林,复照青苔上",皆淡而愈浓,近而愈远,可与知者道,能与俗人言。王介甫得之,曰:"坐看苍苔色,欲上人衣来。"虞伯生①得之,曰:"不及清江转柂鼓,洗盏船头沙鸟鸣",曰:"绣帘美人时共看,阶前青草落花多"。杨廉夫②得之,曰:"南高峰云北高雨,云雨相随恼杀侬。"可谓闭户造车,出门合辙③者矣。

——《怀麓堂诗话》

【注释】

①虞伯生:元诗人虞集字伯生。

②杨廉夫:元文学家杨维桢字廉夫。

③闭户造车,出门合辙:谓只要按照同一规格,闭起门来造的车子,也能合用。这里喻作诗。

【译文】

诗贵在有意蕴,意蕴宜深远而不宜浅近,宜平淡而不宜浓烈。意蕴浓烈浅近的,读者容易理解,意蕴平淡深远的,读者难于探晓。杜甫诗句"钩帘宿鹭起,丸药流莺转""不通姓字粗豪甚,指点银瓶索酒尝""衔泥点宛琴书内,更接飞虫打著人";李白诗句"桃花流水杳然去,别有天地非人间";王维的"返景入深林,复照青苔上",都平淡而意蕴浓烈,因浅近而意蕴深远。这些句子既可以和懂诗的人一起称道,又可以和一般的人谈论。王安石从中受到启发,就写了"坐看苍苔色,欲上人衣来"这样的诗句。虞集有"不及清江转柁鼓,洗盏船头沙鸟鸣",又有"绣帘美人时共看,阶前青草落花多"的诗句。杨维桢也有"南高峰云北高雨,云雨相随恼杀侬"的诗句。这样看来,只要依照一定的作诗法度,即使关起门来写诗,也能写出合韵的好诗了。

【品读】

淡而愈浓,近而愈远,看似矛盾,实则大有深意。老子说,大巧若拙,大智若愚,其理相同也。

尝　酒 谢　榛（明）

作诗譬如江南诸郡①造酒,皆以曲米②为料,酿成醇味如一,善饮者历尝之曰:"此南京酒也,此苏州酒也,此镇江酒也,此金华酒也。"其美虽同,尝之各有甄别,何哉?做手不同故尔。

——《四溟诗话》

【注释】

①郡:古代行政区划,比县小,秦汉以后,郡比县大。

②曲米:用来酿酒的底料。

【译文】

作诗和江南各地方酿酒一样,都是用米曲子作底料,酿成的酒都醇厚平和,但善于饮酒的人一尝过后就会说:"这是南京的酒,这是苏州的酒,这是镇江的酒,这是金华的酒。"各种酒虽然都味美醇和,但却可以尝出区别来，为什么呢？是因为做酒的人不同的缘故。

【品读】

　　谢榛对诗的鉴赏力之高，当然是不容置疑的，但从此段文字看，他对酒的鉴赏力也好生了得。虽借善饮者之口，大抵是夫子自道。

崔颢题黄鹤楼　瞿　佑（明）①

　　崔颢题黄鹤楼，太白过之不更作。时人有"眼前有景道不得，崔颢题诗在上头"之讥。及登凤凰台作诗，可谓十倍曹丕矣。盖颢结句云："日暮乡关何处是，烟波江上使人愁。"而太白结句云："总为浮云能蔽日，长安不见使人愁。"爱君忧国之意，远过乡关之念，善占地步矣！然太白别有"捶碎黄鹤楼"之句，其于颢未尝不耿耿也。

——《归田诗话》

【注释】

　　①瞿佑（1347—1433），字宗吉，号存斋。钱塘（今浙江杭州）人，一说山阳（今江苏淮安）人，元末明初文学家。最有影响的作品是文言小说《剪灯新话》。

【译文】

　　崔颢在黄鹤楼题诗，之后李白经过黄鹤楼，见到崔颢的诗歌，不再为黄鹤楼作诗。当时人挖苦说："眼前有景道不得，崔颢题诗在上头。"等到李白登凤凰台作诗，真可以说是有高于曹丕十倍的才华。崔颢结句说："日暮乡关何处是，烟波江上使人愁。"李白结句则说："总为浮云能蔽日，长安不见使人愁。"李白诗含爱国忧君之意，意义就远远超过崔颢的思乡之念，真是善选高地而站。但是李白另外还有"捶碎黄鹤楼"的诗句，可见他对于崔颢诗未尝没有耿耿于怀。

【品读】

　　江山代有才人出，名山胜水写诗篇。黄鹤楼是江南名楼，大诗人李白路过，岂能无诗！然而崔颢的诗太好了，连李白都只好"眼前有景道不得"，但心里却耿耿于怀，终于在凤凰台题诗一首，要与崔颢比个高低。留下一段诗坛佳话。至于"捶碎黄鹤楼"云云，却成谶言，从宋朝到明清，黄鹤楼不断被"捶碎"，可也不断被重建，1957 年修建长江大桥还被"捶碎"了一回，20 世纪 80 年代再次重建，但愿"捶碎"从此终止。

妙　　辩　　郭子章①（明）

　　或曰："唐人之称呼何以李加杜？"公（王安石）笑曰："名姓先后之呼，岂足以优劣人？汉有李固、杜乔，世号李杜；李膺、杜密，亦语李杜。当时甫、白复以能诗齐名，因亦语李杜，取其称呼便耳。退之诗有曰：'李杜文章在'，又曰：'昔年尝读李白、杜甫诗'，则李在杜先。若曰：'远追甫白感至诚'，又曰：'少陵无人谪仙死'，则李居杜后。如此，则孰为优劣？如今人呼姓则语班马，呼名则语迁固。白居易先与元稹同时唱和，人号元白；后与刘禹锡唱和，则语刘白。居易之才岂真下二子哉？若曰王、杨、卢、骆，杨炯固尝自言：'余愧在卢前，耻居王后。'益知称呼前后不足优劣人也。晋王导尝戏诸葛恢云：'人言王葛，不言葛王，何耶？'恢答曰：'譬言驴马，岂驴胜马？'"

　　　　　　　　　　　　　　　　　　——《豫章诗话》

【注释】

　　①郭子章：号青螺，江西泰和人，隆庆五年（1571）进士。生卒不详。

【译文】

　　有人问王安石："唐朝的李白、杜甫，人们称为李杜，为什么李在杜前呢?"王安石笑着说:"姓名称呼有先有后,难道可以以此定优劣吗?汉朝有李固、杜乔,世人都呼以李杜;李膺、杜密,也称为李杜。唐时,杜甫、李白又以诗齐名天下,人们因此又称他们为李杜,这样称呼起来方便罢了。韩愈有首诗说:'李杜文章在',又说:'昔年尝读李白、杜甫诗',李白放在杜甫前面。再比如:'远追甫白感至诚',又说:'少陵无人谪仙死',这样称呼,李白就在杜甫之后了。如此看来,哪个优,哪个劣,怎么分得清呢?就像现在的人以姓相称时,就说班(固)司马(迁),以名相称时,就称(司马)迁(班)固。白居易最初与元稹一唱一和,人们称呼他们为元白;后来白居易又与刘禹锡一唱一和,人们又称呼他们为刘白。白居易的诗才难道真的比元稹、刘禹锡差吗?至于'初唐四杰',人们称呼时排位为王勃、杨炯、卢照邻、骆宾王,杨炯自己曾说:'把我排在卢照邻前面,我感到羞愧,把我置之于王勃之后,我感到羞耻。'由此我们更加明白称呼所排定的前后不足以说明人的高下优劣。晋朝王导曾经与诸葛恢戏言说:'人们称呼我们为王葛,却不称葛王,为什么呢?'诸葛恢回答道:'这好比人们说驴马,难道是说驴就一定比马强吗?'"

【译文】

　　对同时齐名天下的作家,人们往往以并称称之,既要并称,则必有先后,但名之先后并不一定代表诗人的高下优劣。齐名的作者,定各有所长,各有特色。如李白、杜甫,千载齐名,对他们进行对比研究是可以的,如若定要作"李杜优劣论",则大可不必。

　　文末诸葛恢的妙答:"譬言驴马,岂驴胜马?"可以想见其人的幽默洒脱。

说　清　远　胡应麟(明)

　　薛考功①云:"曰②清、曰远,乃诗人至美者也,灵运以之。'白云抱幽石,绿筱媚清涟',清也;'表灵物莫赏,蕴真谁为传',远也;'岂必丝与竹,山水有清音','景昃鸣禽夕,水木湛清华',清与远兼之矣。"薛此论虽是大乘中旁出佛法,亦自铮铮动人。第此中得趣头白,只在六朝窠臼中,无复向上生活。若大本先立,旁及诸家,登山临水,时作此调,故不啻啸③闻数百步也。

——《诗薮》

【注释】

①薛考功:明正德进士。

②曰.语助词,无义。

③啸:啸歌、吟咏。

【译文】

薛考功说:"清淡、深远是诗人写诗能达到的最美境界,谢灵运能做到这一点。他的诗句'白云抱幽石,绿筱媚清涟'就属清淡;'表灵物莫赏,蕴真谁为传'就属深远;'岂必丝与竹,山水有清音','景昃鸣禽夕,水木湛清华',就是清淡与深远兼而有之。"薛氏这种评论虽然像是大乘佛教的旁枝延伸出来的佛法,但也响亮,能震动人心。不过如果只寻找诗的这种趣味,那么就只在六朝人的俗套中,不再向上追求。如果作诗的大原则先确立下来,再涉猎各家诗,登山临水,这种山水诗吟诵出来,就不会只是在数百步之内可听到了。

【品读】

胡应麟论诗,得严羽一"悟"字,得李梦阳一"法"字,并主张二者并举。论诗重"悟",必然会折入"神韵说",所以认为"薛论铮铮动人",不足为怪;而论诗重"法",则必然坚守"格调说",要"大本先立",法应当先,亦是自然。在"神韵说"与"格调说"之间,巧为调和,自圆其说,这正是《诗薮》论诗的特色。

愈形容愈凄惨 江盈科①(明)

唐人题沙场诗,愈思愈深,愈形容愈凄惨。其初但云:"醉卧沙场君莫笑,古来征战几人还"②,已自可悲;至云:"凭君莫话封侯事,一将功成万骨枯",则愈悲矣,然其情犹显;若晚唐诗云:"可怜无定河边骨,犹是春闺梦里人"③,则悲惨之甚,令人一字一泪,几不能读。诗之穷工极变,此亦足以观矣。

——《雪涛诗评》

【注释】

①江盈科:字进之,号渌萝山人,桃源人,万历二十年(1592)进士,与袁宏道同年,公安派作家。

②"醉卧"句:语出王翰《凉州曲》。

③"可怜"句:语出陈陶《陇西行》。

【译文】

唐人所作的沙场诗,越思想越感到深刻,越曲尽形容越凄惨悲切。起初只说:"醉卧沙场君莫笑,古来征战几人还",已饱含悲意;至于说道:"凭君莫话封侯事,一将功成万骨枯",则更为悲切了,但其哀伤之情仍显而易见;到晚唐诗人云:"可怜无定河边骨,犹是春闺梦里人",就悲惨到了极点,令人一字一泪,以至不能卒读。诗能穷尽其工巧变化,由此可以想见。

【品读】

纵观唐人的沙场诗篇,可以想见战祸的残酷,战犯的可恶;可以明白古人为何要说"夫兵者,不祥之器"的道理。

炼字如壁龙点睛 方以智①(明)

炼字如壁龙点睛②,炼句如虫蛀印文,炼章如黄回舞剑③,炼意如山川出云,使事如幡绰啼笑④,状物如大帝弹蝇,顿节如挝鼓露板⑤,滑声如笛弄歌喉⑥,极工巧,极天然,极浑成,极生动。以弄丸之胸怀⑦,出点金之手眼⑧,其乐何如!

——《通雅诗说》

【注释】

①方以智:字密之,号鹿起,安徽桐城人,与冒襄、陈贞慧、侯方域并称"明末四公子",崇祯间进士,入清为僧。

②壁龙点睛:《历代名画记》载,南朝梁武帝时,张僧繇在金陵安乐寺壁上画四条白龙不点睛,总说点睛就会飞去,人以为妄诞,一定要他点,他就点了两条,立刻雷电大作,点睛的两条白龙破壁飞上天去。后比喻在文章中关键处所用的精辟警句为点睛之笔。

③黄回:南朝宋竟陵郡军人,勇力过人,由郡府杂役升为队主。明帝即位后,因功升右将军。入齐,他不附高帝,被杀。

④使事:诗文引用典故。幡绰啼笑:黄幡绰,唐明皇身边优人,善用典故史实进行滑稽讽谏,如一次被明皇令人按入水中,出来后,问何所见,答说见了屈原,问我生逢明君,怎么也到水里来了? 对此人格侮辱,提出了巧妙抗议。

⑤顿节:处理诗的停顿和节奏。露板:指鼓声中时露板声,节奏感更强。

⑥滑声:调节音韵平仄,如调节音乐的声音旋律。

⑦弄丸:古杂技技巧。两手将好多个弹丸投向空中,以手相接,使不坠地。

⑧点金:点铁成金,古代方士称能在炼丹中把铁点化为金子。后以之喻指对诗文作巧妙的修改,顿成佳作。

【译文】

锻炼字眼像画龙点睛,精选词句像书虫蛀书,谋篇布局像黄回舞剑,构思立意像山川出云,引用典故像黄幡绰啼笑皆妙,描状景物像大帝弹蝇,处理节奏像击鼓打板,调节声韵像笛弄歌喉,非常巧妙,非常自然,非常完整,非常生动。凭着高手弄丸那样沉着的胸怀,拿出点铁成金那样的手法,写痛快淋漓的诗篇,该是多么快乐啊!

【品读】

炼字、炼句、炼章、炼意、使事、状物、处理节奏、调节音韵,诗人的十八般武艺大约就都在这里了。若能像此则诗话所描绘的那样来逞才显智,当然已是诗林高手,驰骋如意,变化随心,快乐无穷了。

一曲两弹　徐世溥①（清）

　　"今日同堂，出门异乡，别易会难，各尽怀觞。"（子建）②"劝君更尽一杯酒，西出阳关无故人。"（摩诘）③"异方惊会面，终宴惜征途。"（老杜）④数语一类也，而子建语爽俊，摩诘语酸冷，老杜语惨淡。譬之一琴二手，宫商异曲，一曲两弹，疾徐殊奏。

——《榆溪诗话》

【注释】

　　①徐世溥：生卒年不详；字巨源，江西新建人。明末清初作家。未曾仕进，以著述自娱，死于强盗打劫。

　　②子建：即魏晋诗人曹植。

　　③摩诘：即唐代诗人王维。

　　④老杜：即唐代诗人杜甫。

【译文】

　　"今日同堂，出门异乡，别易会难，各尽怀觞。"（曹子建）"劝君更尽一杯酒，西出阳关无故人。"（王摩诘）"异方惊会面，终宴惜征途。"（杜子美）这不同的几个诗句表达的是同一类型的主题；但子建的诗风格爽俊，摩诘的诗显得酸冷，而老杜用语都是一种惨淡的氛围了。这好比同一副琴，不同的高手来弹，宫商调门就会不同，同一首曲子两次弹奏，快弹、慢弹，演奏效果就有很大的差别。

【品读】

　　以琴艺喻诗艺，颇恰切。凡艺术，其精神总有相通之处。

鸟　诗　王士禛（清）

　　晚唐人诗："风暖鸟声碎，日高花影重"，"晓来山鸟闹，雨过杏花稀"，元人诗："布谷叫残雨，杏花开半村"，皆佳句也。

然总不如右丞^①,"兴阑啼鸟缓,坐久落花多",自然入妙。盛唐高不可及如此。

——《带经堂诗话》

【注释】

　　①右丞:唐诗人王维,官至右丞。

【译文】

　　晚唐诗人的诗句:"风暖鸟声碎,日高花影重""晓来山鸟闹,雨过杏花稀";元人诗句:"布谷叫残雨,杏花开半村",都是佳句。但总不比王维的"兴阑啼鸟缓,坐久落花多"显得自然,能入妙境。盛唐诗高不可及,由此可见一斑。

【品读】

　　王士禛是一位有高超艺术鉴赏力的诗歌批评家。他论诗力主兴到神会,不期而至的"神韵",上面所引王维诗句与晚唐、元人的诗句之率性直截相比确乎自然入妙,通常我们也更欣赏王维诗句所传达的那种感觉。

春江水暖鸭先知　王士禛(清)

　　萧山毛检讨大可生平不喜东坡诗,在京帅日,汪季偁举坡绝句云:"竹外桃花三两枝,春江水暖鸭先知。蒌蒿满地芦芽短,正是河豚欲上时。"语毛曰:"如此诗,亦可道不佳耶?"毛愤然曰:"鹅也先知,怎只说鸭!"众为捧腹。

——《带经堂诗话》

【译文】

　　萧山的毛检讨官毛奇龄生平不喜欢东坡的诗,在京师的时候,汪季举出苏东坡的绝句:"竹外桃花三两枝,春江水暖鸭先知。蒌蒿满地芦芽短,正是河豚欲上时",对毛奇龄说:"这样的诗,还能说不佳吗?"毛奇龄听后愤愤地说:"鹅也先知,怎么只说鸭先知呢?"众人听了都捧腹大笑。

【品读】

苏轼此诗是为僧人惠崇画的《春江晚景》作的题画诗,画中有群鸭浮水。毛氏此说,与其视作曲解,不如看成抬杠。如此论诗,它能不令人捧腹。

一一鹤声飞上天 王士禎(清)

唐诗人杨凭,有中表窃其诗卷登第,凭知之,怒甚,且诘之曰:"'一一鹤声飞上天'在否?"中表答曰:"知兄最爱此句,不敢奉偷。"凭意稍解,曰:"犹可恕也。"宋初朝士竟尚西昆体①,伶人有为李义山者,衣衫褴褛,旁有人问:"君何为尔?"答曰:"近日为诸馆职持扯②,故至此。"二事古今笑柄。予四十年来所为诗,人间多有其本,其为人持扯不少矣,恐"一一鹤声飞上天"亦非己有,偶书之发一笑粲。

——《带经堂诗话》

【注释】

①西昆体:宋初官场上盛行的一种诗体,得名于《西昆酬唱集》一书,该集所收作品缺乏思想内容,仅是堆砌辞章典故。

②持扯:多方摘取,含贬义。

【译文】

唐代诗人杨凭,有位表兄弟窃用其诗篇登进士第,杨凭得知后大发脾气,责问他说:"'一一鹤声飞上天'还在吗?"表兄弟回答说:"我知老兄最爱此句,所以不敢奉偷。"杨凭的怒气才缓和了一些,说:"这样还可宽恕你。"北宋初年朝臣争相崇尚西昆体诗,有位扮演李商隐的艺人,衣服破烂不堪,旁边有人问道:"您为何如此打扮?"他回答说:"近来被各位馆职人员多方剥取,所以成此形状。"这两件事都成为古今笑柄。我四十年来所作之诗,世上刻本亦多,其被人剥取想必不少,恐怕"一一鹤声飞上天"式的诗句已为他人据有,故记一笔在此以作笑料。

【品读】

偷诗应试，最妙的那一句不敢偷，而有如此节制，诗的主人也就不那么生气了。李商隐诗被撕扯太多，艺人以破衣演示。可见诗坛风气，剽窃成习。两则故事，古今笑柄。

神龙见首不见尾 赵执信①（清）

钱塘洪昉思昇②，久于新城之门③矣，与余友。一日，并在司寇④宅论诗。昉思嫉时俗之无章⑤也，曰："诗如龙然，首尾爪角鳞鬣⑥，一不具，非龙也。"司寇哂⑦之曰："诗如神龙，见其首不见其尾，或云中露一爪一鳞而已，安得全体？是雕塑绘画者耳。"余曰："神龙者屈伸变化，固无定体，恍惚望见者，第⑧指其一鳞一爪，而龙之首尾完好，故宛然在也；若拘于所见，以为龙具在是，雕绘者反有辞矣。"昉思乃服。

——《谈龙录》

【注释】

①赵执信（1662—1744）：字伸符，号秋谷，山东益都人，康熙十八年（1679）进士，王士祯甥婿。性谐谑潇洒，被劾削籍，放情诗酒，游览写诗而终。

②洪昉思昇：洪昇，字昉思，号稗畦。清初浙江钱塘人，名剧《长生殿》作者。与《桃花扇》作者孔尚任是清初剧坛辉映南北的双子星座，并称"南洪北孔"，孔是山东曲阜人。

③新城之门：即王士祯之门。王士祯是清代诗论神韵说创立者，有《带经堂诗话》。他是新城（今山东桓台）人，故以新城代指。

④司寇：亦指王士祯。王士祯官至刑部尚书，司寇为刑部尚书之别名。

⑤无章：意谓近时诗歌缺乏文采之美。

⑥鬣(liè)：指鱼龙之属颔边的髭者。

⑦哂：讥笑。

⑧第：只。

【译文】

钱塘人洪昇，游于新城人王士禛司寇门下已经很久了，跟我很友好。有一天，我们都在王士禛司寇家里谈诗。洪昇憎恶当时的诗坛缺乏文采之美，说："诗就跟龙一样，头、尾、爪子、角、鳞片和髭都，缺一样，就不能算是龙。"司寇先生讥笑说："诗就像飞天的神龙一样，见其首不见其尾，或者只在云中露出一只爪一两片鳞而已，哪里能看见身体的全部？能看得见全身的，除了雕塑，就是绘画了，哪是真正的神龙！"我也说："神龙屈伸飞腾，变化无穷，本来没有定型的形状，恍恍惚惚望见的，往往只是一鳞一爪，但龙的首尾完整生动，已经宛然可以想见了。如果拘泥于眼睛所见过的龙，以为龙就是这个样子，搞雕塑绘画的反而要笑话你了。"洪昇听完我们两人的话，表示服气。

【品读】

洪昇说龙必全体，王士禛说龙无全体，赵执信说龙无定体，看来洪昇太求形体逼真，而王、赵二人则注重神韵变化。以龙喻诗，比较形象地说明了诗歌美学中的虚与实、正与变、露与藏、点与面、形与神等关系问题。

不妨自成一家　薛　雪（清）

人之才情，各有所近。或正或变，或正变相半。只要合法，随意所欲，自成一家。如作书不论晋、唐、宋、元，只要笔笔妥当，便是能书。余故曰：不妨如快剑砍阵，骏马下阪①；又不妨如回风舞絮，落花萦绕。

——《一瓢诗话》

【注释】

①骏马下阪：阪，山坡；斜坡。比喻迅疾。

【译文】

人的才情，多有不同，也各有所好。有的正统，有的变通，有的既正统而又变通，各占一半。因此只要基本合乎法则，尽可随意抒写所想，独自形成一家风格。比如写字，不论晋人、唐人、宋人，还是元人，只要笔笔妥帖恰当，便是书法高手。所以我说：不妨如同挥舞快剑砍杀破阵，骑着骏马顺坡驰骋；又不妨似柳絮在春风中起舞，落花飘悠萦绕。

【品读】

世间万人，形形色色，各具才情，各有风致。不必要也不可能千人一面，不必要也不可能千部一腔，"快剑砍阵"的阳刚之美也好，"回风舞絮"的阴柔之美也好，只要守住了基本的法度，就不妨追求随心所欲、自成一家的境界。

写景之妙 冒春荣（清）

诗家写有景之景不难，所难在写无景之景，此惟老杜能之。如"河汉水改色，关山空自寒"，写初月易落之景；"日长惟鸟雀，春远独柴荆"，写花事既落之景，偏从无花无月处着笔。写景之句，以工致为妙品，真境为神品，淡远为逸品。如"芳草平仲绿，清夜子规啼"（沈佺期），"明月照松间，清泉石上流"（王维），"雨中山果落，灯下草虫鸣"（王维），"绿树村边合，青山郭外斜"（孟浩然），"松生青石上，泉落白云间"（贾岛），"泉声入秋寺，月色遍寒山"（于武陵），皆逸品也。如"日落江湖白，潮来天地青"（王维），"四更山吐月，残夜水明楼"（杜甫），"野径云俱黑，江船火独明"（杜甫），"鸡声茅店月，人迹板桥霜"（温庭筠），皆神品也。若唐句可称妙品者，则不可胜举矣。

——《葚园诗说》

【译文】

　　描写具体景象并不难，难就难在写无景之景，这只有杜甫擅长了。如"河汉水改色，关山空自寒"，是写月亮刚刚升起又落下的景色；"日长惟鸟雀，春远独柴荆"，这是写春逝花谢之景，写花月但偏偏又笔不涉花月。

　　景物描写，以诗句工致为妙品，情与景合为神品，情景恬适自然为逸品。像"芳草平仲绿，清夜子规啼""明月照松间，清泉石上流""雨中山果落，灯下草虫鸣""绿树村边合，青山郭外斜""松生青石上，泉落白云间""泉声入秋寺，月色遍寒山"都情景悠然，恬适自得，属于诗中之逸品。而像"日落江湖白，潮来天地青""四更山吐月，残夜水明楼""野径云俱黑，江船火独明""鸡声茅店月，人迹板桥霜"等诗句，情与景会，妙趣横生，属诗中之神品。至于唐诗中可以称得上诗中之妙的诗句，就举不胜举了。

【品读】

　　写景优劣可见诗家的大半功夫。写景之句，唐诗中可称妙品、神品、逸品者比比皆是，可见诗在唐时的繁荣；遍览杜集，有景之景，神韵流动，无景之景，尽得风流，又可见老杜的难以企及。

诗有四正　王寿昌（清）

　　诗有四正：性情宜正，志向宜正，本源宜正，是非取舍宜正。

　　诗有六要：心要忠厚，意要缠绵，语要含蓄，义要分明，气度要和雅，规模要广大。

　　诗有三超：识见欲超，气象欲超，语意欲超。

　　诗有四高：格欲高，兴欲高，地步欲高，手眼亦欲高。

　　诗有四近：宜近情，宜近理，宜近风雅，宜近画图。

——《小清华园诗谈》

【译文】

诗有"四正":性情应该纯洁正直,志向应该高远正大,根本源头应该清明正派,是非取舍应该正气浩然。

诗有"六要":心地要忠厚,情意要缠绵,辞语要含蓄,表义要鲜明,气度要和雅,涵量要广大。

诗有"三超":见识要超越庸众,气象要超绝凡俗,语意要超逸豪迈。

诗有"四高":格调要高亢,兴会要高雅,境界要高妙,手眼要高明。

诗有"四近":要切近人情,要切近事理,要切近风雅,要切近图画。

【品读】

此则诗话所论"四正""六要""三超""四高""四近",若一一达标几近完美的人格了。

诗无不可绘 潘焕龙①（清）

昔人谓"诗中有画,画中有诗"②。然绘画者不能绘水之声,绘物者不能绘物之影,绘人者不能绘人之情。诗则无不可绘,此所以较绘事为尤妙也。

——《卧园诗话》

【注释】

①潘焕龙:字卧园,湖北罗田人,清道光间尚在世,生卒年不详,曾官淯川、商丘、邹平等县知县,有诗名。

②"昔人"句:苏轼曾评论王维的诗与画称"味摩诘之诗,诗中有画;观摩诘之画,画中有诗"。

【译文】

前人有言:"诗中有画,画中有诗"。但绘画的人不能绘出水流的声响,画物的不能画出物体的影子,画人的不能画出人的情感。作诗则没有什么不可以描绘,这正是作诗比绘画更为精妙的地方。

【品读】

其实绘画也能"画"出水响、物影和人物情感,只是手段不同,欣赏的方式略异而已。说诗比画更妙,似未脱出"以诗为本位"和"自卖自夸"的老套。

似知非知得妙 袁 枚(清)

周青原云:"不知谁把芙蓉摘,枝上分明见爪痕。"刘悔庵云:"镜影不知双鬓白,书声宁识此翁衰?"余谓:"不知得妙。"王至淳云:"水边红影一灯过,知有人从堤上行。"杨子载云:"忽惊雨后青龙爪,知是苍松倒挂枝。"余谓:"知得妙。"乔慕韩云:"梦回枕上窗微白,知是天明是月明?"余谓:"似知非知得妙。"

——《随园诗话》

【译文】

周青原有诗写道:"不知谁把芙蓉摘,枝上分明见爪痕。"刘悔庵诗里则说:"镜影不知双鬓白,书声宁识此翁衰?"我说:"不知得妙。"王至淳诗称:"水边红影一灯过,知有人从堤上行。"杨子载有诗云:"忽惊雨后青龙爪,知是苍松倒挂枝。"我说:"知得妙。"乔慕韩有诗说:"梦回枕上窗微白,知是天明是月明?"我说:"似知非知得妙!"

【品读】

知,不知,似知非知,其实都是揣摩想象之词,这几句诗中用得恰到好处,交换不得,所以袁枚称妙。

诗改一字 袁 枚(清)

诗改一字,界判人天,非个中人不解。齐己《早梅》云:"前村深雪里，昨夜几枝开。"郑谷曰："改'几'字为'一'字，方是早梅。"齐乃下拜。某作《御沟》诗曰："此波涵帝泽，无处濯尘缨。"以示皎然。皎然曰："'波'字不佳。"某怒而去。皎然暗书一"中"字在手心待之。须臾，其人狂奔而来，曰："已改'波'字为'中'字矣。"皎然出手心示之，相与大笑。

——《随园诗话》

【译文】

　　将一首诗里的一个字改一下，诗的境界高下立判，有如天上人间之别，不是身在其中的会作诗之人，是很难理解到的。诗僧齐己的《早梅》诗云："前村深雪里，昨夜几枝开。"郑谷说："改'几'字为'一'字，方是早梅。"齐己于是对郑谷深表拜服。有一人写了一首《御沟》诗说："此波涵帝泽，无处濯尘缨。"拿去给诗僧皎然看。皎然说："'波'字不佳。"那个人很生气地离开了。皎然偷偷地在手心里写好一个"中"字，并等着那个人回来。没过多久，那个人飞快地跑了回来，说："已改'波'字为'中'字矣。"皎然伸出手把手心写的字给他看，于是两人相对大笑起来。

【品读】

　　诗有一字之师，改一字境界顿高，不能不服。像诸葛亮和周瑜同时亮出手心一个"火"字一样，改诗也有所见略同，真该浮一大白！

慧眼诗识

无形病不可医 吴 可①（宋）

画山水者，有无形病，有有形病。有形病易医，无形病则不能医。诗家亦然，凡可以指瑕镌改者，有形病也；混然不可指摘，不受镌改者，无形病，不可医也。

——《藏海诗话》

【注释】

①吴可：宋诗人，评论家。字思道，号藏海居士。

【译文】

画山水的，有的是指不出具体失误的病，有的是指得出具体失误的病。指得出具体失误的病容易医治，指不出具体失误的病不能医治。写诗的也是这样，凡是可以指出瑕疵进行修改的，是有形病；浑然一体，不可指摘，修改解决不了问题的，是无形病，那就无法医治了。

【品读】

以医喻诗，以画喻诗，有形病尚可治，无形病不可医。医学如此，画学如此，诗学如此，人学何尝不是如此。人若坏了坯子，坏了心术，坏了逻辑，也就病入膏肓，无可救药了。

文章四季 吴 可（宋）

凡文章先华丽而后平淡，如四时之序，方春则华丽，夏则茂实，秋冬则收敛，若外枯而中膏者是也，盖华丽茂实已在其中矣。

——《藏海诗话》

【译文】

学写文章总是先华丽而后平淡,就像春夏秋冬四季的时序变化一样,还在春天的时候就华丽,到了夏天就变得茂盛充实,到了秋冬则开始收敛,就像果实外面枯干了而里面却很饱满一样,是因为春天的华丽和夏天的茂实已经包容到里面去了。

【品读】

学做文章如此,学做人也是如此。年轻时为人气盛,文章也才华横溢,文采飞扬,随着阅历增长,人的思想渐趋深刻,文章也渐入厚实之境、含蓄之境、老成枯淡之境了。少壮时文采固可炫人,老迈后枯淡更堪玩味。

泥涂任此身 黄　彻(宋)

"霄汉瞻佳士,泥涂任此身。"①只"任"字,即人不到处。自众人必曰"叹",曰"愧",独无心"任"之。所谓视如浮云,不易其介者也。继云:"秋天正摇落,回首大江滨。"大知并观,傲睨天地,汪汪万顷,奚足云哉!

——《碧溪诗话》

【注释】

①见杜甫诗《送陵州路使君之任》。

【译文】

"霄汉瞻佳士,泥涂任此身。"只这一个"任"字,就是一般诗人未能到达的境界。如果出自一般手笔,必定用"叹此身",或者"愧此身",却没有"任此身"的心胸。这就是视富贵如浮云,决不改变自己的节操。诗接着写道:"秋天正摇落,回首大江滨。"以哲人的大智慧来观察宇宙,足以傲视天地,即令汪洋万顷,又何足挂齿!

【品读】

身陷泥涂,仍能气冲霄汉,心怀天下,一个"任"字,显示了杜甫超越庸众的忧患意识和富于悲剧情韵的人生责任感。

世人误解《八阵图》 蔡梦弼^①（宋）

　　东坡苏子瞻《诗话》曰："仆尝梦见人云是杜子美，谓仆曰：
'世人多误会予《八阵图》诗"江流石不转，遗恨失吞吴"。世人
皆以谓先主、武侯皆欲与关羽复仇，故恨不能灭吴，非也。我
意本谓吴蜀唇齿之国，不当相图，晋之所以能取蜀者，以蜀有
吞吴之意，此为恨耳。'"

——《杜工部草堂诗话》

【注释】

　　①蔡梦弼：南宋学者，生卒年不详，字傅卿，建安（今福建建瓯）人。
有《杜工部草堂诗笺》，为世所重。《杜工部草堂诗话》是他辑录的宋人
评论杜诗，凡二百余条。

【译文】

　　苏轼《东坡诗话》说："我曾经梦见有人自称是杜甫，对我讲：'世上
人多误会了我的《八阵图》诗"江流石不转，遗恨失吞吴"。世上人都认
为这诗说的是刘备、诸葛亮都要为关羽报仇，所以遗憾不能灭掉吴国，
其实不对。我的本意是想说吴国和蜀国是唇齿相依的两个国家，不应
该相互算计，晋国之所以能够灭亡蜀国，是因为蜀国起了吞并吴国的意
图，这才是最遗憾的地方。'"

【品读】

　　魏、蜀、吴鼎足相争，魏实力强大，吴、蜀相对弱小，故吴、蜀必须
结成联盟，才能维持三分局面。所以"遗恨失吞吴"解为因没能吞并
吴国而遗恨，是难以结合史实而解通的。不过吴国要了关羽的命，
刘备兴兵伐吴又未能取胜，遗恨当是存在的。一个读诗解诗的公
案，竟会梦见诗人投梦来说明，多么纠结。

力士脱靴不为勇　黄　彻（宋）

世俗夸太白赐床、调羹为荣，力士脱靴为勇①。愚观唐宗渠渠②于白，岂真乐道下贤者哉？其意急得艳词媟语以悦妇人耳。白之论撰，亦不过玉楼、金殿、鸳鸯、翡翠等语，社稷苍生何赖？就使滑稽傲世，然东方生不忘纳谏③，况黄屋④既为之屈乎？说者以谋谟潜密，历考全集，爱国忧民之心如子美语，一何鲜也！力士闺闼腐庸，惟恐不当人主意，挟主势驱之，何所不可，脱靴乃其职也。自退之为"蚍蜉撼大树"之喻，遂使后学吞声。余窃谓：如论其文章豪逸，一代伟人；如论其心术事业可施廊庙，李杜齐名，真忝窃⑤也。

——《碧溪诗话》

【注释】

①"太白"句：指唐明皇诏请李白入宫，以七宝床赐食，又御手调羹，李白酒醉，让高力士给他脱靴。

②渠渠：殷勤。

③东方生：指东方朔，汉武帝时太中大夫，性滑稽诙谐，但又有直谏之正。

④黄屋：古代帝王车盖以黄缯为里，故称黄屋，后代指帝王车，亦可代指帝王。

⑤忝窃：愧所获取。

【译文】

世俗夸颂李太白得赐七宝床，皇帝御手调羹为一件荣耀的事，吩咐高力士给他脱靴是一个勇敢的行为。而我看唐明皇殷勤优待李白，难道真是礼贤下士？他的意思只不过急于得到李白的几首艳词去讨好他的后宫女人罢了。而李白所写的文章诗篇，也不过是些"玉楼""金殿""鸳鸯""翡翠"的华词丽语，对社稷苍生国家民众有什么用处？即使滑稽傲世，但汉代的幽默大师东方朔还不忘进谏之责，何况帝王还给了他那么多难受？立论者想做到周密可靠，翻遍李白全集，而体现其爱国忧民之像杜甫那样的诗，还是那么稀少！高力士只不过是帝王后宫一个阉宦奴仆，小心翼翼，唯恐不能让皇帝满意，这样的人，依仗皇帝的权势去驱使他，做什么不行？而替人脱靴本来就是他的本职工作。李白的所谓"荣""勇"，其实不难见其实质。但自从韩退之(韩愈)用"蚍蜉撼大树"来比喻那些批评李白的人以后，后学们只好忍气吞声不敢发言了。我私下里曾这样想：如果论其诗文的豪迈飘逸，李白真是一代伟人；但如果说他的心术事业有利于经国民生，以李杜并称，则实在是并列有愧、名不副实了。

【品读】

李太白《宫中行乐词》云："柳色黄金嫩，梨花白雪香。玉楼巢翡翠，珠殿锁鸳鸯。选妓随雕辇，征歌出洞房。宫中谁第一？飞燕在昭阳。"李白被召入宫中，就写了这样些"玉楼""金殿""鸳鸯""翡翠"的诗，就连那脍炙人口的《清平调词》三首亦不过讨好贵妃之辞，透出庸俗气味，与李白飘逸豪迈的主导人格诗格形成反差，活该被黄彻揪住小辫子而发出这一番高论。不过李白的好诗不在这里，且李杜并列，已成为诗史、文化史之定论，今人是不会因此而过分苛求李白的十全十美的。

山川英灵助文字　黄　彻(宋)

书史蓄胸中而气味入于冠裾，山川历眼前而英灵助于文字。太史公①南游北涉，信非徒然。观杜老《壮游》云："东下姑苏台，已具浮海航。到今有遗恨，不得穷扶桑。……剑池石壁仄，长洲荷芰香。嵯峨阊门北，清庙映回塘。……越女天下白，鉴湖五月凉。剡溪蕴秀异，欲罢不能忘。归帆拂天姥，中岁贡旧乡。……放荡齐、赵间，……西归到咸阳。"其豪气逸韵,可以想见。序《太白集》者,称其隐岷山,居襄汉,南游江淮,观云梦,去之齐、鲁,之吴,之梁,北抵赵、魏、燕、晋,西涉岐邠,徙金陵,上浔阳,流夜郎,泛洞庭,上巫峡。白《自序》亦云:偶乘扁舟,一日千里,或遇胜景,终年不移。其恣横采览,非其狂也。使二公稳坐中书,何以垂不朽如此哉?燕公②得助于江山,郑綮谓"相府非灞桥,哪得诗思",非虚语也。

——《碧溪诗话》

【注释】

　　①太史公:指《史记》作者司马迁。

　　②燕公:唐玄宗时名相张说,封燕国公。善文词,曾贬谪岳州,谪后诗益凄婉,人以为得江山之助。

【译文】

　　书籍史识装在胸中,而学者气味却透入衣帽;名山大川历历眼前,而英华灵性却流入笔端。司马迁南游北涉,确实没有白费时间。杜甫的《壮游》诗,历数其山川游历:"东下姑苏台,已具浮海航。到今有遗恨,不得穷扶桑。……剑池石壁仄,长洲荷芰香。嵯峨阊门北,清庙映回塘。……越女天下白,鉴湖五月凉。剡溪蕴秀异,欲罢不能忘。归帆拂天姥,中岁贡旧乡。……放荡齐、赵间,……西归到咸阳。"游历大好河山所获得的豪气逸韵,流淌于字里行间。给《太白集》作序的,说李白隐于岷山,曾居襄汉,南游长江、淮河,游览云梦,又去过齐、鲁、吴、梁,北边到了赵、魏、燕、晋,西到陕西岐州、邠州一带,又转回南京,船上江西浔阳,又流放西南古夜郎之地,泛舟湖南洞庭,西上巫峡。李白的《自序》也说:偶乘扁舟,一日千里,如果遇见好山好水,则流连一年半载舍不得离开。他这样贪婪地饱游山水名胜,决不是其精神不知收敛。假使李、杜两位大诗人稳坐京城的文书房,怎么能做出这样大一番不朽的事业?唐朝名相张说贬谪岳州后诗写得更加感人,人们说是得了江山之助,唐朝另一位宰相郑綮说过,"相府不是灞桥,哪来诗的情致",说的也不是假话。

【品读】

　　一个人的学问修养和山川见识，能显现在衣装打扮和笔底文字中，看来"衣貌取人"也并非毫无道理，"文如其人""诗如其人"，更是事实。像李白、杜甫、司马迁那样遍游天下，饱览山水人情，自然心胸壮阔，笔端有神，即令是因为困顿贬谪而东奔西走，也安知不是志士才人的福气！

吕本中昭君诗　　胡　仔（宋）

　　古今辞人作明妃①辞曲多矣，意皆一律。惟吕居仁②独不蹈袭，其诗云："人生在相合，不论胡与秦③。但取眼前好，莫言长苦辛。君看轻薄儿，何殊胡地人。"

——《苕溪渔隐丛话》

【注释】

　　①明妃：指王昭君。

　　②吕居仁：吕本中，字居仁，北宋末年中书舍人兼直学士院，后因触怒秦桧而被劾罢，提举太平观而卒。

　　③胡：指西北少数民族。秦：指汉族。

【译文】

　　古往今来的骚人墨客，写王昭君题材的诗赋曲词太多了，但千篇一律，立意都差不多。只有吕本中独不蹈袭前人，他的昭君诗写道："人生在相合，不论胡与秦。但取眼前好，莫言长苦辛。君看轻薄儿，何殊胡地人。"

【品读】

　　这首昭君诗一反昭君与胡人和亲是民族耻辱的传统主题，主张打破胡人、汉人的界限，而以"相合"为人生婚姻的准则，并说如果嫁个轻薄汉人，与胡地受苦又有什么区别？这婚姻观、民族观都比较进步，有点像近现代人了。

为学不拘早晚　曾季貍^①（宋）

大凡人为学，不拘早晚。高适^①五十岁始为诗，老苏^②二十七岁始为文，皆不害其为工^③也。

——《艇斋诗话》

【注释】

①曾季貍：字裘父，号艇斋，南丰（今属江西）人，据罗根泽考证，《艇斋诗话》当作于绍兴二十年（1150）前后。

②高适：唐代边塞诗人。

③老苏：即苏洵，北宋散文作家。苏轼、苏辙之父，故称。

④工：精致，巧妙。

【译文】

一般来说，学问之道是不受时间早晚限制的。高适五十岁才开始作诗，老苏二十七岁才开始写文章；但这都不妨碍他们诗文艺术的精深。

【品读】

大器晚成者，古来多矣！可见以年龄作为人生消极的遁辞之不妥。

东坡论书法　葛立方（宋）

东坡《与子由^①论书》云："吾虽不善书，晓书莫如我。苟能通其意，常谓不学可。"故其了叔党跋公书^②云："吾先君子，岂以书自名哉^③？特以其至大至刚之气，发于胸中而应之于手，故不见其有刻画妩媚之态，而端乎章甫^④，若有不可犯之色。少年喜二王书^⑤，晚乃喜颜平原^⑥，故时有二家风气。俗子不知,妄谓学徐浩⑦,陋矣⑧。"观此,则知初未尝规规然出于翰墨积习⑨也。

——《韵语阳秋》

【注释】

①子由:苏辙,字子由,东坡之弟,散文家,唐宋八大家之一。

②跋:一种文体,写在书或文章后面,或介绍情况,或作评介。公书:公之书法。

③岂以书自名哉:哪里是要成为书法家而使自己传名后世。

④章甫:古代一种帽子的名称。《礼记·儒行》云:"(孔子)长居宋,冠章甫之冠。"

⑤二王书:指晋代书法家王羲之、王献之父子的书法,父子二人齐名,人称"二王"。

⑥颜平原:唐代书法家颜真卿,字清臣,所创书法人称"颜体",在书法史上影响很大。因曾出任平原(今属山东)太守,故或称颜平原。

⑦徐浩:字季海,唐代书法家,精于楷法,圆劲厚重,自成一家。

⑧陋矣:太不了解情况了。陋,作见闻不广解。《荀子·修身》云:"少见曰陋。"

⑨翰墨积习:书法陈规。

【译文】

苏东坡《与子由论书》诗中写道:"吾虽不善书,晓书莫如我。苟能通其意,常谓不学可。"所以他的儿子苏叔党给东坡先生的书法作品作跋说:"我的先父,哪里是要成为一个书法家来使自己传名后世呢?不过是以他超人的襟怀和阳刚之气,情涌于胸中而应手写于笔下,所以看不见他有故意雕琢描绘以讨人喜好的妩媚之态,而显得衣冠端正,似乎有不可侵犯的气色。他年轻时曾喜欢王羲之、王献之父子二人的书法,晚年才对颜真卿的'颜体'有了爱好,所以他的书法时而露出些王、颜二家的风气。一般人不知道,胡乱说他学徐浩,太不了解情况了。"由此可知,苏东坡的书法根本没有循规蹈矩地依照书法陈规。

【品读】

苏东坡诗好,词好,文章好,书法也卓然自成一体,受到后世推崇喜爱。然而他并没有以成为书法家为目的来循规蹈矩地临摹描画，而是注重领会中国书法的内在气质和美学精神，然后运气抒怀，自然成书，没有媚态，也不受陈规陋习的羁绊约束。中国书法向来讲究传神写意，苏东坡精于书法而主张"不学书法"，并非反对书法基本功的训练，而是要求学书法者必须对传神写意的本质内容心领神会，这才是"不学"而"晓书"的含意。

欲造平淡难 葛立方（宋）

　　陶潜、谢朓①诗皆平淡有思致，非后来诗人怵心刿目②雕琢者所为也。老杜云："陶谢不枝梧，《风》《骚》共推激。紫燕自超诣，翠驳谁剪剔"③是也。大抵欲造平淡，当自组丽④中来，落其华芬，然后可造平淡之境，如此则陶、谢不足进矣。今之人多作拙易语；而自以为平淡，识者未尝不绝倒⑤也。梅圣俞《和晏相诗》⑥云："因今适性情，稍欲到平淡。苦词未圆熟，刺口剧菱芡。"言到平淡处甚难也。所以《赠杜挺之诗》有"作诗无古今，欲造平淡难"之句。李白云："清水出芙蓉，天然去雕饰。"⑦平淡而到天然处，则善矣。

——《韵语阳秋》

【注释】

　　①陶潜、谢朓：即东晋诗人陶渊明，南朝时齐诗人谢朓。

　　②怵心刿目：怵心，惊心；刿目，刺目。意即竭尽心力。

　　③"陶谢不枝梧"四句：见杜甫《夜听许十损诵诗爱而作》。

　　④组丽：华丽。

　　⑤绝倒：指大笑。

　　⑥圣俞：北宋著名诗人梅尧臣字。晏相，指北宋词人晏殊，曾为相。

　　⑦"清水出芙蓉"两句：见李白《经乱离后天恩流夜郎忆旧游书怀赠江夏韦太守良宰》。

【译文】

陶潜、谢朓的诗平淡而富有意趣,不像后来的诗人那样进行了惊心刺目的雕琢,杜甫说:"陶谢不枝梧,《风》《骚》共推激。紫燕自超诣,翠驳谁剪剔"就是这个意思。一般来说,想达到平淡的境界,就要去掉华丽的文采。华丽流芬的文采去掉了,便有可能达到平淡的境界,这样看来,陶、谢的境界不是后来那些雕琢的诗人可以达到的。现在的人作诗,把拙劣简易当成了平淡,读了这样的诗,有见识的人没有不讥笑的。梅尧臣在《和晏相诗》这首诗中说:"我按我的性情作诗,力求平淡,但又苦于不够圆熟,像菱芡一样刺口、有涩味。"可见诗写到平淡这一步是很难的。所以他在《赠杜挺之诗》中说:"作诗无古今,欲造平淡难。"李白也说过:"清水出芙蓉,天然去雕饰。"平淡到了自然天成的程度,那就真是好诗了。

【品读】

近世英国政治家、作家约翰·蒙利说:"性格的单纯不会妨碍智力的敏锐。"为人倘也能做到诗论家葛立方所谓"平淡而到天然处",不仅"善矣",而且也能获得生活的自由感。人生也是一首诗。

诗忌蹈袭 韦居安[①](元)

夺胎换骨之法,诗家有之,须善融化,则不见蹈袭之迹。陆鲁望诗云:"溪山自是清凉国,松竹合封萧洒侯。"戴式之《赠叶竹山》诗云:"山中便是清凉国,门下合封萧洒侯。"王性之诗云:"云气与山为态度,月华借水作精神。"式之《舟中》诗云:"云为山态度,水借月精神。"如此下语,则成蹈袭。李淑《诗苑》云:"诗有三偷语,最是钝贼,学诗者不可不戒。"

——《梅磵诗话》

【注释】

①韦居安:宋诗人,号梅磵。著有《梅磵诗话》。

【译文】

诗歌中有夺胎换骨的法子，但必须善于融汇转化，才不能显出抄袭的痕迹。陆龟蒙诗道："溪山自是清凉国，松竹合封萧洒侯。"戴式之《赠叶竹山》诗道："山中便是清凉国，门下合封萧洒侯。"王性之诗道："云气与山为态度，月华借水作精神。"式之《舟中》诗道："云为山态度，水借月精神。"这样下笔，便成了抄袭。李淑《诗苑》道："诗中有抄袭偷盗的句子，是最愚笨的盗贼，学诗的人不可不引为鉴戒。"

【品读】

释皎然《诗式》称诗有三偷，其上偷势，其次偷意，最下偷语，偷语最为钝贼。在他看来，偷势者才巧意精，若无痕迹，姑且让他漏网溜走吧。偷意者事虽可罔，情不可原，若欲平反，那诗坛也没有规矩了。而最笨的是偷语，无能之辈，公然抢劫，必须严刑处置。这则诗话，举的就是偷语的例子。

东野诗囚　瞿　佑（明）

遗山《论诗》云："东野悲鸣死不休，高天厚地一诗囚。江册万古潮阳笔，合卧元龙百尺楼。"推尊退之而鄙薄东野至矣。东坡亦有"未足当韩豪"之句。又云："我厌孟郊诗，复作孟郊语。"盖不为所取也。东野诗如"食荠肠亦苦，强歌声无欢。出门即有碍，谁谓天地宽"？又云："夜吟晓不休，苦吟鬼神愁。如何不自闲，心与身为雠。"气象如此，宜其一生踽踽也。惟《登第》云："春风得意马蹄疾，一日看尽长安花。"颇放绳墨。然长安花，一日岂能看尽？此亦谶其不至远大之兆。

——《归田诗话》

【译文】

元好问《论诗》道："东野悲鸣死不休，高天厚地一诗囚。江册万古潮阳笔，合卧元龙百尺楼。"推崇韩愈而鄙薄孟郊到极点。苏轼对此也有"未足当韩豪"的句子。又说:"我厌孟郊诗,复作孟郊语。"也是因为不赞成孟郊。孟郊诗如"食荠肠亦苦,强歌声无欢。出门即有碍,谁谓天地宽"?又如:"夜吟晓不休,苦吟鬼神愁。如何不自闲,心与身为雠。"这样的气象,难怪他一生窘迫局促。只有《登第》诗:"春风得意马蹄疾,一日看尽长安花。"很能放得开笔墨。但是长安的花,一日之内如何能够看完?这也是预兆他诗歌与人生都不能到达远大境地的谶语。

【品读】

孟郊吟诗太苦,弄得作诗像坐牢,被元好问讥为"诗囚",看来诗人还是洒脱点好。不过像贾岛、孟郊这样的苦吟诗人,"两句三年得,一吟双泪流",反复推敲,不肯轻易下笔,还是留下了很多意蕴深厚文字特别锤炼的好句子。

如何学陶　李东阳①(明)

陶诗质厚近古,愈读而愈见其妙。韦应物稍失之平易,柳子厚则过于精刻,世称陶韦,又称韦柳,特概言之。惟谓学陶者,须自韦柳而入,乃为正耳。

——《麓堂诗话》

【注释】

①李东阳:明代诗人,茶陵派代表人物。

【译文】

陶渊明的诗朴厚近古,越读越能体会其中妙处。韦应物的诗比较起来则稍微显得平易了些,柳宗元的诗则太过于精致刻意,世称陶韦,又称韦柳,是专门将此三人合起来谈论。只能说学习陶渊明诗,必须从学习韦应物和柳宗元诗入手,才是正途。

【品读】

陶渊明的诗朴实无华,而意境深远,最是难学。北宋诗人梅尧臣说:"作诗无古今,唯造平淡难。"所以学陶一直是个难度很高的事情。这段话大约是说,学陶先要从两极入手,一边学习韦应物的浅白平易,一边学习柳宗元的精致刻意,雕琢之后,返璞归真。

雪梅诗多　李东阳(明)

天文惟雪诗最多,花木惟梅诗最多。雪诗自唐人佳者已传不可偻数,梅诗尤多於雪。惟林君①复"暗香""疏影"之句为绝倡,亦未见过之者,恨不使唐人专咏之耳。杜子美才出一联曰:"幸不折来伤岁暮,若为看去乱乡愁。"格力便别。

——《麓堂诗话》

【注释】

①林君(967—1028):林逋,字君复,其咏梅诗有"疏影横斜水清浅,暗香浮动月黄昏",传为绝唱。

【译文】

写天文的诗只有关于雪的最多,写花木的诗只有关于梅花的最多。写雪的诗从唐人开始优秀者就已经不能屈指而数,而梅花诗还要比雪诗多。唯有宋代林逋"暗香""疏影"诗为绝唱,后世也没有见到能超过它的,遗憾梅诗就因此不是唐人的专属了。不过杜甫才写了一联诗:"幸不折来伤岁暮,若为看去乱乡愁。"其中格调力度即已有高下之别。

【品读】

明人瞧不起宋诗,但还是不得不承认林逋的梅诗堪称绝唱,可又举出杜甫的诗句企图抗衡。杜甫这两句把梅花与岁暮、乡愁联系起来,沉郁深刻,似欲逼人垂泪,不过究竟不如"疏影横斜水清浅,暗香浮动月黄昏"的意境生动深邃,所以流传不广。

诗家月旦　吴文溥(清)

诗家月旦①,目少陵为格律森严,青莲为仙才横逸。固也,然少陵于森严中标清丽之规,青莲于横逸处含细润之采。固知少陵之清丽,乃魏征妩媚也[2];青莲之细润,乃嗣宗[3]至慎也。

——《南野堂笔记》

【注释】

①月旦:品评人物。语出《后汉书·许邵传》。

②魏征:唐代名臣,以敢于直谏著称。

③嗣宗:三国魏诗人阮籍,字嗣宗。他生活在魏晋易代之际,不问世事以避祸。

【译文】

评论家品评诗人,每每认为杜甫作诗格律森严,李白超凡脱俗、才华横溢,的确如此。但杜甫诗从森严格律中标示出清丽的格调;李白在才华横溢处饱含着细润的文采。由此可知杜甫诗的清丽,就像忠言直谏的魏征,其实妩媚动人;李白诗的细润,就像纵酒谈玄的阮籍做人,其实至为谨慎。

【品读】

以历史人物的品格喻诗的风格,非常真切,令人遥想风神。

说 "露" 陈 仅[1]（清）

诗有十病,总其归曰露[2]。意露则浅,气露则粗,味露则薄,情露则短,骨露则戾,辞露则直,血脉露则滞,典实露则支,兴会露则放,藻采露则俗。王世懋谓少陵无露句者此也[3]。

——《竹林答问》

【注释】

①陈仅:字馀山,浙江人。约与《养一斋诗话》作者潘德舆(1785—1839)同时。

②露:过分浅露,直露。

③王世懋:明王世贞之弟。少陵,杜甫号。

【译文】

　　诗有十种弊害,概括而言就是"直露"。意蕴直露就肤浅,气势直露就粗率,韵味直露就单薄,情趣直露就短陋,笔力直露就乖张,言辞直露就率直,血脉直露就拘泥,典故直露就支离,兴致直露就放纵,文采直露就俗气。王世懋说杜甫没有直露的诗句,原因就在这里。

【品读】

　　作者促拍急节,从十个方面把"露"批驳得体无完肤,作诗作文之人,看你还敢不敢"露"!

诗人、学人与才人　方贞观①(清)

　　有诗人之诗,有学人之诗,有才人之诗。

　　才人之诗,崇论宏议,驰骋纵横,富赡标鲜②,得之顷刻。然角胜于当场,则惊奇仰异;咀含于闲暇③,则时过境非。譬之佛家,吞针咒水④,怪变万端,终属小乘⑤,不证如来大道。

　　学人之诗,博闻强识⑥,好学深思,功力虽深,天分有限,未尝不声应律而舞合节。究之其胜人处,即其逊人处。譬之佛家,律门戒子,守死威仪,终是钝根长老⑦,安能一性圆明!

　　诗人之诗,心地空明,有绝人之智慧,意味高远,无物类之牵缠。诗书名物,别有领会;山川花鸟,关我性情。信手拈来,言近旨远⑧,笔短意长,聆之声希,咀之味永⑨。此禅宗之心印⑩,《风》《雅》⑪之正传也。

　　故作诗未辨善恶,当先辨是非。有出入经史,上下古今,不可谓之诗者;有寻常数语,了无深意,不可不谓之诗者。会乎此,可与入诗人之域矣。

　　　　　　　　　　　　　　　　　　　——《辍锻录》

【注释】

①方贞观(1679—1747)：字履安，号南堂，安徽桐城人，清代诗人，诗论家。曾受《南山集》案牵连罚入旗籍为奴，十年乃得放归。

②富赡：充足；丰富。

③咀含：细嚼；含味。引申为仔细体会。

④吞针咒水：旧时僧尼道士用以驱邪镇妖的法术。

⑤小乘：梵语希那衍那的意译。主张救度一切众生的新教派流行之后，坚持原有教义注重自我解脱的教派被称为小乘。

⑥博闻强识(zhì)：见闻广博，记忆力强。

⑦钝根长老：钝根，佛教称迟钝的感官；长老，称年德俱高的和尚。这里指悟性极差的老和尚。

⑧言近旨远：旨也作"指"。语言浅近而涵义深远。

⑨聆之声希，咀之味永：老子《道德经》有"大音希声"之说，认为最完美的音乐并不是靠强烈的声音来体现的。此句犹言初听声音稀稀落落，仔细体会，却意味深长。

⑩心印：指内在精神。

⑪《风》《雅》：指《诗经》中的国风、大雅、小雅，后常以风雅作诗的代称。

【译文】

有诗人写的诗，有学究写的诗，有才子写的诗。才子写的诗，高谈阔论，才华横溢，风流放任，丰富多彩，新鲜别致，一挥而就。但只是当场角逐，令人惊奇仰慕，而在空闲时再来品味，就会感觉时过境迁，了无意趣。这好比和尚吞针咒水，花样百出，到底只是邪门小道，不能验证如来佛的大道。

学究写的诗，博学多识，内容丰富，和作者好学深思有关。但是，尽管功力深厚，天分和才气却有限。没有不是声应音律而舞合节拍，受诗歌格律的束缚。研究起来，他们超过别人的地方，也正好就是他们不如别人的地方。这好比佛教用清规戒律教育弟子死守法度教义，到底只是个呆头笨脑、悟性极差的老和尚，怎能明心见性而成正果？

诗人写的诗，心明眼亮，有过人的才智，意味高远，没有庸俗的思想牵挂。对诗书中的名词事物,能有独特的领会,山川花鸟,都能和诗人自己的心情性格相互映发。信手写来,诗句浅近而意旨深远,篇幅虽短却情韵悠长,听起来声音清淡,品味起来含蓄隽永。这才是禅宗的要领所在,也才是风雅精神的正宗嫡传。

所以在写诗之前,没分清好坏,先要分清是非。有的诗,尽管渊源于经史,上下古今,渊博深奥,即不能叫作诗;有的诗,尽管只是平常几句话,初看了无深意,却不能不叫作诗。懂得这个道理,就可以进入诗人的行列了。

【品读】

学人有识而往往无才,才人有才而往往无识,都难登诗之大雅。真正的诗人既不靠卖弄学问,也不靠炫耀才华,所体悟所表达的宇宙精神和人类情感,却让世代读者感动深思不已。

鹦鹉学舌　方东树(清)

诗以言志。如无志可言,强学他人说话,开口即脱节:此谓言之无物,不立诚。若又不解文法变化、精神措注之妙,非不达意,即成语录腐谈:是谓言之无文无序。若夫有物有序矣,而德非其人,又不免鹦鹉、猩猩之诮①。

【注释】

①猩猩之诮:猩猩像人,能模仿人的动作,但毕竟不是人。此语嘲笑讥讽"强学他人说话"的拙劣诗人是猩猩学步。

【译文】

诗歌是用来表达情志的。如果没有情志可表,勉强学说他人讲话,开口就会脱离要领,这就是常言所说的言之无物,毫无真情实感。如若又不理解写诗的文法变化以及内容与形式交错融汇的妙理,不是不能达意,就是成为语录似的陈腐之谈,这就是人们所说的没有文采,没有条理。而如果有物有序了,但本人的德行修养不够水准,又不免被取笑为鹦鹉学舌、猩猩学步了。

【品读】

鹦鹉学舌，猩猩学步，徒为人类添笑料而已，鹦鹉还是鹦鹉，猩猩还是猩猩，到底变不了人。然而诗歌史、文学史乃至文化史上，人中的学舌鹦鹉、学步猩猩又何其多也！

卓然自立者少 方东树（清）

大约今学者非在流俗里打交滚，即在鬼窟中作活计，高者又在古人胜境中作优孟衣冠①。求其卓然自立，冥心孤诣②，信而好古，敏以求之，洗清新目，与天下相见者，其人不数遘也。

——《昭昧詹言》

【注释】

①优孟衣冠：优孟，楚国优人，曾着前宰相孙叔敖衣冠以劝谏楚王，后以"优孟衣冠"比喻假扮古人或模仿他人。

②冥心孤诣：冥心，深奥的思想；孤诣，独特的造就。

【译文】

大概当今学诗的人，不是在流俗里打滚，随时媚俗，就是在鬼窟窿里讨生活，故作怪异。稍微高明一点的人又是在古人的佳妙胜景中作优孟衣冠。寻求自己风格的超绝独立，思想的深沉独特，信而好古，敏于求索，所作诗文洗练清新，这样的诗人天下并不多见。

【品读】

"非在流俗，即在鬼窟，或者优孟衣冠"，这三种方式都丧失了中国文人的自我。这则诗话提醒人们要从"流俗""鬼窟"和"古人胜境"中挣脱出来，真正具有自己的见解、自己的风格、自己的追求，卓然自立于天下。

诗有三境 潘德舆(清)

诗有三境,学诗亦有三境。先取清通,次宜警炼,终尚自然,诗之三境也。先爱敏捷,次必艰苦,终归大适,学诗之三境也。

——《养一斋诗话》

【注释】

①潘德舆(1785—1839):字彦辅,号四农,江苏淮安人。清代诗人和诗论家。著有《养一斋文集》及《养一斋诗话》等。

【译文】

诗有三种境界,学诗也有三种境界。先是清澄通畅,再是警策简练,最后乃自然天成,这是诗歌的三种境界。最初一味求快,其次觉作诗艰苦,终至于灵活自如,这是学诗的三种境界。

【品读】

"三"是个神奇的数字。学诗有三种境界,做人又何尝不是如此。所以近代著名学者王国维说:"古今之成大事业、大学问者,必经过三种之境界:'昨夜西风凋碧树,独上高楼,望尽天涯路。'此第一境界也。'衣带渐宽终不悔,为伊消得人憔悴。'此第二境也。'众里寻他千百度,蓦然回首,那人却在,灯火阑珊处。'此第三境也。"与"爱敏捷""必艰苦""归大适"可资参照。潘德舆与王国维都在诗意的话语中道出了深刻的人生况味。

文人相轻 康发祥(清)

诗人学杜、韩者,必以学元、白为轻俗,学元、白者,又以学杜、韩为皮毛,文人相轻,久成结习。究之性之所近①怀抱各摅,反唇相讥,皆可不必。蹈此弊者,楚固失矣,而齐未为得也,其直钩耳[②]。

——《伯山诗话续集》

【注释】

①性之所近:语出《论语·阳货》:"子曰:'性相近也,习相远也。'"

②楚、齐:皆春秋时诸侯国名。直:值,分量。钩:同"均",相当,对等。

【译文】

向杜甫、韩愈学习的诗人,往往认为学元稹、白居易的人过于轻俗;向元稹、白居易学习的诗人,又认为学杜甫、韩愈者仅得皮毛;文人相互轻视,由来已久,已成固习。想来人性原本相近,而后兴趣各异,便反唇相讥,其实大可不必。陷入此弊中者,如同自己原本的楚语已然失去,而齐语又没有学会一样,其意思是差不多的。

【品读】

文人相轻,由来已久。于此则诗话中亦可见其一斑。但愿后世文人能反其道而行之,多一点自知之明,少一分贬人之心。

天机出少年　叶　炜[①](清)

诗家多悔少作,然天机泊凑,往往得之少年,如渔洋《秋柳》[②],随园《落花》[③],纵吟到桑榆[④],亦复难与争胜。

——《煮药漫抄》

【注释】

①叶炜:清代笔记作家,生平不详。

②渔洋:即王士祯,别号渔洋山人。

③随园:袁枚号。

④桑榆:指日落时余光所在处。

【译文】

诗人看到自己少年时的作品,往往后悔,然而天机灵性之作,往往出自少年之时。像王士祯少年时所作《秋柳》，袁枚年轻时所作《落花》，即使他们以后吟诗吟到老年，也不能做出可以与之争胜的作品了。

【品读】

  风格并不是固定不变的，一个人在不同年龄阶段，风格自然有异。而少年时代的灵机妙语，往往终生莫及。叶炜评《秋柳》《落花》，认为"纵吟到桑榆，亦复难与争胜"，虽然不尽然，但不以年龄大小定优劣的态度却是可取的。

说题画诗 郭　麟（清）

  题画之作，别是一种笔墨。或超然高寄，霞想云思；或托物兴怀，山心水思。然工诗者未必知画，知画者又未必工诗。

——《灵氛馆诗话》

【译文】

  题在画卷上的诗，别是一种笔墨手段。有的作者超然高举，诗思在云霞之外；有的作者托物兴怀，诗思在山水之中。但善于写诗的人未必懂画，善画的人又未必写得出好诗。

【品读】

  诗画相通，但到底是两种不同的艺术形式。不过中国古画中，好的题画诗并不少，足见善于融会诗情画意的文人其实很多。

风人与学人 沈善宝（清）

  风人^①之诗长于言情，故得弦外之音^②；学人^③之诗晦^④于用意，转少天然之韵。从古如斯^⑤，不仅闺阁。

——《名媛诗话》

【注释】

①风人：犹言诗人。

②弦外之音：意内言外，蕴涵丰富。

⑧学人：学者，学究。

④晦：艰涩深奥。

⑤如斯：犹言"如此"。"斯"是指示代词。

【译文】

诗人写的诗擅长言情，所以含意丰富，耐人寻味；学究写的诗语意晦涩，反而缺乏自然风趣。从古以来都是这样，不只深闺才女如此。

【品读】

诗长于抒情，贵有弦外之音，而学究之诗往往卖弄学问，故作艰深，掉书袋以吓唬读者，缺乏诗必须有的风情意趣，读之生畏进而生厌。所以，学究最好以不弄诗为藏拙之计。

风雨字最入诗　李东阳（明）

风雨字最入诗，唐诗最妙者，曰"风雨时时龙一吟"，曰"江中风浪雨冥冥"，曰"笔落惊风雨"。他如"夜来风雨声"，"洗天风雨几时来"，"山雨欲来风满楼"，"山头日日风和雨"，"上界神仙隔风雨"，未可偻数。宋诗惟"满城风雨近重阳"为诗家所传，馀不能记也。

——《麓堂诗话》

【译文】

风雨两字最容易用在诗歌中间，其中唐诗的运用最妙，如"风雨时时龙一吟"，如"江中风浪雨冥冥"，如"笔落惊风雨"。再如"夜来风雨声"，"洗天风雨几时来"，"山雨欲来风满楼"，"山头日日风和雨"，"上界神仙隔风雨"，不能屈指尽数。宋代诗歌中只有"满城风雨近重阳"被诗人们记忆传诵，其余都不能记得了。

【品读】

自然风雨,亦是人世风云,亦是人心波澜,所以古往今来,诗与"风雨"结缘,诗人们写自然风雨,更借风雨写社会历史人生,唐人笔下名句不胜列举,宋诗尚理,仍有佳句可传。

僧最宜诗 李东阳(明)

僧最宜诗,然僧诗故鲜佳句。宋九僧①诗,有曰:"县古槐根出,官清马骨高。"差强人意。齐己②、湛然③辈,略有唐调。其真有所得者,惟无本④为多,岂不以读书故耶?

——《麓堂诗话》

【注释】

①九僧:指宋初惠崇等九个和尚,以诗闻名于世,时号"九僧"。有合集《九僧诗》。

②齐己:唐代诗僧。

③湛然:唐代天台宗高僧。

④无本:晚唐诗人贾岛,早年为僧,法名无本。唐末五代别有一位诗僧无本,也有诗作留存。

【译文】

僧人最适合作诗,但是僧人诗中一直以来很少有优秀的。宋代九僧诗歌中有:"县古槐根出,官清马骨高。"还算勉强合意。齐己、湛然等人,稍微有点唐人格调。其中真正有心得的,只有无本最多,难道不是因为读书的缘故吗?

【品读】

"县古槐根出,官清马骨高。"前句格调高占,后句人品清奇,读之灵魂一震。

以酒饭喻诗文 吴 乔[①]（清）

又问："诗与文之辨？"答曰："二者意岂有异？唯是体制辞语不同耳。意喻之米，文喻之炊而为饭，诗喻之酿而为酒；饭不变米形，酒形质尽变；啖饭则饱，可以养生，可以尽年，为人事之正道；饮酒则醉，忧者以乐，喜者以悲，有不知其所以然者。如《凯风》《小弁》之意，断不可以文章之道平直出之，诗其可已于世乎？"

——《答万季野诗问》

【注释】

①吴乔(1611—1695)：原名殳，字修龄，江南太仓（今属江苏）人，明崇祯十一年(1638)诸生，寻被斥。入清后以布衣游于公卿间。著有《围炉诗话》，此卷为吴乔答万斯同问诗之作。万斯同(1638—1702)，清初著名史学家。字季野，号石园，门生私谥贞文先生，浙江人。

【译文】

又问："诗与文怎么分辨？"回答道："两者的本意难道能有什么差异？只是体制和言辞不同而已。意思好比是米，文好比把米煮成饭，诗好比把米酿造成酒；饭熟了仍然不改米的形状，酒则形状性质全变了；吃饭可以让人饱，可以养活人，可以使人度命，是人事的正途；喝酒则使人醉，忧愁的人借以寻乐，欣喜的人因酒而生悲，但很多人不知道为什么会这样。像《凯风》《小弁》的意旨，绝对不能用文章平直地道出，所以世上怎么可以少得了诗歌呢？"

【品读】

以酒饭分喻诗文，妙绝。试想若无酒，中国人的生活将多么枯燥乏味，若无诗，中国人的历史将多么寡淡无趣。

误把抄书当作诗　袁　枚（清）

人有满腔书卷，无处张皇，当为考据之学，自成一家；其次，则骈体文，尽可铺排。何必借诗为卖弄？自《三百篇》至今日，凡诗之传者，都是性灵，不关堆垛。惟李义山诗，稍多典故；然皆用才情驱使，不专砌填也。余读司空表圣《诗品》，第三首便曰《博习》，言诗之必根于学，所谓"不从糟粕，安得精英"是也。近见作诗者，全仗糟粕，琐碎零星，如剃僧发，如拆袜线，句句加注，是将诗当考据作矣。虑吾说之害之也，故续元遗山《论诗》，末一首云："天涯有客号玲痴，误把抄书当作诗。抄到钟嵘《诗品》日，该他知道性灵时。"

——《随园诗话》

【译文】

一个人有满肚子的学问，却苦于没有地方施展才华，则首先应该去做考证的学问，自然可以成为一代大家。其次，就是写作骈体文，大可以穷尽铺陈词采之能事，何必借助诗歌来卖弄学问？从《诗经》三百篇开始一直到现在，凡是能被留传于世的诗歌，都是极具性灵之作，从不关乎胡乱堆砌辞藻的作品。唯独李商隐的诗歌，稍微多了些史实典故；然而都是受才情的驱遣，自然而然，从不为刻意地堆垛填塞，炫耀学问。我读唐代司空图的《诗品》一书，第三首就是《博习》，说的就是诗歌必须发源于博学，书中说的"不从糟粕，安得精英"就是这个意思。现今见到的写诗之人，全部依仗的都是糟粕之学，琐细碎裂，星星点点，就像剃僧人的头发，如同拆掉袜子上的线一样，每一句诗歌都加上注释，完全是把诗歌当成考据来写。考虑到我说的这样写诗的害处，于是接续着金代元好问《论诗》诗的传统，其中最后一首我是这样写的："天涯有客号玲痴，误把抄书当作诗。抄到钟嵘《诗品》日，该他知道性灵时。"

【品读】

诗人应该有学问的根基,诗人甚至可以是博学的,但写诗不是做学问。如果一首诗写成了考据,字字句句都得加注才能读懂,用袁枚的话说,那就是抄书了。袁枚是性灵派诗论的代表人物,他对以翁方纲为代表的肌理派诗论的批评是有道理的。

有篇无句与有句无篇 袁 枚(清)

诗有有篇无句者,通首清老,一气浑成,恰无佳句令人传诵。有有句无篇者,一首之中,非无可传之句,而通体不称,难入作家之选。二者一欠天分,一欠工夫。必也有篇有句,方称名手。

——《随园诗话》

【译文】

有的诗歌能成篇却没有一句佳句,整首诗歌都很清奇老到,偏偏就是没有好的句子让人传唱诵读。有的诗歌则是有佳句却难以成为完整的篇章,一首诗歌之中,并非没有可以流传下去的佳句,只是全篇整体不够匀称协调,因而难以列入大家作品的行列。这两种情形一个是欠缺天分,一个是欠缺琢磨。必须能写出篇章整体都好又有佳句的诗歌,才称得上是名家手笔。

【品读】

诗歌史上的大手笔,往往能既是佳篇,又有佳句,天分高,功夫也深,故能百世流芳。屈原、陶渊明、李白、杜甫、苏东坡,等等,不胜列举,方成就一个诗歌大国。

考据家不可与论诗 袁 枚(清)

考据家不可与论诗。或訾余《马嵬》诗①,曰:"'石壕村里

238

夫妻别,泪比长生殿上多。'当日贵妃不死于长生殿。"余笑曰:
"白香山《长恨歌》'峨嵋山下少人行',明皇幸蜀,何曾路过峨
嵋耶?"其人语塞。然太不知考据者,亦不可与论诗。余《钱塘
江怀古》云:"劝王妙选三千弩,不射江潮射汴河。"或訾之曰:
"宋室都汴,不可射也。"余笑曰:"钱镠射潮时②,宋太祖未知生
否。其时都汴者何人,何不一考?"

——《随园诗话》

【注释】

①訾:非议。

②钱镠射潮:传说吴越王钱镠治理杭州,修海塘后总被潮水冲击,
于是命令一万弓弩手张弓射潮,潮水因此后退。

【译文】

不可和考据家讨论诗歌。有考据癖批评我的《马嵬》诗,说:"'石壕
村里夫妻别,泪比长生殿上多。'当日贵妃不是在长生殿死的。"我笑着
回答道:"白香山《长恨歌》'峨嵋山下少人行',明皇西逃四川的时候,哪
曾路过峨嵋山呢?"这个人顿时没话可说。然而太不懂考据知识的人,
也不可以跟他讨论诗。我的《钱塘江怀古》诗说:"劝王妙选三千弩,不
射江潮射汴河。"有人批评这首诗:"宋室都汴,不可射也。"我笑他说:
"钱镠射潮时,宋太祖未知生否。其时都汴者何人,何不一考?"

【品读】

诗歌创作既不能过度拘泥细节,又不能完全违背史实。诗歌鉴
赏与批评也同样要善于把握这个原则。钻牛角尖的人别跟他讨论
诗,知识贫乏的人也别跟他讨论诗。

杜陵不喜陶诗　袁　枚(清)

人问:"杜陵不喜陶诗,欧公不喜杜诗,何耶?"余曰:"人各
有性情。陶诗甘,杜诗苦,欧诗多因,杜诗多创:此其所以不合

也。元微之云：'鸟不走，马不飞，不相能，胡相讥？'"

——《随园诗话》

【译文】

　　有人问道："杜甫不喜欢陶渊明的诗，欧阳修不喜欢杜甫的诗，为什么？"我回答说："人各有性情。陶渊明的诗味道甘甜，杜甫的诗味道愁苦，欧阳修的诗多有因袭，杜甫的诗多为创造：这就是他们不相合的原因。元微之说过：'鸟不走，马不飞，不相能，胡相讥？'"

【品读】

　　诗国广大，诗人众多，风格各异，不同类型的诗人自然不会相互喜欢。就像诗人元稹说的，鸟不会跑，马不会飞，他们不是同类，难道他们可以互相讥笑吗？